CHRISTINE GRÄN

Feuer bitte

Buch

Rauchen kann tödlich sein. Hätte Anna Marx nicht nach der Zigarette gegriffen, wäre ihr ein Unfall mit fatalen Folgen erspart geblieben. Doch so fährt sie ihren alten Jaguar zu Schrott und verliebt sich in ihren Unfallgegner. Martin Liebling ist die Verkörperung seines Namens, und er verdient viel Geld als Lobbyist in Brüssel – ausgerechnet für die Tabakindustrie. Doch wer zu viel weiß, lebt gefährlich, und Lieblings Leiche bringt Anna nichts als Ärger ein.

Als Detektivin am Rand des finanziellen Abgrunds sollte sie sich um ihren einzigen Auftrag kümmern: das Motiv für einen Selbstmord zu klären. Doch plötzlich scheint es einen Zusammenhang zwischen den beiden Fällen zu geben. Anna Marx jagt einem Phantom nach, und in Brüssel wird weiter gemordet. Im Sumpf von Geld, Macht und Korruption sucht Anna unbeirrbar nach der Wahrheit. Doch sie hat ihren Preis, und Anna schafft es wieder nicht, von ihrer Sucht zu lassen.

Autorin

Christine Grän gehört seit Romanen wie »Die Hochstaplerin« und »Hurenkind« zu den erfolgreichsten deutschsprachigen Autorinnen. In den 80er Jahren hat sie mit Anna Marx einen der ersten weiblichen Detektive in der deutschen Kriminalliteratur geschaffen. Eine Fernsehserie folgte – und eine lange Pause, bis die Detektivin mit »Marx, my love« wieder zum Leben erweckt wurde. Die Autorin lebt in München.

Weitere Informationen zur Autorin und ihren Romanen im Internet unter: www.christinegraen.de

Von Christine Grän außerdem bei Goldmann lieferbar:

Marx, my Love. Roman (46175)

Christine Grän

Feuer bitte

Roman

GOLDMANN

FSC
Mix
Produktgruppe aus vorbildlich
bewirtschafteten Wäldern und
anderen kontrollierten Herkünften

Zert.-Nr. SGS-COC-1940
www.fsc.org
© 1996 Forest Stewardship Council

Verlagsgruppe Random House FSC-DEU-0100
Das FSC-zertifizierte Papier *Holmen Book Cream* für dieses Buch
liefert Holmen Paper, Hallstavik, Schweden.

1. Auflage
Taschenbuchausgabe April 2008
Wilhelm Goldmann Verlag, München,
in der Verlagsgruppe Random House GmbH

Umschlaggestaltung: Design Team München
Umschlagfoto: Hanka Steidle
BH · Herstellung: Str.
Druck und Bindung: GGP Media GmbH, Pößneck
Printed in Germany
ISBN: 978-3-442-46577-4

www.goldmann-verlag.de

1. Kapitel

Es waren die teuersten zehn Sekunden ihres Lebens.

Anna Marx sah nach rechts auf den Beifahrersitz statt geradeaus auf die Straße. Suchte in ihrer Handtasche die Zigaretten, die sich dem tastenden Griff ihrer Hand entzogen hatten. Zehn Sekunden, in denen ein Wagen in die ampellose Kreuzung einfährt, die Anna in diesem Augenblick passiert. Als sie hochsieht und reagiert, ist es zu spät. Sie weiß es, während sie mit quietschenden Bremsen auf das Auto zuschlittert. Der Himmel ist so nah, und der andere Wagen groß und blau. Metall auf Metall kreischt gemein bei Feindberührung. Kann sie das Weiß in den Augen des anderen sehen, oder ist es nur der Reflex ihrer Angst? Der Gurt schneidet in ihr Fleisch beim Zusammenprall. Es gibt Geräusche, die Ohren nie berühren dürften. Augenblicke, die so bodenlos sind, dass man in ihnen versinken möchte. Sekunden der absoluten Stille. Anna schließt ihre Augen und wünscht sich an einen anderen Ort. Nicht die Hölle, vielleicht die Fidschi-Inseln oder die namibische Wüste. Denn sie lebt noch, sie kann sich fühlen, und alles scheint an seinem Platz zu sein. Nur der Ort ist falsch, die Zeit, die Umstände. Und wenn sie die Augen nicht öffnet, wird dann alles nur ein Traum sein?

Auf der kaum befahrenen Seitenstraße in Zehlendorf stehen zwei ineinander verkeilte Autos, ein neuer BMW und ein alter Jaguar. Der Mann steigt aus, er hält die Hand am Nacken, als wolle er seinen Kopf festhalten. Er betrachtet kurz die traurige Gestalt seines Wagens und öffnet dann vorsichtig Annas Tür. Er berührt ihre Schulter. »Sie sind doch nicht tot, oder?«

Anna öffnet die Augen und sieht durch die gesprungene Scheibe in den blauen Himmel. »Nein. Sie?«

»Wir leben noch«, sagt er, »und ich hatte Vorfahrt.«

Es ist Zeit, der Katastrophe ins Gesicht zu sehen. Es ist blass, irgendwo angesiedelt zwischen alt und jung, nicht gänzlich unsympathisch, obwohl sie ihn zum Teufel wünscht. »Ich weiß das. Sie hätten trotzdem bremsen können.«

»Hab' ich, aber zu spät, wie Sie auch. Man darf sich nicht auf Vorfahrtsschilder verlassen. Und Sie sollten jetzt aussteigen. Vielleicht läuft ja Benzin aus, es war eine ziemliche Karambolage.«

Annas Hände zittern, und er hilft ihr, den Gurt zu öffnen. Sie nimmt ihre Tasche, die an allem schuld ist, und hebt vorsichtig die Beine aus dem Wagen, fühlt Asphalt unter den Füßen und blinzelt in die unbeteiligte Sonne. Er stützt sie leicht am Arm, als sie steht, und führt sie auf die andere Seite. »Sieht ziemlich schlimm aus. Schade um den schönen, alten Wagen.«

Anna bringt es kaum fertig hinzusehen. Der Jaguar, der so viele Jahre ihr Lieblingstier war. Sie kaufte ihn, obwohl sie wusste, dass er ihre finanziellen Verhältnisse in eine einzige Mesalliance verwandeln würde. Diese hier ist abgründig: Der Wagen ist abgemeldet. Keine Versicherung. Der MK II stand die ganze Zeit über in der Garage, sie wollte ihn an diesem schönen Tag ja nur ein wenig ausführen, das Brummen des alten Motors hören, das Leder riechen …

… und nun hat sie ihn zu Schrott gefahren und obendrein einen Unfall verursacht, mit Folgen, die sie nicht bezahlen kann. Anna wischt sich mit dem Handrücken eine Träne von der Wange. Eine Blutspur bleibt daran, sie hat sich ihren Handknöchel aufgeschlagen. Nur eine kleine Wunde, doch alles andere schmerzt schrecklich.

Er sieht sie besorgt an, nein, sie ist nicht der Typ, der anmutig in Ohnmacht sinkt. »Schöne Scheiße«, sagt sie und folgt ihm an den Straßenrand. Anna setzt sich auf einen Stein, der groß genug erscheint, und sucht in ihrer Handtasche nach den Zigaretten. Das Tatmotiv, ein Zeichen des Himmels, dass sie endlich aufhören sollte. Anna nimmt eine Zigarette und hält ihm die Packung hin. »Wollen Sie auch eine? Ich finde es nett, dass Sie nicht Ihr Wrack bejammern oder die Frau hinterm Steuer verdammen.« Das meint sie ernst. Es hätte schlimmer kommen können. Es kann immer noch schlimmer kommen …

Er nimmt eine Zigarette und gibt ihr Feuer. Anna zieht den Rauch tief ein und sieht ihm in die Augen. Sie sind braun und von Fältchen umkränzt. Wird er lachen, wenn sie ihm sagt, dass sie nicht versichert ist?

Ihr Opfer bläst Rauch in Annas Richtung. Sein Lächeln erscheint sorglos. »Ich habe nichts gegen Frauen, auch nicht am Steuer. Autos sind nur Dinge, und die sind austauschbar. Dafür gibt es Versicherungen … sollten wir nicht die Polizei rufen?«

»Nein.« Anna hält sich die Hand vor den Mund, denn es war ein Schrei, und er sieht sie zum ersten Mal misstrauisch an. Sein Gesicht ist hart geworden, es liegt mehr darin als nur Liebenswürdigkeit und die leichte Sicht der Dinge. »Haben Sie getrunken? Wie heißen Sie überhaupt?«

»Anna Marx. Und Sie?«

»Martin Liebling. *Sehr angenehm* wäre jetzt nicht die richtige Formel, oder? Was haben Sie gegen die Polizei?«

Ich habe vor einem Jahr einem Bullen in den Unterleib geschossen, denkt Anna, und dass es vielleicht klug wäre, dies nicht zu erwähnen. Die Wahrheit schmeckt nach Zyankali, und sie muss ihm das Gift in kleinen Dosen beibringen. Sie weiß nur nicht, wie. Schnell und schnörkellos: »Der Wagen ist nicht versichert. Er war abgemeldet.«

Anna sieht ihn an, während sie das sagt. Mit einem Blick, der um Gnade fleht, vielleicht sogar winselt. Sie hat schöne, grüne Augen, das weiß sie. Doch der Rest ist nicht unbedingt geschaffen, Männerherzen zu erweichen. Zu alt, sie ist fast einundfünfzig. Etwa sein Jahrgang, aber was heißt das schon im Geschlechterkampf? Dass sie ihn nicht gewinnen kann.

Liebling schweigt, als ob er ihre Worte verdauen müsste. Anna verordnet sich Demut und Buße. »Ich weiß, dass es dumm von mir war. Es tut mir so Leid. Aber konnte ich ahnen, dass ich einen Unfall baue, wenn ich einmal in zwei Jahren mein Auto in Bewegung setze? Ich zahle den Schaden, das verspreche ich. Polizei würde die Sache nur komplizieren ... zumindest für mich. Ich unterschreibe alles, was Sie wollen.«

Sie schafft eine Träne, die, mit Mascara verbunden, über ihre Wange läuft. Er steht mit verschränkten Armen vor ihr, ein Fremder, der sie ruinieren wird, so oder so. Eigentlich ist es ihr egal, soll er doch die Polizei rufen, Anna hat keine Lust mehr auf bedingungslose Unterwerfung. Sie steht auf und zertritt die Zigarette mit der Schuhspitze. Rote Schuhe von Baldini, sie waren auch zu teuer. Für alles zahlt man, für jeden gottverdammten Fehler, und Anna könnte davon ein Lied mit vielen Strophen singen.

»Die Zigarette kann nichts dafür«, sagt Liebling, er ahnt ja nichts. »Also gut, lassen wir die Polizei. Aber es wird Sie eine Stange Geld kosten.«

»Spielt keine Rolle«, erwidert Anna, die vollkommen pleite ist. Seit Tagen, Monaten und Jahren. Seit sie ihren Job bei der Zeitung verloren hat und sich als Privatdetektivin durchs Leben schlägt. Marlowe lässt grüßen, aber der hatte zumindest aufregende Fälle, während sie sich überwiegend mit entlaufenen Katzen und Ehebrechern befasst. Nun, Marlowe ist eine Kunstfigur, und manchmal denkt Anna, dass sie auch eine ist. Erschaffen von einem Meister, der mit Verlierern Pingpong spielt. Sie ist einer seiner Lieblingsbälle, und dieser Aufschlag war zu hart. Sie würde gerne weinen, aus Selbstmitleid, und weil sie sich hier und jetzt vom Leben überfordert fühlt.

Martin Liebling hingegen sieht aus, als ob ihn wenig erschüttern könnte. Gut gefülltes Konto, gut gefüllter Bauch im guten Anzug, die richtigen Schuhe und ein nettes Auto, das schon mal besser ausgesehen hat. Warum musste er in dem Augenblick einbiegen, als sie für Sekunden unaufmerksam war? Shit happens, würde Sibylle sagen. Die beste Freundin, die ihr vielleicht Geld borgen kann. Bis Anna ihren Heiratsschwindler zur Strecke bringt und die Prämie kassieren kann.

»Eine schicksalhafte Begegnung«, sagt Liebling, während er sein Handy aus der Brusttasche holt. »Wir hätten beide tot sein können. Gott sei Dank bin ich einmal nicht zu schnell gefahren. Ich rufe jetzt den Abschleppdienst, wenn's recht ist. Ich wage nicht, mir vorzustellen, was die Reparatur Ihres Wagens kostet. Meinen schätze ich so auf die zehntausend.«

Mark oder Euro? Anna bremst die Frage, bevor sie ihre Lippen erreicht. Sie winkt ein Auto weiter, das stehen blieb. Nein, sie brauchten keine Hilfe, keine Gaffer, kein Handy. Jeder hat heute eines, und Liebling weiß sogar die Nummer des Abschleppdienstes. Ein Mann, der alles im Leben unter Kontrolle hat, genauso sieht er aus. Eine schicksalhafte Begegnung? Sie wäre ihr zu gerne ausgewichen. Doch es ereilt dich immer, das Schicksal, weil du Fehler machst. Letztendlich ist es nur die Summe aller Dummheiten und Zufälle, und diese Summe ergibt null: den Tod. Ihm noch einmal entkommen zu sein, ist tröstlich, aber nicht glückbringend.

Ihr Crashpartner steht an seinem demolierten Wagen und telefoniert, während Anna ihr Auto ausräumt: Turnschuhe, eine Wasserflasche, leere Zigarettenschachteln, Zeitschriften. Sie stopft alles in ihre große Tasche, das Füllhorn ihres ungeordneten Lebens, und setzt sich dann wieder auf den Stein am Straßenrand. Rauchend. Anna Marx ist ihren Lastern treu ergeben und pfeift auf Himmelszeichen. Sie nimmt Abschied von ihrem geliebten MK II, und hierzu braucht sie eine Krücke.

Ein Glas Whisky wäre auch gut, aber mitten in der Pampa kaum zu kriegen. Und sollte er es sich überlegen und doch die Polizei rufen, wäre es auch nicht klug.

Er steht in der Sonne und sieht erbarmungswürdig aus. Fünfzehn Jahre ist es her, dass sie den Wagen kaufte, mit ihren ersten und letzten Ersparnissen, denn fortan war der alte Jaguar ihr Sparschwein, ein Gefährt von solcher Fragilität, dass ein plötzlicher Wetterumschwung ihn zum Erliegen brachte. Bei heftigen Regenfällen blieb er grundsätzlich stehen, und den Winter mochte er so wenig wie seine Fahrerin, sodass sie ihn meistens in der Garage ließ. Er war einfach nur schön, und vielleicht liebte sie ihn, weil er nicht perfekt funktionierte und kein austauschbares Ding war wie Lieblings Fahrzeug. Sie wird den nachtblauen Gefährten vermissen, obwohl sie ihn in Berlin so gut wie nie gefahren hat. Deshalb hat sie ihn ja auch abgemeldet, und welcher Teufel hat sie geritten, ihn an einem Samstagnachmittag aus der Garage zu holen?

Fjodor hat bei geöffnetem Fenster gesungen, das war ein Grund. Fjodor haust über Annas Wohnung und Büro, und er hält sich für Caruso mit russischem Akzent. Eva Mauz rief an und fragte, ob der Heiratsschwindler, der Mörder ihrer Schwester, schon gefasst sei. Der Wasserhahn tropfte, und auf dem Schreibtisch lagen unbezahlte Rechnungen. Draußen schien die Sonne. Straßenlärm kroch durch schmutzige Scheiben. Der Gummibaum grinste sie an, ach, es gab tausend Gründe, warum sie auf diese wahnwitzige Idee verfiel.

»Der Abschleppdienst ist in fünfzehn Minuten da. Meinen Termin habe ich abgesagt, er war ohnehin nicht so wichtig. Sollen wir irgendwo einen trinken gehen? Darauf, dass wir noch leben?«

Anna sieht Liebling von schräg unten an. »Ich habe auch Hunger. Die normale Reaktion meines Magens auf katastrophale Ereignisse.«

»Passieren die öfter?« Vielleicht wollte Martin Liebling gar nicht auf Annas Rundungen anspielen, doch so interpretiert sie seine Frage und funkelt ihn böse an. »Ich kann auch in meine Stammkneipe fahren und mir dort überlegen, wie ich Ihr blödes Auto bezahlen soll.« O nein, das war falsch. Sie will doch einen guten Eindruck machen, selbst in aussichtsloser Lage. »Nein, ich trinke gerne einen. Es muss der Schock sein. Ich bin böse auf mich und traurig, weil ich mir nie wieder ein so schönes altes Auto leisten kann. In Zukunft werde ich zu Fuß gehen …«

»… aber nicht mit solchen Schuhen.« Liebling beginnt zu lachen und erwärmt damit Annas Herz. Sie ist ein Single mit Sexproblemen. No Sex. Er trägt einen Ehering, was nicht mehr viel heißt in treulosen Zeiten. Anna hat vor kurzem ernsthaft erwogen, sich einen Ring zu kaufen. Vorspiegelung falscher Tatsachen, aber Sibylle hätte dies ausgiebig kommentiert, und die Begründung »Ich wäre aber gern verheiratet« erscheint selbst Anna als abwegig.

»Sollen wir zu Fuß gehen oder ein Taxi rufen?«, fragt Anna, und sie entscheiden sich für einen Spaziergang durch Zehlendorf, bis sie eine Kneipe finden, die geöffnet hat. Anna wechselt schon einmal in die Turnschuhe, Fußbekleidung, die sie hasst, aber hier und jetzt ist ihr das egal. Wenn Männer zu beneiden wären, dann um ihre Schuhe, die immer Bodenhaftung haben. Liebling steht abseits und telefoniert, dies scheint seine Krankheit zu sein. Danach rauchen sie gemeinsam, diesmal seine Zigaretten, und sehen in den wolkenlosen Himmel, der von Sommer kündet und Tagen, nach denen sich alle sehnen, um dann unter der »Affenhitze« zu stöhnen.

Wie lebt man damit, Liebling zu heißen? Anna sieht ihn von der Seite an. Sein Gesicht ist nicht schön, aber sehr entspannt. Braune, freundliche Augen und graue Haare, die Nase ist zu groß, und die Lippen sind eine Spur zu schmal. Attraktivität unterliegt keinen Normen, zumindest nicht bei Männern. Er sieht aus, als habe er mit sich und der Welt Frieden geschlossen, ohne allzu selbstgefällig zu werden. Er raucht und trinkt, das ist beruhigend, und die sanfte Wölbung des Bauches unter dem schwarzen Jackett lässt darauf schließen, dass er auch der Völlerei nicht abgeneigt ist.

Menschen mit Lastern sind glücklicher, daran glaubt Anna Marx, und zählt sich also zu jenen, die vielleicht kürzer leben, aber länger genießen. Sport ist Mord. Wenn sie über eine Stunde radelt, fühlt Anna sich schon fast olympiareif. Nun, sie wird zumindest nicht mehr Auto fahren. Berlins Straßen werden sicherer. Ist es Glück zu nennen, dass sie einen gerammt hat, der Liebling heißt?

2. Kapitel

Das Bier ist kalt, und die Buletten sind genießbar. Die Kneipe, die sie nach halbstündigem Fußmarsch fanden, ist vom alten, schäbigen Berliner Schlag, eine Orgie in holzgetäfeltem Mief, jedoch mit einem kleinen Garten, in dem Kastanienbäume Schatten werfen. Die lokalen Trinker stehen drinnen an der Theke, während Anna und Martin Liebling auf unbequemen Stühlen in der Sonne sitzen. Anna tankt Wärme, die sie braucht, um nicht zu frieren angesichts der finanziellen Lage, in die sie sich gefahren hat. Sie trinkt Bier in langen, durstigen Zügen.

Liebling hat sein Jackett über den Stuhl gehängt und seinen Bauch ihren neugierigen Blicken preisgegeben. Er ist annehmbar, ein sanft gewölbtes Monument des Genießens, und Anna weiß nur zu gut, dass nicht alles möglich ist: der perfekte Körper *und* die Erfüllung leiblicher Begierden.

Er ist ein Mann, der gut zuhören kann. Sie hat ihm auf dem Fußmarsch die Geschichte des MK II erzählt, es war ein Nachruf, den sie brauchte, um Bilder aus ihrem Kopf zu verbannen: Das Wrack an der Kette und auf dem Transporter, und das Letzte, was sie sah, war ein blaues Hinterteil mit einem ungültigen Nummernschild. Beide Wagen wurden in eine Werkstatt gebracht, die Liebling ausgesucht hat. Ihr ist es egal, Anna weiß, dass sie die Reparaturkosten für den Jaguar nie bezahlen kann.

Alkohol verflüssigt Skrupel, und Anna spricht aus, was nicht zu verschweigen ist. »Ich weiß nicht, ob ich das Geld auf einmal aufbringen kann. Wären Sie denn mit zwei, drei Ratenzahlungen einverstanden?« Du hast keine Wahl, Liebling, also sag Ja: Anna sieht ihm in die Augen und leckt sich Bierschaum von den Lippen. Ihr Glas ist leer, genau wie ihr Bankkonto. Der Kühlschrank, den sie letzte Woche kaufen musste, fraß das magere Guthaben. Anna lebt von der Hand in den Mund, und für unvorhergesehene Ereignisse gibt es keine Reserven aus bedrucktem Papier.

»Was machen Sie beruflich?«, fragt er, um Zeit zu gewinnen. In diesem Augenblick bereut er, dass er nicht doch die Polizei gerufen hat. Er ist ein Spieler, was daran liegen mag, dass er sein Geld zu leicht verdient. Doch dieses Spiel nimmt Wendungen, die ihm missfallen. Wie kann sie einen alten Jaguar fahren, wenn sie pleite ist?

»Freischaffende Detektivin«, murmelt Anna.

»Wie bitte?«

»Privatdetektivin. Schnüfflerin. Private Eye. Man kann davon leben … zur Not.« Anna wendet ihr Gesicht zur Sonne und schließt die Augen. »Und was tun Sie für Geld?«

»Berater, ich arbeite in Brüssel, habe aber hier meinen ersten Wohnsitz. Eine Riesenaltbauwohnung in der Potsdamer Straße. Ich habe sie von meiner Großmutter geerbt, und da ich sie nicht zu einem anständigen Preis vermieten kann, wohne ich halt selbst darin, wenn ich in Berlin bin.«

Der Ärmste. Annas Großmutter hinterließ einen Rosenkranz aus Elfenbein, das war's auch schon. Berater von was und für wen? Anna denkt sofort an windige Geschäfte, sie hat eine kriminelle Phantasie. So ein dummes, kleines Vorfahrtsschild: Hätte es nicht ihn treffen können, wenn er schon so viel mehr hat als sie? Das Leben ist nicht fair. Das hat sie schon oft gedacht, und es ging weiter, das Leben, ohne Rücksicht auf Anflüge von Weltschmerz oder Zweifel an irdischer Gerechtigkeit.

Liebling scheint immer noch zu überlegen, wie er ihrer Bitte begegnen könnte. »Vielleicht kann ich mir das Geld auch borgen, es wird schon irgendwie gehen. Machen Sie sich keine Sorgen! Soll ich irgendwas unterschreiben? Ein Schuldanerkenntnis?«

Liebling nimmt einen Bierdeckel und zieht einen silbernen Kugelschreiber aus seinem Jackett. Er schreibt: *Am 30. Mai hat Anna Marx Martin Lieblings Auto zu Schrott gefahren. Sie zahlt.*

Er schiebt ihr den Bierdeckel hin, und Anna stutzt nur kurz, bevor sie lachend unterschreibt. »Jurist sind Sie offenbar keiner.«

»Doch, zumindest ansatzweise. Nachdem ich durchs erste Examen gefallen bin, habe ich mit Politologie weitergemacht. Ich mag Ihr Lachen. Sie sind die erste Detektivin meines Lebens. Sind Sie gut?«

Es gibt Fragen, auf die weder Wahrheit noch Lüge passen. Anna entscheidet sich für die ausweichende Antwort: »Gut genug, um Ehebrecher mit ihren Geliebten zu fotografieren. Meistens regnet es, wenn ich vor einer Absteige stehe und darauf warte, dass sie für mich posieren. Und viele Klientinnen weinen, wenn ich ihnen die Fotos zeige. Es ist ein trauriges Gewerbe, überwiegend.« Anna sieht auf seinen Ring: »Ich hoffe, dass Sie mir nie auf diese Weise begegnen. Ein Zusammenstoß reicht mir.«

»Ich bin geschieden«, erwidert Martin Liebling. »Meine Frau ist mit dem Golflehrer abgehauen. Immerhin hat sie inzwischen ein beachtliches Handicap.«

Seine Augen lächeln nicht, während er das sagt. Verrat ist eine Wunde, die nie ganz verheilt. Warum er den Ehering immer noch trägt, verrät er nicht. Anna tippt auf das Naheliegende: Der Ring ist eine gute Abwehrwaffe gegen heiratswütige Frauen. Nett von ihm, dass er sie nicht dazuzählt. Oder er denkt, dass sie schon zu alt ist, um davon zu träumen. Falsch gedacht: Frauen bleiben bis ins Greisenalter romantisch und von der Idee besessen, dass ihr Ritter in strahlender Rüstung noch zu ihnen unterwegs ist. »Ich habe nie geheiratet. Um ehrlich zu sein: Es hat mich nie einer gefragt. Was zu bedauern wäre, wenn ich an die Institution der Ehe glaubte.«

Liebling hat den Bierdeckel mit Annas Unterschrift in seine Jackentasche gesteckt. Sie deutet es als eine Geste des Aufbruchs, doch er bestellt noch zwei Gläser Bier. Das ist gut, weil Annas Durst groß ist und sie nie wieder überlegen muss, ob Alkoholpegel und Autofahren zusammenpassen. Sie holt eine Visitenkarte aus ihrer Handtasche, schließlich muss der Mann wissen, wo er sein Geld eintreibt.

Welches Geld? Liebling studiert die Karte, als ob sie ihm Aufschluss gäbe über Anna Marx im Besonderen. »An welchem Fall arbeiten Sie gerade?«

Anna öffnet einen Knopf ihres T-Shirts. Nicht, um ihn zur Heirat zu verführen, sondern um Sonne an ihre Haut zu lassen. Dieser Tag wäre wunderschön, wenn sie rechtzeitig auf die Straße geschaut hätte, statt nach Zigaretten zu suchen. Sein Blick ist schwer einzuschätzen, doch böse ist er nicht. Es scheint ihn wenig zu berühren, dass sein Wagen demoliert ist. Ein Mann, der nicht an Dingen hängt, das gefällt ihr. Und so erzählt sie ihm unter Weglassung der Namen die Geschichte des Heiratsschwindlers, den sie unbedingt finden muss, um Eva Mauz ihren Seelenfrieden zurückzugeben. Und eine Prämie zu kassieren, auch dieser Aspekt ist von Bedeutung, besonders jetzt.

»Die Schwester meiner Klientin hat sich umgebracht, das war vor vier Wochen. Nennen wir sie Helga. Helga war siebenundfünfzig, als sie sich in ihrem Wohnzimmer erhängte. Es war Selbstmord, und die Schwester ist überzeugt, dass ein Mann daran schuld ist. Einer, dem Helga ihr Erspartes anvertraut haben muss, denn es ist nichts mehr auf den Konten. Ungefähr eine halbe Million, die Schwestern hatten ein Grundstück geerbt und es verkauft. Meine Klientin kennt diesen Mann nicht, sie hat ihn nur einmal von weitem auf der Straße gesehen. Helga war eine Frau, die ihr Privatleben sehr unter Verschluss hielt. Sie war einsam, sie hatte keinen Freundeskreis, und die Schwestern verstanden sich auch nicht besonders gut. Das ist zumindest mein Eindruck. Doch der Selbstmord hat Schuldgefühle ausgelöst. Sie will diesen Mann unbedingt finden, denn sie braucht einen, der verantwortlich ist. Vielleicht will sie auch nur das Geld zurück, ich weiß es nicht, aber es spielt für den Auftrag ja auch keine Rolle. Ich durchkämme also Berlin nach einem Heiratsschwindler, von dem ich weder weiß, wie er heißt, noch, wie er aussieht.«

Anna hält in ihrem Redefluss inne, um einen Schluck zu trinken.

»Die Welt ist schlecht«, sagt Liebling, und sieht so aus, als ob er wüsste, wovon er spricht.

»Und viele Leute leben gut davon«, erwidert Anna. Sie lächeln einander an. Sie wissen nichts voneinander. Darin liegt die Erotik jedes Anfangs – und vielleicht die Tragödie jedes Endes. Anna fühlt ihren Bauch, das ist ein schlechtes Zeichen. Das letzte Mal war es ein schöner Jüngling mit schlechtem

Charakter, der chemische Reaktionen auslöste. Man kann sich nicht auf sie verlassen. Vielleicht wäre Helga alias Julia Mauz noch am Leben, wenn sie ihren Bauch ignoriert hätte. Oder sie hätte sich eines Tages aus Einsamkeit umgebracht … es gibt viele Gründe, das Leben nicht zu lieben … und keinen einzigen, der gegen die Liebe spricht.

Immerhin bin ich noch keinem Heiratsschwindler aufgesessen, denkt Anna. Einer Reihe von Männern mit guten Manieren und fragwürdigen Eigenschaften, aber sie haben mich nicht umgebracht. Nicht einmal das Prinzip Hoffnung haben sie getötet …

»Wenn Sie die erste Rate bezahlt haben, lade ich Sie zu einem guten Essen ein«, sagt Liebling. »Es gibt ein paar nette Lokale in Berlin oder Brüssel.«

Es klingt gleichermaßen drohend und verlockend. Ich werde hungern müssen, um meine Schulden zu bezahlen, denkt Anna. Eine Nulldiät wäre angebracht. Sie sieht über den Glasrand hinweg in seine braunen Augen. »Das wäre nett.«

»Ich bin nicht nett.« Er blickt zurück, und Anna senkt als Erste die Augen. »Aber ein Heiratsschwindler bin ich nicht – und wenn, würde ich mir keine darbende Detektivin aussuchen, die ein Auto zu Schrott fährt, das sie sich nicht leisten kann.«

Eine Wolke schluckt die Sonne, und Anna friert plötzlich und greift nach ihrer Jacke. »Ich könnte verstehen, wenn Sie böse auf mich wären.«

Wovon ich mir nichts kaufen könnte, denkt Martin Liebling. Sie ist anziehend. Nicht mehr jung, nicht stromlinienförmig, doch mit schönen Augen und Zähnen, die sie oft zeigt, weil sie gerne lacht. Ein bisschen verrückt, doch eine wohltuende Abwechslung von den dynamischen jungen Frauen, die Brüssels Büros und Betten säumen. Eine Armee von Glücksritterinnen: Sie wollen entweder Karriere machen oder einen heiraten, der es an ihrer Stelle tut. Gott, er ist ein abgebrühter Hai, der die Goldfische nur noch aus Gewohnheit mitnimmt. Alles gelebt und genossen, das ist eine Lebensformel, die ihm zunehmend aufstößt. »Ich bin nicht böse. Ich wollte mir sowieso einen neuen Wagen kaufen. Und wenn Sie Ihre Schulden abstottern, ist das schon in Ordnung. Das wirklich Komische daran ist, dass ich zu einem Termin unterwegs war, den ich abscheulich fand.«

»Warum?«, fragt Anna. Ein Marx-Wort von starker Frequenz.

Martin Liebling sieht in eine Ferne, in die Anna ihm nicht folgen kann. »Ach, ist nicht so wichtig. Ich bin froh, dass ich ihm ausgewichen und Ihnen reingefahren bin. Ehrlich! Und darauf sollten wir noch einen trinken.«

»Sie sind ziemlich schräg.«

Er mustert sie auf eine Weise, die sie unverschämt finden könnte. »Sie auch. Was machen wir nun mit diesem angebrochenen Karambolage-Samstag?«

»Nicht das, was Sie denken«, erwidert Anna. Ihre raue Stimme kann sehr spitz werden. Sie knöpft ihr T-Shirt zu und verhüllt sich in ihrer Jacke. Er grinst, als ob er ihre Bemerkung komisch fände. Seine Augen sind hart in manchen Augenblicken. Sie muss auf der Hut sein: vor sich selbst und anderen. Eine Einstellung, die zu nichts führt außer Einsamkeit in schmerzfreier Zone. Julia Mauz hatte den Sprung ins Leben gewagt und war tödlich enttäuscht worden. Anna versteht sehr gut, warum sie abgehoben hat ohne Netz und Seil. Sie muss nur noch herausfinden, für wen sie es tat. Nicht in Wirtschaften sitzen, Bier trinken und das alte Spiel spielen. Bube sticht Dame, das war schon immer so. »Ich denke, wir sollten uns auf den Weg machen. Die Sonne ist weg.«

»Metaphorisch gesprochen?«

Anna schaut in den blassen Himmel. »Nein, tatsächlich. Und ich kann auch kein Bier mehr trinken.«

Martin Liebling zieht sein Jackett an, es sieht leicht und teuer aus. Er könnte ein Hochstapler sein, denkt Anna, oder ein Mafioso. Kein Mann, den sie jemals kannte, ging mit größeren Summen so sorglos um. »Haben Sie sehr viel Geld?«

Liebling sieht sie an, als wäre sie ein kleines Mädchen, das lustige Fragen stellt. »Nein, aber genug. Wir könnten auch irgendwo anders hingehen und Champagner trinken.«

Anna winkt dem Kellner, der sich in den Garten verirrt hat. »Davon kriege ich erst Schluckauf und dann Kopfschmerzen. Ich war nie der Champagnertyp. Womit verdienen Sie Ihr Geld?«

Während sie bezahlt, zündet sich Liebling noch eine Zigarette an. Er will nicht gehen, sondern mit ihr sitzen bleiben, bis es dunkel wird und so kalt, dass sie einander wärmen müssen. Vielleicht liegt es gar nicht an ihr, sondern daran, dass es Tage gibt, an denen er nicht allein sein kann. In dem Augenblick des Zusammenpralls dachte er, dass er sterben müsse. Dass Engel rothaarig sind und Oldtimer fahren, erschien ihm logisch, und dass *Shit* sein letztes Wort gewesen wäre, auch. Sie bezahlt mit einem Hunderter, dem einzigen Schein in ihrem Portemonnaie. Und sieht ihn dann fragend an. Womit verdient er sein Geld? Er spricht nicht gern darüber, aber sie würde ohnehin nicht lockerlassen.

»Mit Wissen, Beziehungen und Kontakten. In Brüssel sitzen Parlamentarier und Bürokraten, und sie werden umschwirrt von Lobbyisten. 6000 sind registriert, aber tatsächlich sind es viel mehr – Vertreter von Industrien, Verbänden und Vereinigungen, die ihre Interessen in der EU vertreten. Es ist ein Spiel, bei dem es um sehr viel Geld geht. Ich berate sie – gegen Honorar natürlich. Stillt das Ihren Wissensdurst?«

Anna steht auf und blickt auf ihn herab. »Ein Lobbyist der

Lobbyisten? Das ist fast so komisch wie Detektivin. Ich wäre nie darauf gekommen.«

Er sieht sie von unten fast zärtlich an. »Geld ist nie komisch, Anna Marx. Das sollten Sie in Ihrem zarten Alter schon gelernt haben.«

Er berührt ihren Unterarm, als er aufsteht, und Anna zuckt zurück. Es geht nicht, denkt sie, und an das *nie mehr* nach dem letzten Scheitern. In Turnschuhen ist sie fast auf gleicher Höhe wie er, sie ist eine große Frau, die immer klein und zierlich sein wollte. Das Hirn ist ein Traumspeicher. Doch immerhin befiehlt es ihren Beinen, sich zu bewegen. »Rufen wir zwei Taxen?«, fragt Anna und rekapituliert das noch verbliebene Bargeld.

Martin Liebling hat sein Handy in der Hand. Es hat ein paarmal in seiner Jackentasche vibriert, während sie unter dem Kastanienbaum saßen, doch er hat es ignoriert. »Wir nehmen eines, und ich setze Sie ab.«

»Ich liege nicht auf Ihrem Weg.« Gott, geht es noch zweideutiger? Anna greift an ihre Nase, das tut sie immer, wenn sie verlegen ist. Doch er telefoniert schon, während Anna mit den Füßen im Kies schart. Vielleicht hätte sie doch mit ihm Champagner trinken sollen, statt auf Aufbruch zu drängen. Wenn etwas zu Ende geht, ist sie immer traurig. Also jeden Abend, wenn sie in ihr Bett fällt, das zu groß für eine Person ist. Wer die Mär vom fidelen Single erfunden hat, ist nie alt genug geworden, um die Grausamkeit des Alleinseins zu begreifen. Sibylle hat zumindest ihr Baby. Jemand, mit dem sie reden kann, während es schreit. Jonathan hat kräftige Lungen, und er ist das hässlichste Baby, das Anna je gesehen hat. Und seine Mutter findet ihn schön. Das ist Liebe.

3. Kapitel

»Damen über fünfzig sind schwer vermittelbar.«

»Und Sie können ein Lied davon singen«, entgegnet Anna liebenswürdig und mustert ihr Gegenüber mit sorgfältiger Abneigung. Linda Baum ist eine jener alterslosen Brünetten, die dreißig oder fünfzig sein könnten. Makellos geschminkt und gekleidet im Stil des pastellfarbenen Perlenkettenschicks, mit dem Anna sich nie anfreunden konnte. Obwohl sie heute ein Kostüm trägt anstelle der üblichen Hosen und Pullover, und selbst auf den alten Trenchcoat hat sie verzichtet, trotz des Regens, der Berlin überfallen hat wie eine Dusche, die sich nicht abstellen lässt.

Dennoch: Im Vergleich zur Dame Baum fühlt sich Anna wie die letzte Schlampe. Sie nestelt an ihrem Blusenkragen und sieht sich in dem blasslila Raum nach einem Aschenbecher um. Vergeblich. »Ich bin Raucherin, das kommt erschwerend hinzu«, sagt Anna.

Linda Baum seufzt dezent und steht auf, um aus einer Schublade einen winzigen Aschenbecher in Herzform zu holen. Die Couch, auf der Anna sitzt, ist blasslila und ebenfalls herzförmig. Dies ist ein lila Eheanbahnungsinstitut, und Linda Baum hat es »Aphrodite« getauft und eine Gipsfigur von entfernter Ähnlichkeit im Eingang platziert. Hier wird der reiferen Generation gedient, die ja auch ein Recht auf Liebe hat. So oder ähnlich formulierte es die Baum am Telefon. Die Detektivin tappt im Dunkeln, doch sie könnte sich vorstellen, dass Julia Mauz das »Aphrodite« gewählt hat. Deshalb sitzt Anna auf der Herzcouch: Andere Institute gaben ihr bereits telefonisch zu verstehen, dass Damen über vierzig zur »Krisenklientel« zählten. Es klang so herzlos, dass Anna nicht glaubt, Julia Mauz könnte ein solches Institut auch nur in Erwägung gezogen haben. Linda Baum hingegen war zuvorkommend, und sie ist es auch jetzt, obwohl sie Anna taxiert wie ein Preisrichter die Pfingstkuh.

»Sie sind sehr apart auf Ihre Art«, sagt sie schmeichelnd, und Anna hasst diesen Satz. Sie bläst ihrem Gegenüber Rauch ins Gesicht. Wie muss Julia Mauz gelitten haben, nachdem sie sich einmal entschlossen hatte, ihr Glück zu versuchen. Eine kleine graue Person, so unscheinbar, dass sie sich aufzulösen drohte, wenn man sie lange ansah. So sagte ihre Schwester, und Anna gab ihr Recht, nachdem sie die Fotoalben studiert hatte.

»Sie sind kein Uschi-Glas-Typ«, setzt Linda Baum nach.

»So alt bin ich ja auch noch nicht.« Anna lächelt gewinnend und entblößt strahlende Jackettkronen. Neben dem Jaguar das zweite große Loch in ihren Finanzen. Nein, besser nicht an das Auto denken. »Ich suche einen attraktiven, lebensfrohen und sinnlichen Mann, auf den IQ oder Geld lege ich weniger Wert. Obwohl, ein bisschen klug soll er schon sein.«

Die Brünette schenkt Tee nach und versucht, Annas Rauchschwaden auszuweichen. » Sie sind anspruchsvoll, das gefällt mir. Ich hege keinen Zweifel daran, dass wir den passenden Kandidaten für Sie finden werden.« Sie lacht perlend. »Männer gibt es schließlich wie Sand am Meer.«

Wo? Anna drückt ihre Zigarette in dem winzigen Aschenbecher aus. »Ich bin freiberufliche Journalistin, doch ich habe eine hübsche Summe geerbt, deshalb ...«

Wie viel ist die Frage, die im Raum steht und nicht ausgesprochen wird. Anna hat den Angelhaken ausgeworfen, und Linda Baum hat angebissen, denn ihr Lächeln ist ein wenig breiter geworden. Geld ist so nett, denkt Anna, und ich habe keines. Sie hätte durchaus sparen können in der Zeit, als sie als Redakteurin ordentlich verdiente. Doch sie hat gelebt und ausgegeben. Und einen Großteil der Abfindung, die ihr die Zeitung zahlte, in todsicheren Aktien angelegt, die abgesoffen sind. Julia Mauz hat es einem Heiratsschwindler in den Rachen geworfen. Ist das nun schlimmer oder besser? Vielleicht, denkt Anna, hat sie für die halbe Million ein paar ekstatische Momente genossen. Sie hätte sich nicht umbringen dürfen, nicht des Geldes oder eines Mannes wegen. Ihre Schwester sagt, dass Julia eine stolze Frau war. Sie hat die Demütigung nicht ertragen, das wäre ein Motiv. Stolz stirbt aus. Anna hängt an Gefühlen, die aus der Mode gekommen sind.

Linda Baum hält ihre Teetasse mit abgespreiztem kleinen Finger und nippt graziös daran, während Anna in großen Schlucken trinkt. Maßhalten zählte noch nie zu ihren Stärken, und unter Baums Blicken schrumpft Anna zur Frau mit Unterleib, die einen Mann sucht, weil sie Sex braucht.

Weit gefehlt. Oder nicht? Anna, die eine Reihe einschlägiger Institute angerufen hat, ist sich fast sicher, dass Julia Mauz in diesem lila Zimmer war. Zum einen, weil das Institut mit *Diskretion und Fingerspitzengefühl* wirbt. Weil Julia sich gewiss überwinden musste, diesen Schritt zu tun.

Zum anderen, weil »Aphrodite« in Julias Stadtteil liegt. Sie besaß keinen Führerschein und gab nicht gern Geld für Taxen aus. Julia ging am liebsten zu Fuß, lange Spaziergänge, die sie mit Menschen in Berührung brachten. Menschen machten ihr Angst und zogen sie an. Sie war zehn Jahre lang mit einem Insektenforscher verheiratet, der in Amazonien an Malaria verstarb. Keine Kinder, sie hat stundenweise in einer Bibliothek gearbeitet, bis sie eingespart wurde und ihre Tage und Abende und Nächte zu Hause verbrachte.

Es sei eine kühle Ehe gewesen, sagte Eva Mauz, und die wenigen Familienfotos bestätigten diese Aussage. Nicht einmal auf dem Hochzeitsfoto lächeln sich die beiden an. Menschen verkommen zu Gefriertruhen, in denen Gier und Leidenschaft in kleinen Häppchen gelagert und selten aufgetaut werden. Bis der Stecker herausgezogen wird … Anna verdrängt dieses Bild und konzentriert sich auf ihr Ziel: einen Mann zu finden, der Gefühle und Geld gestohlen hat. Welche Anforderungen hätte Julia Mauz an einen möglichen Kandidaten gestellt? Von Sinnlichkeit hat sie gewiss nichts erwähnt, das war ein Fehler. Anna begeht ihrer viele, weil sie impulsiv ist und wenige ihrer Begierden tiefgekühlt sind.

»Darf ich nachschenken?« Linda Baum hat einen Fragebogen auf den Tisch gelegt und hält die Teekanne in der Hand. Das Papier ist fliederfarben.

»Nein, danke. Haben Sie denn schon irgendwelche Kandidaten für mich – auf Fotos oder Video?«

Linda Baum lächelt nachsichtig: »Sie sind ein wenig ungeduldig, Frau Marx. Erst einmal bitte ich darum, dass Sie den Fragebogen in aller Ruhe ausfüllen. Exakte Angaben helfen uns, den geeigneten Kandidaten zu finden. Und Videos, mit Verlaub, sind eine eher vulgäre Variante der Kontaktaufnahme. Die meisten Menschen machen vor der Kamera keine gute Figur, deshalb ziehen wir bei ›Aphrodite‹ den Weg der Worte vor. Auch keine Fotos, nur Beschreibungen, anhand derer man sich beim ersten Treffen erkennen kann. Das ist viel romantischer, glauben Sie mir: die gute alte Rose im Knopfloch.«

Julia war hier, denkt Anna, während sie den Fragebogen überfliegt. Niemals hätte sie sich der Selbstdarstellung mittels Kamera ausgesetzt, dazu war sie viel zu scheu.

»Der Austausch von E-mails ist allerdings erlaubt, wenn dies gewünscht wird. Wir können uns dem Zug der Zeit nicht ganz verschließen. Obwohl: Die Kunst zu lieben ist stets romantisch gewesen, wie schon Novalis schrieb. Die Rechnung ist übrigens beigefügt: Zweitausendfünfhundert Euro plus Mehrwertsteuer, zahlbar innerhalb einer Woche.«

Adieu, Novalis. Anna denkt an unbezahlte Rechnungen und sagt: »Das entspricht in etwa den Kosten einer Oberlidstraffung.«

Linda Baum lächelt nicht mehr. Vielleicht liegt es daran, dass ihr altersloses Gesicht, von Chirurgen nachgebessert, nicht allzu viel Mimik verträgt. Oder es mangelt ihr an Humor. »Wie ich sehe, haben Sie noch nicht daran gedacht, Frau Marx. Sehr klug von Ihnen. Die Männer bevorzugen die natürlichen Geschöpfe Gottes.«

Aber nur bis fünfundzwanzig, denkt Anna. Von da an können wir zusehen, wo wir mit unseren Falten bleiben. Bei Anna sind sie um die Augen verteilt und auf der Stirn eingeprägt, nur die Mundpartie ist bisher verschont geblieben. Linda Baum hingegen ist beinahe faltenlos, und dennoch könnte dieses Gesicht eine alte Maske sein, die abscheuliche Kopie jugendlicher Schönheit. Frauen sind ja so erbarmungslos mit ihren Geschlechtsgenossinnen, während sie Männern fast alle körperlichen Makel verzeihen. Nur stark und sensibel sollten sie sein, klug und humorvoll. Anna vermutet, dass Julia Mauz diese Worte wählte. Sie wünschte sich den ritterlichen Romeo und bekam einen Freibeuter.

»Und wie ist das weitere Prozedere?«

Sie entfernt Annas Aschenbecher mit spitzen Fingern. »Wenn wir den Fragebogen analysiert haben und das Honorar überwiesen ist, stellen wir Ihnen schriftlich einen Kandidaten vor. Sie können dann entscheiden, ob Sie ihn treffen wollen oder ob Sie einen weiteren Vorschlag wünschen. Und so weiter ...«

»Das klingt nach grenzenlosem Vorrat«, sagt Anna in den Baum-Rücken, der in rosa Chanel verpackt ist.

Sie dreht sich um: »Es gibt viele einsame Herzen in Berlin, Frau Marx. Ich bin zuversichtlich, dass wir Ihren Herzenspartner finden.«

»Das ist schön. Aber ich habe es ziemlich eilig.« Gott, das war wieder so ein Marx-Lapsus. Linda Baum hat den Mund geöffnet und sieht jetzt leicht dümmlich aus. »Ich meine, dass ich es gar nicht erwarten kann, den Mann meiner Träume zu finden. Ich werde Ihnen Geld und Fragebogen also umgehend zusenden.« Aber nur, wenn Eva Mauz die Kosten trägt, denkt Anna, und dass sie es tun wird, weil sie sich in die »Suche nach dem Mörder« verbissen hat wie ein Bullterrier. Eine Rasse, der sie auch äußerlich ein wenig ähnelt: klein, kräftig, mit dicken Speckfalten um den Hals. Julia war ganz dünn, und sie war grau. Ob sie begonnen hat, sich zu schminken, als sie ihrem Ritter begegnete?

Die herzförmige Couch ächzt, als Anna sich erhebt. Sie hat die Papiere in ihre Handtasche gestopft und schüttelt jetzt eine Hand mit sorgfältig lackierten Nägeln. Dieses Kunststück hat Anna noch nie fertig gebracht. Sie ist der unvollkommenste Mensch, den sie kennt. Allerdings mit Humor gesegnet, der die Schwächen etwas abfedert. Sie hat noch nie von einem Mann gehört, der sich eine humorvolle Frau wünscht. Das wird sie also nicht in den Fragebogen schreiben. »Ich danke Ihnen für die Audienz, Frau Baum.«

Nicht ein Gran ironischen Verständnisses ist erkennbar. Die »Aphrodite«-Kupplerin verzieht ihre Lippen zu einem süßen Lächeln und begleitet Anna zur Tür. »Geliebt wird nur, wer sich selbst liebt«, sagt sie zum Abschied.

»Aber das ist das Schwerste«, erwidert Anna, die immer das letzte Wort haben muss. Doch die Tür hat sich bereits geschlossen, und Anna steht im Flur des Treppenhauses, das nicht herzförmig ist. Sie braucht jetzt Nervennahrung und beschließt, ihre Stammkneipe aufzusuchen, ihr Wohn- und Speisezimmer, Sibylles Kneipe, die »Mondscheintarif« heißt, von mittags bis Mitternacht geöffnet ist und einsamen Herzen zwar keine bessere Hälfte anbietet, doch immerhin Gesellschaft, Lärm und Gelächter, kühle Getränke und heißes Essen.

Sie ist aus Annas Leben nicht wegzudenken, diese Kneipe, so wenig wie die Freundin, die nach Annas Umzug von Bonn nach Berlin der einzige Mensch ist, der ihr wirklich nahe steht. Jemand, den man anrufen kann in Verzweiflung und Freude, eine, die Anna zuhört, wenn sie traurig ist, und mit ihr lacht, was beide lieber tun, aber nicht immer können. Ihre kleine Straße im Scheunenviertel ist Annas Kosmos, den sie nur verlässt, um zu arbeiten, einzukaufen, in ein Restaurant, Konzert oder einen Film zu gehen. Im Sommer radelt sie manchmal an den Wannsee, dies ist ihre einzige sportliche Note, denn sie hasst Leibesübungen in jeglicher Form.

Ausgenommen Sex, und natürlich fällt ihr jetzt Martin Liebling ein, während sie im Bus steht, der durch Regen und Verkehr schlittert. Der unselige Samstag, die Schulden, die Auskunft der Werkstatt, dass sie das Lenkrad und die Kühlerfigur einzeln verkaufen und den Rest verschrotten solle. Mechaniker sind so humorvoll. Sie hat die Figur geholt und den Wisch unterschrieben, dass ihr MK II in die ewigen Jagdgründe eingehen soll. Ihr Namenszug war ein wenig verwischt, und auf dem Nachhauseweg kehrte sie bei Sibylle ein und trank zu viel. »Noch ein Toast auf die schönsten Autos der Welt«, und Freddy, der schwule Barkeeper, tröstete sie damit, dass er wie ein Teufel Caipirinhas mixte. Sibylle bot ihr ein Darlehen von dreitausend Euro an, die Anna mit Babysitten abstottern könne, wenn sie das wollte.

»Nur, bis ich die Prämie für den Heiratsschwindler kassiert habe«, sagte Anna.

Sofern dies jemals geschehen sollte, und ihre größte, vielleicht einzige Chance ist das Heiratsinstitut. Unwahrscheinlich, dass Julia Mauz ihrem Verehrer bei einem Spaziergang begegnet ist. Sie war schüchtern und ließ sich nicht so ohne weiteres ansprechen. Eva Mauz ist davon überzeugt, dass ihre Schwester im Wege der Vermittlung zu Fall gekommen ist. Und beklagt, dass man sie nicht zu Rate gezogen habe. Sie ist, anders als ihre Schwester, ein kommunikativer Mensch. Eine

Endlossprechblasenmaschine, die mit beängstigender Herzlichkeit über Menschen herfällt und sie nicht mehr loslässt. Obwohl Eva Mauz allein lebt, wie ihre Schwester es tat, ist sie pausenlos unterwegs zu Bridgeclubs, literarischen Matineen, Wohltätigkeitsveranstaltungen, Ausstellungen, um nur niemals mit sich selbst allein zu sein. So verschieden, doch Anna versteht, warum Julia die Gesellschaft ihrer Schwester mied, so gut sie konnte. Eva Mauz sägt an den Nerven ihrer Mitmenschen. Es vergeht kein Tag, an dem sie nicht anruft und die Detektivin nach »Fortschritten« fragt, um dann von diesem und jenem zu erzählen oder Anna zu einer »wundervollen Lesung im kleinen Kreis« einzuladen. Jeder Tag wird zu einem Ereignis deklariert, und Berlin liebt die älteren, gut situierten Damen, die Kultur, Kaffeehäuser, Friseure und Hundesalons fördern.

Ich bin ein boshaftes altes Weib ohne Geld, denkt Anna, während sie nach einer leeren Bierdose tritt, die scheppernd auf die Straße rollt. An der Bushaltestelle musste sie sich ihren Weg durch diejenigen boxen, die einsteigen wollten. Jugend forscht, wie rücksichtslos man sich durchs Leben und ins Trockene kämpfen kann, wenn die Sintflut kommt. Dann verwandeln sich die Straßen in ein Meer der Gehetzten, die Schirme als Lanzen einsetzen. Anna wünscht sich Gummistiefel anstelle der teuren, italienischen Schuhe, die alles sind, nur nicht wasserdicht. Verfluchte Eitelkeit, die Frauen nicht verlässt, solange sie auf den Füßen stehen.

Kurz bevor sie die Kneipe erreicht, klingelt ihr Handy. Sie fischt danach in ihrer großen Handtasche, findet es auf wundersame Weise und drückt auf den richtigen Knopf.

»Was machen Sie gerade?«

Martin Lieblings Stimme: »Ich stehe im Regen«, sagt Anna.

»Klingt gut. Ihre tausend Euro sind bei mir eingegangen, herzlichen Dank.«

»Keine Ursache.« Anna springt auf die Treppe und steht unter dem Vordach. Vor ihr der Regen und hinter ihr die Tür zur trockenen Zuflucht. Er muss sich noch ein paarmal bedanken, bis ich meine Schulden bezahlt habe, denkt Anna und drückt das Handy an ihr nasses Ohr. Am Telefon wird sie immer sehr wortkarg, was daran liegen mag, dass sie modernen Kommunikationsformen nur bedingt gewachsen ist.

»Ich rufe aus Brüssel an, aber ich bin übermorgen in der Stadt. Sollen wir essen gehen?«

Die Tür geht auf, Anna erschrickt und lässt das Handy fallen. Es liegt in einer Pfütze am Fuß der Treppe, und eine weibliche Stimme sagt: »Kannste nicht woanders telefonieren?«

Anna dreht sich um. »Kannste nicht aufpassen, du Trampel?«

»Selber Trampel.« Das Mädchen schiebt sich an Anna vorbei, und das Wunder geschieht: Es bückt sich und hebt Annas Telefon auf. »Hier. Scheint noch zu leben, obwohl's schon so ein olles Ding ist.«

Die Verbindung ist unterbrochen. Bevor Anna etwas sagen kann, verschwindet das Mädchen im Regen. Die Welt ist in dieser Ecke Berlins nicht höflich, doch für überraschende Gesten immer gut. Neulich hat ihr ein junger Mann das Fahrrad aufgepumpt, statt es zu klauen. Anna schämt sich für den »Trampel« und alle bösen Worte, die ihr so schnell über die Lippen kommen. Sie wartet, ob Liebling sich nochmals meldet, doch das Handy bleibt stumm. Natürlich könnte sie zurückrufen, es ist nur ein Tastendruck, doch sie bringt es nicht fertig. Eine Barriere aus Stolz und Scheu, die Anna nie gänzlich überwunden hat. *Man darf sich den Männern nicht an den Hals werfen*, ein Spruch ihrer Mutter, die längst tot ist, doch in all ihren furchtbaren Sätzen weiterlebt. *Regen bringt Segen.*

Anna wischt sich ein paar Regentropfen, die sich unters Vordach verirrt haben, aus dem Gesicht und öffnet die Tür zum

»Mondscheintarif«. Liebling wird wieder anrufen. Sie schuldet ihm noch siebentausend Euro. Sie wird nicht mit ihm ins Bett gehen. Doch gegen ein anständiges Abendessen wäre nichts einzuwenden. Warum ruft er nicht an?

4. Kapitel

Anna sitzt im »Einstein« und hat Eugénio de Andrade vor sich liegen. Anstelle einer roten Rose, dem romantischen Erkennungszeichen der »Aphrodite«-Jünger und -Mädels, die von Linda Baum verkuppelt werden, auf dass der Tod sie scheide. So weit sind wir noch nicht, so weit wird es nie kommen, denn die Detektivin sucht einen Heiratsschwindler. Sitzt deshalb im »Einstein« und ist nervös wie vor einem Zahnarztbesuch. *Die Luft beginnt zu schmerzen, wenn aus Liebe ganz langsam die Abfälle ins Stroh fallen …*

Andrades Gedichte sind zu schwer für eine Wartezeit, die Worte verschwimmen vor ihren Augen. Vielleicht braucht sie eine neue Brille. Und sie hätte nicht Wein, sondern Tee bestellen sollen, der Mann könnte sie für eine Alkoholikerin halten und auf der Stelle umkehren, wenn er sie, das Buch und das Weinglas sieht. Die brennende Zigarette. Sie hat nicht gelogen, nur ein wenig gemogelt, als sie sich beschrieb. Ein unvollkommenes Wesen von widerspenstiger Natur. Nicht gut genug, um sich vorbehaltlos zu lieben. Nicht schön genug, um geliebt zu werden. Gepeinigt von der Sehnsucht nach dem perfekten Ich. Nach dem einen oder den sechs Richtigen … und Anna würde sich noch die Zusatzzahl wünschen, weil sie so unbescheiden ist.

»Ein unscheinbarer Dichter«, das waren Worte seines Briefes, von Hand geschrieben. Poeten neigen zu falscher Bescheidenheit. Poeten sprechen die romantische Seite der Frauen an, vielleicht ist Josef Gangwein der Mann, der Julias Herz gebrochen hat. Der Politiker, den sie mittags besichtigt hat, ist von der Liste gestrichen. Heiratsschwindler halten keine marxistischen Vorträge beim ersten Treffen. Vielleicht ist sie ein Opfer ihrer Vorurteile, aber einen Altkommunisten kann sie sich in diesem schrägen Metier nicht vorstellen. Im Falle einer späteren Heirat, sagte er, würde er ihren Namen annehmen, doch vorher müsse sie in die Partei eintreten. Ein attraktiver Mann mit schnarrender Stimme, dem Anna eine halbe Stunde lang lauschte, bevor sie zu Wort kam. Sie sagte ihm, dass sie eine kapitalistische Pflanze sei, zur Umtopfung ungeeignet, und überhaupt: Das erotische Moment fehle. Sprach's und ließ ihn sitzen. Niemals hätte Julia Mauz sich in diese Stimme verlieben können. Sie klang wie knirschende Stiefel auf sibirischem Eis, und obendrein trug er braune Sandalen über karierten Socken Frauenherzen und braune Sandalen kommen nie zusammen.

Abgehakt, und nun wartet sie auf den nächsten Mann, den ihr Linda Baum zugedacht hat. Der Dichter, von dem Anna hofft, dass er der Richtige ist. Ein schneller Erfolg wäre das, was ihr Konto braucht. Eva Mauz hat zehntausend Euro Kopfgeld in Aussicht gestellt. Sie nennt es »Erfolgsprämie«, und natürlich geht sie davon aus, dass die Detektivin sowohl den Mann als auch das Geld findet. Was nicht unbedingt sein muss: Er könnte es verzockt haben oder in Aktien investiert, was im Grunde auf dasselbe hinausläuft. Anna hat ein einziges Mal an das Wunder der schnellen Geldvermehrung geglaubt. Ihre Aktien fielen ins Bodenlose. Geld macht unglücklich, besonders wenn man es nicht hat.

Und nun sieht sie den Dichter durch die Tür kommen: Josef Gangwein trägt einen Hut und darunter weiße Haare, in einem Pferdeschwanz gebändigt. Ein Poet in Erscheinung und Gebaren, denn er verbeugt sich, als er vor Anna und ihrem Buch steht, und überreicht ihr eine rote Rose. Das überwiegend jugendliche Publikum an den Nebentischen kichert, was ihn nicht zu stören scheint. Anna könnte vor Scham in den Boden versinken, was ein großes Loch zur Folge hätte, und schon dafür wünscht sie sich, dass er der Täter, ihr Opfer, sein möge.

Sie schlägt einen Spaziergang vor, um der Scham zu entrinnen, doch nein, er fühlt sich im »Einstein« zu Hause, und er bestellt einen Café Latte, weil sich das so gehört um diese Tageszeit. Der Schal ist gelb. Anna hat gelbe Schals noch nie gemocht, aber darum geht es hier nicht, und so bleibt sie sitzen und sieht ihm schweigend zu, wie er sich aus diesem gelben Schal herauswindet, weil es für diese Halsdekoration ohnehin zu warm ist, drinnen und draußen. Er wirft ihn achtlos auf den freien Stuhl, er ist ein Bohemien und duzt die Kellnerin. Ja, er könnte es sein. Julia war eine Frau mit eindimensionaler Erfahrung. Der Insektenforscher war ihr erster Mann, so sagte die Schwester, und natürlich habe Julia ihn nie betrogen. Anna fragte nicht, was daran natürlich sei, sondern hat es einfach geglaubt. Alles, was sie von Julia weiß, deutet auf eine Frau, die Selbstdisziplin zelebrierte. Etwas, das Anna fremd ist und dem sie deshalb große Bewunderung zollt. Das Weinglas ist fast leer.

Den Hut behält der Dichter auf, Anna tippt boshaft auf eine Halbglatze, und lässt seine forschenden Blicke über sich ergehen. Er sieht eine Frau, die nach dem Glück sucht und sich darüber lustig macht. Stillleben mit Früchtchen, er zitiert Andrade: »Stunden, Stunden ohne Ende, lastende, dumpfe, werde ich auf dich warten, bis alle Dinge verstummen.«

Nichts verstummt, der Lärmpegel ist gewaltig, und Anna zwingt ihr Gesicht zu einem Ausdruck der Bewunderung. Er ist belesen und hat ein formidables Gedächtnis. Er spricht von sich. Warum sprechen Männer so viel von sich, wenn sie doch kaum darüber nachdenken? Eine bescheidene Existenz, ganz und gar der Kunst gewidmet. Ein Büchlein hat er bisher veröffentlicht, doch auch winzige Artikel in kleinsten Zeitungen tragen zu seinem Lebensunterhalt bei. Das Land braucht Poeten, doch es ernährt sie nicht anständig. Hört er jemals auf, von sich zu sprechen?

Anna hört ihm zu und versucht, wie Julia zu denken, wie eine Frau, die Männern vielleicht mit Vertrauen und Staunen begegnet. Sie liebte Bücher. In Julias Wohnzimmerschrank fanden sich, nach dem Alphabet geordnet, neben den üblichen Klassikern vor allem Lyrik und historische Romane, darunter nicht wenige romantische Schmöker. Gehe mit einem guten Buch ins Bett – oder zumindest mit einem Mann, der unlängst ein gutes Buch gelesen hat.

Josef Gangwein spricht über Rilke und zitiert wieder freigebig. Er hat eine schöne Stimme und eine manierierte Art zu sprechen. Den Kaffee schlürft er, und er zerkrümelt das Keks mit plumpen Fingern. Der kalte, professionelle Blick muss ihm aufgefallen sein, denn jetzt unterbricht er seinen Redefluss und bittet Anna, nun doch von sich zu sprechen.

»Ich bin unvollendet«, sagt sie und denkt, dass es sogar wahr sein könnte. »Ich habe nie geheiratet und das Gefühl, dass mir etwas im Leben fehlt. Bücher machen sehnsüchtig, aber sie erfüllen nicht. Um ehrlich zu sein: Ich bin ein sehr einsamer Mensch. Keine Verwandten, und meine Freunde habe ich zurückgelassen, als ich vor zwei Jahren nach Berlin zog.« Lügen, die die Wahrheit berühren, sind die besten. »Früher habe ich als Journalistin gearbeitet, aber sie haben mich ausgemustert, und nun lebe ich von meinem Erbe.«

Der Dichter legt seine Hand auf ihre. Sein Blick ist tiefgründig, und Anna blinzelt nervös, weil sie ihren Instinkt bekämpft, die Hand wegzuziehen. »Geld ist nur eine Fußnote des Lebens«, sagt er, »denn worum es wirklich geht, ist zu lieben und geliebt zu werden.«

Wirklich schön. Warum klingen Sätze wie dieser so anrüchig, fragt sie sich und zieht ganz behutsam ihre Hand unter seiner weg. Sie hat kräftige, lange Finger, und sie hat sich von Sibylle deren Brillantring ausgeborgt, um der Erbin mehr Gewicht zu verleihen. Er hat ihn registriert, die braunen Augen unter erstaunlich langen Wimpern sind anders als der Rest dieses Mannes: sehr wach und flink und überhaupt nicht sentimental. Sie muss aufpassen und jede Geringschätzung verbergen. »Sie haben ja so Recht«, sagt Anna. »Aber wir tun uns schwer mit der Liebe, wenn wir in ein gewisses Alter kommen. Die Unbefangenheit ist weg, die Spontaneität, die früher alles so einfach machte.«

»Sie sind doch ein junges Mädchen mit ein paar Falten«, erwidert Josef Gangwein.

Sie kann gar nicht anders, als geschmeichelt zu lächeln. Und denkt an Julia Mauz, die vielleicht bei diesem Satz errötete. Eis schmilzt ganz leicht in der Sonne. Da kommt einer, der dich mit seiner Bewunderung wärmt, und du glaubst, der Eiszeit entronnen zu sein … und es ist falsch, jetzt an Martin Liebling zu denken. Konzentration, Anna: »Ich bin doch sicher nicht die Erste, die Sie über ›Aphrodite‹ kennen lernen?«

Die kurze Pause deutet darauf hin, dass er über die Antwort nachdenkt. Er schlürft den Rest seines Milchkaffees und sagt dann leise: »Nein, es ist nicht mein erster Versuch, aber es könnte doch sein, dass es der letzte ist. Oder?«

Vier Buchstaben schwingen in der Luft, nein, sie hängen schwer und tropfen langsam zu Boden, und Anna muss sie irgendwie auffangen. Und was, wenn er echt ist?, denkt sie. Ein Mensch, der Liebe sucht, mit einer Rose aufkreuzt und fremde Dichter zitiert, weil seine eigenen Reime niemals so schön geraten? Dann wäre sie von beiden der Schurke, und dafür müsste sie sich schämen. Was tut sie? Zündet sich eine Zigarette an, bevor er nach dem Wegwerffeuerzeug greifen kann.

Sein Blick ist fragend, vielleicht sogar flehend, und alles kann falsch oder richtig sein, und Anna tappt im Dunkeln ihres Misstrauens. Julia Mauz ist tot. Warum hat sie nichts hinterlassen, das einer Spur gleichkäme, ein Tagebuch, Briefe, Fotos, ein Überweisungsformular …? Sie hat die halbe Million in bar abgehoben, einfach so. Sie war im Gegensatz zu ihrer Schwester eine bescheidene, sparsame Frau. Was hat er ihr erzählt, um sie dahin zu bringen, ihm alles zu geben? Und was soll sie Josef Gangwein antworten?

»Ich finde Sie sehr nett.«

Jetzt sieht er enttäuscht aus, und Anna schiebt diesem dummen Satz ein Lächeln nach. Sie sollte nun aufstehen und gehen, wie hat sie sich das überhaupt vorgestellt, einen Heiratsschwindler zu überführen? In dem Gespinst aus Lüge und Täuschung, die mit der Begegnung der Geschlechter einhergehen, ist Wahrheit die kostbare Ausnahme. Sie könnte ihn jetzt einfach fragen: Fühlten Sie sich schuldig, als Sie von Julias Selbstmord hörten?

»Ich muss Ihnen ein Geständnis machen.« Josef Gangwein hat die Beine übereinander geschlagen, sich zurückgelehnt und die Arme verschränkt. Der Hut wirft Schatten über sein Gesicht. Anna umklammert ihr leeres Weinglas.

»Mein bisher einziges Büchlein habe ich im Selbstverlag herausgebracht. Ich habe exakt siebenundzwanzig Exemplare verkauft. Poeten sind eine gefährdete Spezies, wissen Sie. Man kann mit diesem Beruf nur Geld verlieren. Aber was ich eigentlich sagen will: Ich bin ein armer Mann. Wenn Sie das stört, sollten Sie jetzt aufstehen und gehen.«

Sie geht nicht. Sie bleibt und redet und hört zu, sie raucht und bestellt noch ein Glas Wein. Poeten sind eine gefährdete Spezies – aber sind sie auch Hochstapler? Eva Mauz hat den Mann einmal gesehen, von weitem, und als sie ihrer Schwester winkte, um auf sich aufmerksam zu machen, wich diese in eine

Seitengasse aus. Er trug einen schwarzen Hut, sagte Eva Mauz, und einen weiten Mantel, mehr hat sie nicht erkennen können, zumal sie aus Gründen der Eitelkeit keine Brille trägt. Wie viele Heiratsschwindler mit Hut laufen durch Berlin? Eine vermessene Idee, ihn auf diesem Weg überführen zu wollen.

Doch sie hat keine andere. Anna und Josef, sie duzen sich nach zwei Stunden im »Einstein«, trinken noch eine Flasche Wein zur Feier der Begegnung. Sie haben viel Zeit, sie sind im Vorruhestand aller Erwartungen. Sie teilen die Bewunderung für Rilke und Vermeer und die Ablehnung von politischen Gesprächsrunden mit Frisören. So beginnen Liebesgeschichten, doch natürlich nicht diese, und die Rose beginnt zu verwelken, während die Luft dicker wird mit zunehmender Bevölkerung im »Einstein«-Land, in dem sie Fremdlinge sind inmitten von coolen, jugendlichen Helden, die vom Tod so weit entfernt sind, dass sie das Leben gar nicht wahrnehmen. Die spaßige Generation mit durchtrainierten Körpern, die als Projektionsflächen für Modeuniformen dienen. Jäger des verlorenen Schatzes der Individualität. Von Angst gepeinigt, nicht zum inneren Kreis der nomadisierenden Clubszene zu gehören, die sich auf ein paar Straßen rund um den Hackeschen Markt konzentriert. Anna kann sich kaum noch erinnern, einmal so jung gewesen zu sein, und Josef überspielt seine Trauer um verlorene Jahre mit Exzentrik, denn einfach nur alt zu sein ist schäbig.

Leben, leben, die Gier ist unermesslich, doch er kann sie nicht befriedigen. Er sieht Anna tief in die Augen und meint zu finden, was seiner Eitelkeit Nahrung gibt. Ab einem gewissen Punkt sind sie alle leichte Beute, die Stolzen und Scheuen, die Vernünftigen und Sentimentalen, die Enttäuschten und Erwartungsvollen, die Klugen und Dummen. Doch es erfordert Geschick, dorthin zu kommen. Und je älter er wird, desto virtuoser spielt er auf dem Instrument der Verführung. Es ist ein

Spiel, das ihn fasziniert, zumindest so lange, bis er an den Punkt kommt. Dann ist alles Routine. Und es wird bei ihr nicht anders sein, denn sie sind leicht zu haben, die Damen über fünfzig.

Vielleicht ist sie ein schwieriger Fall, denn ihr Blick ist skeptisch, und manchmal erscheint ihr Lächeln ironisch. Ihre Hände verraten Nervosität: Wenn sie nicht raucht, spielt sie mit dem Weinglas. Lange, kräftige Finger, nachlässig lackiert Nägel und ein Ring von gewissem Wert, allerdings ist der Stein nicht erste Wahl. Sie war nie verheiratet. Zu wählerisch, Zeile für Zeile ihre eigene Wüste, und nun hat sie Durst, das alte Mädchen, und Schmeicheleien kommen ihm so leicht von den Lippen und fließen, von Vernunft zensiert, dennoch in ihr Herz. Wer hat ihr zuletzt gesagt, dass sie wunderschöne Augen hat? Wer ihre Hand berührt?

Er zitiert ein paar Zeilen des lausigen Dichters Gangwein, der mit dem Fluch der Talentlosigkeit und gleichwohl dem Drang zu Höherem geboren wurde. Kein Erbe, das diese Diskrepanz aufhob, und zu viele Jahre seines Lebens hat er mit niedriger Arbeit vergeudet, bevor er sich zum Poeten emporschwang, ein Beruf, der zumindest die Frauen beeindruckt. Sie dichten selbst gerne und nennen es Wahrheit. Diese rothaarige Person spricht sehr wenig von sich, stellt aber viele neugierige Fragen. Sie will wissen, wie viele Frauen er schon geliebt hat.

Hunderte – und keine. Die Liebe stirbt oft eines plötzlichen und erwarteten Todes. Denn nichts währet ewig – nicht einmal die Wirkung der Potenzpille, die er geschluckt hat für den Fall der Fälle. Es sieht nicht so aus, als ob es dazu kommen würde, doch weiß man es bei den ausgehungerten Hyänen, die Linda Kroll auf ihrer Liste hat?

Zwei Stunden rhetorischen Vorspiels hat er eingeplant … und die Uhr läuft jetzt … und der Zeiger bewegt sich nach unten …

5. Kapitel

»Mondscheintarif« kurz vor Mitternacht: Die Kneipe liegt fast gegenüber von Annas Wohnbüro im Scheunenviertel, und um diese Zeit sind die Gäste getränkt von sanfter Melancholie, Alkohol und Müdigkeit. Am Ende des Tages finden sich die üblichen Verdächtigen an Freddys Theke: Anwohner, der schwule Clan des Barkeepers sowie Fremde, die von einem Ort zum anderen ziehen auf der Suche nach dem wahnsinnigen Spaß, der ultimativen Begegnung, dem Rausch des Vergessens. Leiser ist die Musik zur Geisterstunde, und wer nicht schweigen kann, schwelgt in besoffenen Themen von Politik, Geld oder Liebe. Folter im Irak und die deutsche Misere auf hohem Niveau, sinkende Aktienkurse und steigende Arbeitslosigkeit, die ernste Liebe und der leichte Sex. Es ist alles eins, und nur um eines geht es: diesen Tag zu überleben und wenn möglich die nächsten, am besten nicht allein.

Sibylle sitzt an der Theke vor einem Glas Milch und raucht die todbringende Zigarette. Sie sieht müde aus, ein schlafgestörtes Muttertier, das als Kneipenwirtin zu funktionieren hat. Anna hat drei Stunden Nachtwache bei Jonathan gehalten und dabei versucht zu lesen, doch Babys schlafen unsäglich leicht, und wenn sie aufwachen, schreien sie. »Was willst du von mir?«, brüllte Anna irgendwann zurück, und er schien es komisch zu finden, denn er lächelte wie ein Engel und war still. Für ein paar Sekunden. Anna hat die zweifelnde Freundin einst darin bestärkt, dieses Kind auszutragen. Das hat sie nun davon. Sibylles Blick ist flehend: »Hat er geschlafen?«

»Wenig, aber er war lieb.« Anna setzt sich auf den freien Barhocker und überlässt Freddy die Wahl des Getränks. Er stellt ein Bier vor sie hin. »Babys machen durstig.«

Und sehr, sehr aggressiv, denkt Anna. Wenn sie schlafen

oder lächeln, sehen sie aus wie verknautschte Engel. Doch das Brüllen ist teuflisch, es zerrt an allen Nerven bis hin zum Zusammenbruch aller Liebe. Seit sie zum Kreis der Kinderhüter gehört, versteht Anna, dass auch die Mutter-Kind-Beziehung nicht perfekt ist. Weil sie aus vollkommener Abhängigkeit besteht. Aus der Fortpflanzung von Schuld. Und der Gedanke *Ich könnte dich aus dem Fenster werfen* war da, und sie weiß, dass auch Sibylle ihn kennt. Es sind die besseren Mütter, die das zugeben, zumindest nach Annas Auffassung.

»Prost, Mama. Du kannst dich entspannen. Er schläft, und ich habe das Babyfon mitgebracht.« Das Folterinstrument liegt auf der Theke, und Sibylle starrt darauf, als wolle sie es hypnotisieren, still zu bleiben. Anna streicht über ihren verspannten Nacken. »Na komm, er war fast die ganze Zeit wach, jetzt ist drei Stunden Ruhe ...«

»With a little help from my friends« ist ein gutes Lied zu dieser Stunde, und Fjodor singt laut mit, weil er Tenor ohne Engagement ist und manchmal die Stimme mit ihm durchgeht. An seinen Gesang zu allen Gelegenheiten hat Anna sich mittlerweile gewöhnt, und auch daran, dass er sie regelmäßig anschnorrt, weil er sie in die Familie seiner Mäzene eingereiht hat. Doch Fjodors Kreuzzug gegen Raucher geht ihr allmählich zu weit. Gemeinsam mit Freddy versucht Fjodor, ein Rauchverbot im »Mondscheintarif« durchzusetzen, die beiden sammeln Unterschriften bei den Stammgästen und husten abwechselnd anklagend, wenn jemand sich eine Zigarette anzündet. Was Anna jetzt tut.

»Roken ist dodelijk«, ruft Fjodor jetzt, die flämische Variante, denn er kann diesen Satz in fast allen Sprachen.

»Klingt witzig«, sagt Anna, pafft ungerührt weiter und nimmt sich vor, ihm nie wieder etwas zu leihen und die Polizei zu rufen, wenn er das nächste Mal bei offenem Fenster Arien schmettert. Seit Jonathan auf der Welt ist, raucht sie nicht mehr in Sibylles Wohnung, die oberhalb der Kneipe liegt. Raucht nicht in öffentlichen Gebäuden oder Verkehrsmitteln, auf Flug- und Bahnhöfen, in Gegenwart von Kleinkindern und Asthmatikern. Sie findet, das reicht. Es muss Refugien geben für die süchtige Minderheit, die genauso stirbt wie alle anderen. Vielleicht schneller, aber andererseits gibt es viele Arten, zu Tode zu kommen. Zum Beispiel durch Herzensbrecher und – Diebe, und Julia wählte den Strick, eine Form des Selbstmords, die Anna fast so martialisch findet wie die Samuraivariante. Sie wäre eher der Schlaftablettentyp, in Verbindung mit einer Flasche Vodka, aber nein, da ist immer noch diese Neugier auf das Leben, und die kann sie nicht töten, solange sie fühlt.

Die Putzfrau fand Julia Mauz im Schlafzimmer, es war der Donnerstag, an dem sie immer kam, und da hatte Julia Mauz schon drei Tage an einem Wäscheseil gehangen. Bis auf die umgeworfene Trittleiter war die Wohnung ordentlich aufgeräumt. Julia hatte ihre Tagebücher verbrannt und die Asche in den Mülleimer geworfen. Es gab nichts mehr zu tun, als die Notrufnummer zu wählen.

Anna hat mit der Putzfrau gesprochen, zumindest in Ansätzen, denn Deutsch ist nicht immer die gängige Sprache in Berlin. Olga beherrscht die Diskretion der drei Affen. Über die Tote sagte sie nur Gutes, obwohl sie Julia Mauz offensichtlich nicht mochte. Fünf Euro die Stunde, das Wort »Hungerlohn« kam Olga schnell über die Lippen. Die Ausgebeuteten sind sich ihrer Lage bewusst, doch sie wissen auch um das kapitalistische Spiel von Angebot und Nachfrage. Die Schwester hat Olga in ihre Dienste übernommen, sie begründete es mit moralischer Pflicht, obwohl Olga vermutlich billiger ist als die Tschechin, die sie bisher hatte. Anna mag Eva Mauz nicht, und in solchen Fällen unterstellt sie stets niedrigste Motive. Doch ihr Geld braucht sie dringend, obwohl sie im »Mondscheintarif« anschreiben lassen darf, bis sie wieder flüssig ist. Es wird nie sprudeln, denkt Anna, weil ich eine lausige Detektivin und noch schlechtere Autofahrerin bin. Bisweilen sackt die Stimmung in Weltschmerz, den mit Alkohol zu bekämpfen müßig ist: Er macht alles nur noch schlimmer.

»Ist noch was zu essen da?«

Sibylle sieht Anna mit müden Augen an. »Nur noch ein paar Sushi.«

»Ich hasse Sushi.«

Anna hasst fast alles, was gesund und kalorienarm ist. Sibylle murmelt etwas von Käse und Wein.

»Das klingt schon besser. Bleib sitzen, ich hole es mir aus der Küche.«

»Im kleinen Kühlschrank«, ruft Sibylle ihr nach. »Und bring mir auch was mit.«

Freddy schüttelt den Kopf, denn er missbilligt Fressorgien nach Mitternacht. Disziplin ist, was den beiden Frauen fehlt, die er anbetet, weil sie so lasterhafte Geschöpfe sind. Bevor Sibylle Mutter wurde, war sie eine bisexuelle Allesfresserin, doch nun scheint sie von Sex so weit entfernt wie die Erde von der Sonne. »Was macht deine Feindberührung?«, fragt Freddy tückisch, als Anna mit einem Tablett aus der Küche kommt.

Fjodor schielt auf den Käse. Eine göttliche Stimme wie seine braucht Nahrung. »Er hat sie in der Laterne geküsst – wie Lili Marleen.« Ein wunderbares Lied, und alles, was danach an Schlagern kam, war nur noch Schrott. Fjodor hat Anna und den Mann observiert, als die beiden nach Hause kamen, zu später Stunde, und sie stiegen die Treppen gemeinsam hoch, was zu verraten einem noblen Mann unmöglich wäre. Anna sieht ihn jetzt an, als ob sie ihn töten wollte. Sagt: »Ich wünschte, dein Gesang wäre so gut wie dein Deutsch. Wie lange lebst du schon in Berlin – zehn Jahre?«

Zwölf Jahre. Fjodor verzichtet auf eine Antwort, denn Anna

Marx ist keine musikalische Kapazität. Taub wie Beethoven. Zickig wie die Callas, nur leider ohne Gesang. Aber sie hat ein großes Herz, und er liebt sie auf seine impotente Art, selbst wenn ihre Rauchschwaden seine Stimmbänder in den Ruin treiben. Ein Russe im Exil braucht viele Freunde, die ihn füttern und tränken. Er nimmt sich Käse vom Tablett, während Freddy den Rotwein öffnet und Anna und Sibylle miteinander flüstern.

»Du hast diesen Liebling ge…?«

»Gewas … auch immer: Nein.«

Anna lügt. Sie hat. Und einen Teufel wird sie tun, dies zu erzählen. Weil sie sich ein bisschen schämt, man könnte niedrige Beweggründe unterstellen, da sie doch mit dem Mann geschlafen hat, dem sie viel Geld schuldet. »War nur ein harmloser Abschiedskuss nach einem wundervollen Essen im ›Margaux‹.«

»Sah aber nicht dergleichen aus«, wirft Fjodor ein und stiehlt noch ein Stück Käse. Anna hat große Lust, seine weiche, weiße Hand mit der Gabel aufzuspießen. »Du bist ein russischer Spion. Und von Sex verstehst du gar nichts.«

»Ich bin nur unten impotent, meine Liebe. Mein Kopf ist sehr sexy.« Fjodors leicht hervorquellende Augen mustern Annas Oberkörper. »Und du hast immer einen Knopf zu viel offen. Du wirst dich erkälten, mich anstecken und meine Stimmbänder morden.«

»Ist er in dich verliebt?«, fragt Sibylle. Sie meint Liebling, doch Fjodor fühlt sich angesprochen. »Sie ist meine Angebetete, doch leider stinkt sie wie eine Räucherkammer. Du wirst sterben, Anna, und ich werde dir weiße Orchideen aufs Grab legen. Und Mozarts ›Requiem‹ singen. Alle werden weinen. Ich auch.«

Anna verdrängt die Vorstellung ihrer letzten Party und greift nach dem Glas. *Wein auf Bier, das rat ich dir.* Einer der tausend Sprüche ihrer Mutter, die an Krebs gestorben war, bevor Anna ihr sagen konnte, dass sie sie trotz allem liebte. So vieles, das sie bedauert, auch, dass sie Martin Lieblings Verführungskünsten so schnell erlegen ist. Oder war es umgekehrt? Sie haben beide ganz sicher zu viel getrunken, und sie wollten nicht, dass der Abend endet, und hatten Angst vor dem Alleinsein. Das war's auch schon. Nein, er ist nicht verliebt, denkt Anna, er hat nur mitgenommen, was er gerade kriegen konnte. Und ich auch, womit wir einander verdienen, gewissermaßen. Martin Liebling ist jetzt wieder in Brüssel, und er hat sich nach der Nacht nicht mehr gemeldet, nur Blumen schicken lassen, nachdem er im Morgengrauen gegangen war, als Anna noch schnarchend im Bett lag. Vermutlich hat sie geschnarcht, tut sie immer, wenn sie zu viel getrunken hat. Es waren siebzehn rote Rosen, und sie hatte keine passende Vase und stellte sie in den Putzeimer.

Es war guter Sex, nicht von großer Leidenschaft getragen, sondern eher von flüchtigem Verlangen und behutsamer Zuneigung. Sie haben beide sehr gelacht, als Liebling aus dem Bett fiel, dabei die Nachttischlampe umwarf und einen Kurzschluss auslöste. Der zweite Verkehrsunfall, den sie mit ihm erlebte, war eindeutig komischer, doch danach war die Erotik zum Teufel. Sie rauchten noch eine Zigarette im Bett, versicherten einander, dass sie das allein nie tun würden, und schliefen Rücken an Rücken ein. Annas letzter Gedanke vor dem großen Schlaf war die Horrorvorstellung, neben einem fremden Mann im harten Morgenlicht aufzuwachen. Nun, das hat er mit seinem frühzeitigen Abgang abgewendet. Gut möglich, dass sie ihn nie wieder sieht. Aber eigentlich schade. Sie hatten Spaß miteinander, so viel, wie Fremde haben können, die einander sympathisch und nicht gänzlich unerotisch finden.

»Wirst du ihn wiedersehen?«, forscht Sibylle. Neugierig war sie immer schon, doch seit sie Mutter ist und dem Sex-as-sex-can abgeschworen hat, schwingt leichte Eifersucht in ihren

Fragen. Sie will Anna ganz für sich haben, als Freundin, Klagemauer und Leihmutter, und Männer empfindet sie in diesem Zusammenhang als Bedrohung.

»Ich weiß nicht. Wenn er mich so tollkühn füttert, schon. Er ist einfach nett, und ich schulde ihm was, wie du weißt.«

»Aber keinen Sex«, sagt Sibylle.

Fjodor zwinkert Anna zu, und sie weiß, dass er als Geheimnisträger nichts taugt. Sie sollte jetzt sagen, dass Sibylle sich aus ihrem Intimleben raushalten soll, doch Anna schweigt feige und wechselt das Thema. Sie erzählt von Josef Gangwein, dem Dichter, der ein Heiratsschwindler sein könnte, und nimmt sich vor, Julias Bücherregal noch einmal zu durchforsten. »Hautfetzen« heißt sein Gedichtband, und wenn er Julia kannte, wird er ihn ihr geschenkt haben. Ein kleines, unscheinbares Buch, und wenn sie es fände, wäre dies ein fast unschlagbarer Beweis. Fast, denn natürlich gab es die »Hautfetzen« auch zu kaufen, doch dies wäre ein unwahrscheinlicher Zufall. Julia hat alles vernichtet, was auf den letzten Mann in ihrem Leben hindeuten könnte. Aber die Geschenke …?

Jetzt fällt ihr ein, was sie vergessen hat: Das Präservativ mit Monsterkopf, das sie in der Dunckerstraße für Freddy besorgt hat. Sie holt es aus ihrer Tasche und legt es vor Freddy auf die Theke. »Ein neues Teil für deine Sammlung …«

Freddy, zurzeit in einen arbeitslosen Investmentbanker verliebt, der Blumen in Kneipen verkauft, nimmt das Geschenk huldvoll in Empfang. Sex ist komisch, traurig, aufregend, unschlagbar … und ist alles, das ihn am Leben hält. Wäre er impotent wie Fjodor, er würde sich auf der Stelle umbringen. Mit dem schönen venezianischen Dolch, den ihm einer seiner Liebhaber geschenkt hat. Helmut starb an Aids, das kommt vor, und die konsequente Anwendung von Präservativen hat Freddy vor diesem Schicksal bewahrt. Seither sammelt er sie wie Reliquien, und Anna, die Gute, hat nicht vergessen, dass er heute sein Jubiläum feiert: Fünf Jahre Barkeeper im »Mondscheintarif«. Sibylle hat nicht daran gedacht, doch er verzeiht dem Muttertier, weil es von seinem kleinen Monster allmählich aufgefressen wird. Sie sieht erbärmlich aus, Frauen ihres Alters sollten auf den Schönheitsschlaf achten. Und wären nicht Anna und die Kellnerinnen und Freddys vorübergehend beschäftigungslose Kumpel, die Jonathan betreuen, dann müsste Sibylle die Kneipe glatt aufgeben. Was schade wäre, denn sie ist seine Heimat, das Hauptquartier seiner sexuellen Beutezüge, die Oase seines Wohlbefindens, denn er braucht Gesellschaft wie andere die Luft zum Atmen. Alles erträgt er, nur nicht die Stille des Alleinseins. Weshalb ihm egal ist, wenn Gäste kein Ende finden, außer natürlich, er hat schon einen Lover für die Nacht gefunden und muss nicht allein sein.

Freddy wartet auf seinen Blumenverkäufer und gibt in der Zwischenzeit eine Flasche Schampus aus, zur Feier des Tages. Er wird vergessen, sie zu bezahlen, und Sibylle wird es nicht merken. Sie vertraut ihm, denn sie hat keine Wahl, und im Großen und Ganzen kann sie sich auf seine Anständigkeit verlassen. Mehr oder weniger.

Anna bleibt bei Rotwein. Und raucht schon wieder. Rauchen lässt die Haut altern, ach, was hat Fjodor ihr schon alles erzählt, und sie glaubt dennoch, dass sie unsterblich sei. Er röchelt theatralisch und eilt zum Fenster, um es zu öffnen. Die letzten zahlenden Gäste verlangen nach der Rechnung, und Sibylle sieht ihnen dankbar nach, als sie das Lokal verlassen.

Fjodor bietet Anna an, sie heimzubegleiten, und weil sie im selben Haus wohnen, kann sie nicht gut ablehnen. Sibylle überlegt, ob sie mit dem Stillen aufhören soll, weil sie den Alkohol vermisst und die wenigen Zigaretten, die sie raucht, immense Schuldgefühle auslösen. Das Leben ist viel komplizierter geworden – oder einfacher? Alles dreht sich um das Kind, und alles, was vorher wichtig schien, ist hinter seinen Bedürfnissen zurückgetreten, verschwunden ... und manchmal glaubt Sibylle, dass *sie* sich allmählich auflöst.

»Ich habe geschwiegen wie die Gräber«, sagt Fjodor auf dem Nachhauseweg. Die Nacht ist noch jung und laut im Scheunenviertel, und Anna weicht Betrunkenen aus, deren Köpfe kahl geschoren sind. »Halt die Klappe«, flüstert sie Fjodor zu, der zwar aussieht wie ein fetter Germane, aber nicht so spricht. Sie hakt sich bei ihm unter und fragt sich, wer wen beschützen würde. Der russische Tenor würde nicht einmal schreien, weil er seine Stimmbänder schonen will. Ihre rechte Hand umklammert die Spielzeugpistole in der Handtasche. Die Fremden sind zu dritt, das sind zwei zu viel, wenn es ernst werden sollte. Doch nach ein paar Sekunden, in denen Anna die Luft anhält und ihr Körper Adrenalin produziert, ziehen die Glatzköpfe grölend weiter.

Anna atmet aus und tastet erleichtert nach dem Hausschlüssel.

»Er hat bei dir genächtigt«, sagt Fjodor. Sie öffnet die vermoderte Holztür, die sich auch mit einem kräftigen Tritt aufstoßen ließe. Das Flurlicht ist kaputt, wie immer, und sie tasten sich Stufe für Stufe nach oben. Ich hätte ihn den Wölfen zum Fraß vorwerfen sollen, denkt Anna. »Na, und wenn schon. Mach keine Oper daraus.«

»Er ist ein gefährlicher Mann.« Fjodor ist weiter nach oben gegangen, und Anna steht vor ihrer offenen Wohnungstür. Dahinter ist die Leere, die sie fürchtet. Liebling – gefährlich? Fjodor ist ein Idiot, er hat ja nicht einmal begriffen, wie bedrohlich die Glatzköpfe waren. Dennoch ruft sie ihm durchs dunkle Treppenhaus hinterher: »Wie zum Teufel meinst du das?«

Keine Antwort, sie hört das Knarren der Stufen. Alles in diesem Haus tönt absonderlich und entspricht somit seinen Bewohnern. Die Wasserhähne rauschen nicht, sie gurgeln. Die Fenster quietschen, wenn man sie öffnet. Der neue Kühlschrank rattert, weil er auf schiefem Boden steht. Die Glühbirnen zirpen wie altersschwache Grillen. Irgendwann wird einer das Haus sanieren und teuer vermieten. Wenn Geld in die Stadt kommt, die so hoffnungslos pleite ist. Also vielleicht nie. Und alles bleibt, wie es ist, was schrecklich, aber auch schön ist.

Liebling – gefährlich? Für wen und warum?, denkt Anna, während sie ihr Gesicht in den kalten Wasserstrahl taucht. Fjodor ist ein Idiot, aber manchmal lag er mit seinen düsteren Prognosen nicht gänzlich falsch. Natürlich besitzt er kein zweites Gesicht, wer glaubt denn an sowas? Trotzdem sollte sie nicht einen Fremden in ihr Bett nehmen. Liebling zu heißen, ist noch keine Charaktergarantie. Als Anna hochsieht, in den Spiegel, glaubt sie für einen Augenblick, Julia Mauz zu sehen. Das Gesicht eines traurigen Kamels. Ein totes Kamel. Es hat alles abgeworfen, was wehtun könnte.

»Du wirst schon sehen, ich krieg ihn noch«, sagt Anna zum Spiegel. Rotweinschwer. Und glaubt daran, bis sie einschläft.

6. Kapitel

Das Restaurant im Parterre hat außer Panoramafenstern nicht viel zu bieten. Liebling verabscheut die Edelkantine, weil das Essen schlecht ist und der Service dieser traurigen Tatsache kaum nachsteht. Das Leben ist zu kurz für alles, und sensible Kreaturen zerschellen an den Klippen ihrer Ansprüche.

Wie der irische Abgeordnete am Nebentisch, der Politik nur in konstanter Trunkenheit ertragen kann. Seine Assistentin und Geliebte wird ihn stützen, wenn er aus dem Lokal wankt. Sie sieht aus wie eine abgemagerte, frigide Kuh. Gibt es frigide Kühe? Egal, solange die »Bunten Bentheimer« nicht aussterben, eine gefährdete Schweinerasse, die in Brüssel eine Lobby braucht, um Teil des geplanten EU-Programms zur *Erhaltung der Agrobiodiversität On-Farm* zu werden. Der Verein der »Bunten Bentheimer« könnte einen wie Liebling nicht bezahlen, hierin liegt die wahre Gefährdung der Schweine. Mal sehen, was er tun kann, Liebling hat ein Herz für bedrohte Minderheiten, das allerdings in keinem konkreten Verhältnis zu seinen finanziellen Bedürfnissen steht. Die Exfrau ist teuer. Brüssel ist teuer. Die Geliebten sind es auch, denn sie wollen verwöhnt werden. Schließlich ist er kein Adonis, sondern ein älterer, leicht beleibter Herr mit Jahresringen. Die Models, die Übersetzerinnen und Assistentinnen, sie alle waren jünger und schöner als er, und das musste bezahlt werden. Anna Marx ist die erste Ausnahme von der Regel, nur muss man sie füttern, denn sie ist ziemlich gefräßig.

Neugierig auch, und deshalb ist sie jetzt in der Luft, auf dem Weg nach Brüssel, um Liebling in seinem natürlichen Lebensraum zu besichtigen. Das Biotop ist eine ewige Baustelle. Der sternförmige Berlaymont-Bau war jahrelang verhüllt, weil größere Mengen Asbest abgetragen wurden. Die Kommission und ihre zwanzigtausend Beamten, die Europaabgeordneten mit ihren Assistenten, die Übersetzer und Verwaltungskräfte sind in allen verfügbaren Gebäuden des europäischen Viertels untergebracht. Provisorien haben in Brüssel Ewigkeitswert.

Im rosafarbenen Haus tagt der Ministerrat, während die Abgeordnetenbüros mit Nasszellen im Parlamentsgebäude untergebracht sind. Das Haus hat viel Glas zu bieten, doch damit ist auch schon alles über Transparenz gesagt. Es braucht einen wie Liebling, sich in dem Wirrwarr der Gänge, Sprachen und Kompetenzen zurechtzufinden. Der Guru der Lobbyisten grüßt nach allen Seiten und registriert beiläufig, wer mit wem an welchem Tisch sitzt. Sein Gedächtnis ist exzellent, er hat es trainiert, so wie seine Liebenswürdigkeit gegenüber allen, die ihm nützlich sein könnten. Er nennt es *Babykissing*: die Streicheleinheiten, die Geschenke zu Geburtstagen, den Champagner zu Jubiläen. Er versäumt es nie, auch die wichtigen Assistenten und Sekretärinnen zu bedenken, denn sie sind ein Quell von Informationen und verfügen über eigene Kommunikationsnetzwerke im europäischen Labyrinth. Wissen ist Macht, und Macht bringt Geld. Einfache Formeln hat Liebling immer schon schnell gelernt.

Er kennt fast alle, die durchs Haus schwirren, doch mit der europäischen Erweiterung wird die Gemengelage vorübergehend unübersichtlich werden. Nach den Wahlen werden ein paar Abgeordnete verschwinden und durch neue ersetzt werden. Immerhin: Berlusconi wird nicht mehr dabei sein, manche Visagen wird er nicht vermissen. Dass die europäischen Konservativen auf dem Vormarsch sind, lässt Liebling kalt, denn Geld lässt sich auf allen Seiten verdienen. Europas Frischlinge werden an die Subventionstöpfe drängen – und wie man sie effizient öffnet und leert, das ist sein Metier. Ein kompliziertes Geflecht aus Regeln, Haushaltsvorschriften und Beziehungen wartet auf die Jungeuropäer – und Liebling wartet auf sie wie die Spinne im Netz.

Darauf trinkt er von dem Bordeaux, den der lispelnde Belgier zu warm serviert hat. Wenn nur jeder seinen Job ordentlich machen würde, wäre die Welt vielleicht ein besserer Ort. Vielleicht aber auch nicht. Es gibt ordentliche Folterknechte und Generäle. Daran denkt er, als Claudia Riviera im Speisesaal auftaucht, gefolgt von ihrer lesbischen Assistentin, mit der sie Büro und Bett teilt. Claudia, europäische Gralshüterin der Hygiene, trägt wie immer ihren Mundschutz, den sie nur zum Essen und Reden vor dem Parlament abnimmt.

Vielleicht auch beim Sex – wäre zumindest vorstellbar. Liebling meint, ihren hasserfüllten Blick trotz der Entfernung zu spüren. Nicht nur, dass er raucht und somit zu ihren erklärten Feinden gehört, nein, er berät auch noch die Tabaklobby, was in Claudias Weltbild einem Massenmord gleichkommt. Die italienische Abgeordnete hat sich zur Galionsfigur der europäischen Antiraucherkampagne stilisiert. Auf der Fanatismusskala hat sie Bin Laden oder Bush weit hinter sich gelassen, und Martin ist davon überzeugt, dass sie zumindest eines schaffen wird: das Rauchen in allen europäischen Gebäuden verbieten zu lassen. Aber nein, es wird ihr nicht genügen: Ganz Europa soll zur rauchfreien Zone werden. Die Welt … und wenn Gott Raucher wäre, würde sie darauf dringen, ihn zu exkommunizieren.

Ein Teil der Kommission ist auf Claudias Seite, aber noch überwiegen die nationalen Kompetenzen und vor allem eins: die wirtschaftlichen Interessen. Tabaksteuer, dieses schmutzige Wort, und wie sollten die Länderetats ohne sie auskommen? Die Tabaklobby kämpft in Brüssel mit dem Rücken zur Wand, doch diese Wand ist sehr stabil, denn sie besteht aus Euroscheinen.

Anna hat verkündet, dass sie auswandern wird, wenn die Diktatur der Nichtraucher greifen sollte. Am besten auf eine Fußgängerinsel, denkt Martin, und er fühlt ein leichtes Ziehen in einer Gegend, wo sein Herz zu vermuten ist. Sehnsucht. Er hat sie vor acht Tagen zum letzten Mal gesehen, und er vermisst ihr Lachen, ihren Mund. So groß und großzügig, und nichts muss er sein in ihrer Gegenwart, das ihn anstrengen würde. Kein überwältigender Liebhaber, kein dynamischer Held, kein Mann ohne schlechte Eigenschaften. Anna ist so fehlerhaft, dass in ihrer Gegenwart alles leicht und warm erscheint. Ja, sie wärmt ihn, und dafür ist er ihr dankbar bis an die Schwelle zur Liebe.

Liebe, liebe Anna, verpass nicht das Flugzeug, weil du auch mit der Zeit schlampig umgehst. Brich dir nicht das Bein auf viel zu hohen Schuhen, wenn du die Gangway hochgehst. Trink nicht zu viele Vodkas gegen Höhen- und Flugangst.

Dein Gesicht, nicht unbedingt schön, aber vollkommen in seinen Unregelmäßigkeiten, will ich als erstes sehen, wenn die Passagiere durch die Glastür ins Freie kommen…

Liebling träumt und trinkt warmen Rotwein, als sich ein anderes Gesicht vor Annas schiebt: Der österreichische Abgeordnete schwebt durch die Kantine, der selbst ernannte Brüsseler Spesenrevolutionär und Privilegienterminator. Hat er wirklich abgehoben? Nein, er tänzelt nur, und ihm fehlt seine Leibgarde, die Journalisten mit den Kameras und Mikrofonen, die den Parlamentariern vor den Wahlen die Hölle heiß machen. Sind die pauschalen Tagesspesen gerechtfertigt, die Abgeordnete in Brüssel und Straßburg kassieren? Legal, egal, Hauptsache, die Presse zieht ihre Spesenkampagne durch, und der Mann in dem beigen Jopperl wärmt sich am Fegefeuer seiner Eitelkeiten. Dass ihn seine Partei gefeuert hat, scheint ihn nicht zu stören. Er ist ein Kreuzzügler, ein Märtyrer, ein Fanatiker – und um seinesgleichen hat Liebling immer einen großen Bogen gemacht. Weil man gegen sie nur verlieren kann …

Eine Welle der Abneigung begleitet den Weg des Abgeordneten durch die Parlamentskantine, und Liebling sieht zur Seite, um ihn nicht grüßen zu müssen. Meide Menschen, die keinen Funken Humor besitzen, diese Regel hat er zumindest in seinem Privatleben konsequent verfolgt. Helena, seine Frau, lachte gerne und sah sehr hübsch dabei aus. Sie war fröhlich, als sie von Liebling Abschied nahm, fast beiläufig und ohne Bedauern, denn sie war eine herzlose Person. Viel zu schön, um sich mit Fragen der Moral zu beschäftigen.

Hasst er sie immer noch? Liebling drängt diesen Gedanken in den Müllhaufen unbeantworteter Lebensfragen. Er ist ziemlich groß, dieser Haufen, und niemand außer ihm selbst nimmt den Gestank wahr. Liebling ist ein diskreter Mann mit guten Manieren und teurem Aftershave. Anna sagt, dass sie ihn gut riechen kann. Sie sagt eine Reihe von reizenden Dingen, doch das Wort »Liebe« ist zwischen ihnen nicht gefallen. Vielleicht sind sie beide zu alt für den romantischen Sprachschatz.

Wie kommt er überhaupt dazu, sich mit einer älteren Dame einzulassen? Überall sitzen sie, die hübschen jungen Dinger, haben studiert, sind vielsprachig und prinzipiell willig, auf die eine oder andere Weise Karriere zu machen. Der Duft der Frauen, die Schwäche für Todsünde halten, erfüllt den Raum. Er ist müde, vom guten Leben betrunken, zu träge, sich selbst oder gar den Rest der Welt verändern zu wollen.

Vielleicht ist es das, was Anna und ihn verbindet: die Angst vor der fliehenden Zeit. Die jungen Damen verstehen das nicht, weil sie sich für unsterblich halten. Und er dachte immer, dass er ein Stück dieser Zuversicht stehlen kann, wenn er sich mit ihnen einlässt. Falsch gedacht, dieses Gefühl hielt nur sehr kurz und mündete stets in Überdruss und Melancholie. Das Leben darf alles sein, nur nicht langweilig: ein Motto seiner Ex. Er wünscht ihr einen aufregenden Tod.

Der Österreicher mit dem eingefrorenen Lächeln ist die einsamste Figur in Brüssel, hat er es doch geschafft, die Parlamentarier aller Fraktionen und Länder gegen sich aufzubringen. Europas Spesenburg hält zusammen, doch »die Hose«, so sein Spitzname, hat einen Stein ins Rollen gebracht. Sie werden die Spesenregelungen ändern, um die Pressekampagne zu stoppen. Wahlen wollen gewonnen werden, und viele Abgeordnete aus dem sozialistischen Lager zittern um ihr Mandat. Mein Gott, es gäbe einiges aufzudecken in Brüssel, doch die Journaille schießt sich auf Spesen ein. Kassieren selber welche, die Journalisten, aber das steht auf einem anderen Blatt und nicht in ihren Blättern. Wie weit müsste sich der Brüsseler Apparat noch aufblähen, wenn 732 Abgeordnete aus 25 Ländern penibel ihre Reisespesen abrechnen?

Unterm Strich würde es vermutlich teurer werden, denkt Liebling, und dann, dass es nicht sein Problem ist. Er kassiert keine Spesen, sondern Honorare – und sie sind fett, fetter am fettesten. Zusammen mit dem Erbe besitzt er mehr Geld, als er vernünftig ausgeben könnte. Ein kleines Problem nagt allerdings an seinem Seelenfrieden. Die verschwundene Diskette.

In einer Welt, in der alles so klein geworden ist, gehen Dinge leichter verloren. Ständig sucht er sein Handy, seinen Palm, die Brille, die Aufladegeräte ... seine Integrität. Das Kleinste von allem, und auch dieser Gedanke landet auf Lieblings Müllhaufen ... *Everybody's Asshole* hat ihn seine Frau genannt. Am Anfang ihrer Beziehung war er noch *Everybody's Darling*.

Auf der Diskette sind Daten über Brüsseler Spitzen: Kommissare, Direktoren, Beamte, Abgeordnete, Assistenten. Informationen, die Liebling im Lauf seiner Arbeit gesammelt hat, und sie sind ein Kaleidoskop der Leidenschaften: Trunksucht, Drogenabhängigkeit, Völlerei, Promiskuität, Homosexualität, sexuelle Präferenzen, manchmal auch nur Hobbys oder Vorlieben für bestimmte Zigarren, Weine, Bücher, Kunstwerke. Und natürlich der Faktor Bestechlichkeit. Sie beginnt mit einer Einladung ins »Comme Chez Soi«, führt über Geschenke und Reisen und endet im Niemandsland eines Schweizer Nummernkontos. Die Grenzen sind so fließend, dass es der Brüsseler Betrugsbehörde schwer fällt, den ersten Stein zu werfen. Und würde in dem Steinhagel nicht alles, alles zusammenbrechen?

Und wer von euch ohne Schuld ist ... im Buch seines Lebens hat Liebling alles notiert, was er in Brüssel und Straßburg an allzu Menschlichem gesammelt hat. Nicht, um Leute zu erpressen oder bloßzustellen, Gott bewahre. Er ist weder ein Verbrecher noch ein Moralist, Letzteres schon gar nicht. Es war die Lust am Detail, die ihn trieb, alles aufzuschreiben. Nützliche Daten im Umgang mit der Macht, und er nannte sein Werk »Die sieben Todsünden«. Schien ihm komisch, dieser Titel, und er hatte ja nie die Absicht, das Material zu veröffentlichen.

Kleine Geheimnisse eines diskreten Spions, oder die Kunst der Kommunikation mit anderen Mitteln.

Die achte Todsünde war allerdings, die Diskette zu verlieren. Er zieht diese Annahme einem Diebstahl vor. Denn niemand wusste davon, nicht einmal seine Sekretärin oder sein Assistent. Sicher ahnten sie etwas, doch beide hatten keinen Zugang zu seinem Giftschrank. Er ist unberührt, und die einzig mögliche Erklärung ist, dass er die Diskette nicht zurücklegte, als er sie zum letzten Mal benutzte. Dass sie irgendwo in dem Chaos liegt, das er Büro nennt. Das schlampige Kind ist mitgewachsen, und in Brüssel, dieser unordentlichen Stadt mit ihren maroden Häusern und Straßen, fühlt es sich wohl. Müllsäcke auf den Straßen gefallen ihm besser als aufgereihte Container. Chaos ist jene Ordnung, die bei der Erschaffung der Welt zerstört wurde – nach Lec und Liebling. Und was, wenn die Diskette in einem Zeitungsstapel lag, in den Papierkorb geriet und von der Putzfrau entsorgt wurde? Ein kleiner Weltuntergang, auch wenn einige der Daten in seinem Gedächtnis gespeichert sind. Liebling fühlt sich einsam ohne seine Diskette. Und ein wenig furchtsam: In fremden Händen wären die »Sieben Todsünden« eine Bombe von gewaltiger Zerstörungskraft.

Nadja winkt ihm zu, und er verzieht sein Gesicht zu einem strahlenden Lächeln. Die französische Abgeordnete steuert auf einen großen Tisch zu, und in ihrem Tross befinden sich konservative Abgeordnete verschiedener Nationen. Nadja sucht eine Mehrheit für die Abstimmung über Gentechnik. Ein Herzensanliegen: Sie sitzt im Aufsichtsrat eines französischen Pharmakonzerns. Viele Abgeordnete sind gleichzeitig Lobbyisten, auch dies eine Brüsseler Spezialität mit Beigeschmack, doch daran nehmen die Journalisten bisher keinen Anstoß.

Claudias Schatten fällt auf seinen Tisch, und Liebling sieht auf. Sie hat gewartet, bis er seine Zigarette ausgedrückt hatte, bevor sie sich näherte. Ihr Mundschutz hängt am Hals, und Liebling registriert den dezenten schwarzen Oberlippenbart. Sie spricht das weiche Deutsch italienischer Kellner, doch ihre Stimme ist hart und schrill: »Wusstest du, dass Rauchen den Penis verkürzt? Eine neue Studie aus Boston. Der Urologe Salimpour hat herausgefunden, dass Nikotin die Blutgefäße durch Kalkablagerungen schädigt und den Blutstrom hemmt. Bis zu acht Millimeter! Und gegen Penisverkalkung hilft auch Viagra nicht.«

Sie spricht zu laut, und Liebling würde sie gern mit ihrem Mundschutz erwürgen. »Mach dir keine Sorgen, er ist lang genug. Möchtest du nachmessen?« Liebling greift nach der Zigarettenpackung, weil dies die sicherste Methode ist, Claudia zu vertreiben.

»Wenn du an Lungenkrebs gestorben bist, werde ich an deinem Grab tanzen« sind ihre Worte zum Abschied, und Liebling fühlt ihren Hass wie eine eisige Dusche. Dann wendet sie sich ab und steuert auf einen Tisch der Grünen zu.

Fast zweieinhalb Kilo Holz werden verbrannt, um den Tabak einer Schachtel Zigaretten zu trocknen: Man hat gemeinsame Anliegen. Die Tabakindustrie finanziert in Deutschland eine staatliche Antiraucherkampagne für Kinder und Jugendliche mit 11,8 Millionen Euro. Toleranz muss erkauft werden, wenn es kein gemeinsames moralisches Anliegen gibt. Und bei der Vorstellung, dass Claudia an seinem Grab tanzt, wird Liebling übel. Er sieht auf seine Uhr und beschließt, früher zum Flughafen zu fahren. Er wird Rosen kaufen und die Zeit des Wartens genießen. Die beste Zeit ist immer die der Sehnsucht. Alle Erwartungen werden nie erfüllt, das weiß er inzwischen. Doch die Hoffnung stirbt nicht. Anna sei Dank: Sie ist eine so optimistische Verliererin. Die wandelnde Lebensgier, gepaart mit ironischer Melancholie. Ein Mensch mit so vielen

Widersprüchen, dass die Summe ein großes, rundes Ganzes ergibt.

Es muss ein besonderer Tag in Brüssel werden. Den Termin in der neuen bayerischen Landesvertretung hat er von seiner Sekretärin absagen lassen. Anna mit Bier und Leberkäse zu füttern, erschien ihm unromantisch. Und vermutlich würde sie sich auf CSU-Terrain danebenbenehmen, sie hat ein loses linkes Maul.

Die »bayerische Botschaft«, im Endstadium der Renovierung, liegt in seinem Blickfeld, direkt neben dem Parlamentsgebäude. Sieht aus wie Neuschwanstein im Zwergformat, denkt Liebling, und dass sie zu den Bayern passt, diese Trutzburg, deren Kauf und Instandsetzung dreißig Millionen Euro gekostet haben soll. Das europäische Viertel ist ein Ghetto, in dem das Geld auf der Straße liegt. Wer weiß, wie es geht, braucht es nur aufzuheben. Liebling ist nicht neidisch. Er versteht, dass der Geruch des Geldes verführerisch ist. Er hat ihn ein Leben lang inhaliert und kann sich kaum vorstellen, wie Anna zu leben: von der Hand in den Mund.

Er wird mit ihr in teure Schuhgeschäfte gehen, um sie glücklich zu machen. Weil sie sich über Luxus freuen kann wie ein Kind. Und vielleicht wird er ihr beim Abendessen von der verschwundenen Diskette erzählen. Anna ist Detektivin, doch andererseits, nein, sie könnte alles missverstehen. Lieben Schnüffler Spione? Obwohl er sich doch eher als Biograph Brüsseler Spitzen versteht. Nein, das Risiko erscheint Liebling zu hoch. Er hat selten den Fehler der Offenbarung begangen und ist niemals zur Beichte geschritten, wofür ihn seine bigotte Großmutter beinahe enterbt hätte.

Während er die Rechnung begleicht und dem müden Kellner ein viel zu hohes Trinkgeld gibt, denkt er an Bruno, seinen Assistenten, und Alicia, die Sekretärin. In all den Jahren erschienen sie ihm immer nur als willige Diener ihres Herrn ohne jeden persönlichen Ehrgeiz. Er hat sie gut bezahlt und behandelt und dafür Loyalität vorausgesetzt. Und was, wenn er sich in ihnen täuscht? Erfolg ist eine gefährliche Droge, weil sie einen in Sicherheit wiegt. Du bist nirgendwo sicher. Vor niemandem. Und wenn du das dennoch glaubst, wirst du in Brüssel auf der Straße erschlagen. Von einem Junkie, der ein paar Euro für einen Schuss braucht.

7. Kapitel

»Er ist wirklich nett.«

»Das reicht nicht.«

»Mir schon. Ich bin einundfünfzig. Betrachte ihn doch einfach als meine Henkersmahlzeit.«

Sibylle sieht ihre Freundin mit schrägem Blick an. Anna ist aus Brüssel eingeflogen und zum späten Frühstück in die Kneipe gekommen. Sie sieht müde aus, durchtränkt von dieser trägen Mattigkeit, die mit Sex zu tun hat. Sibylle verspürt Eifersucht, ein hassenswertes Gefühl, das sie nicht kannte, bevor sie Mutter wurde. Sie braucht Anna. Italien wartet, und niemals wird sie es schaffen, dieses Kind allein großzuziehen. Es ist nicht fair, dass gerade jetzt einer aufkreuzt, der Liebling heißt und ihre Zukunftspläne gefährdet. *Anna Liebling:* Sibylle spürt Panik bei diesem Gedanken. Was für ein lächerlicher Name! Sie könnte ihn umbringen.

Sie ist nicht mehr fähig, klar zu denken. Jede Kleinigkeit mutiert zur Katastrophe, und jede Katastrophe zum Weltuntergang. Sibylle weiß genau, woran es liegt: an der Folter der Schlaflosigkeit. Es sind die kurzen Nächte mit Jonathan, das Wechselbad aus Schreien, Aufwachen, Hassen, Lieben, Trösten, Schlafen, Schreien … und auch ihn könnte sie in ihren schlimmsten Phasen umbringen, nur damit er sie in Ruhe lässt. Ein Kissen auf das kleine Gesicht drücken …

Sie kann es niemandem sagen. Es ist zu furchtbar, und nicht einmal Anna würde verstehen. Sieht denn keiner, dass sie am Rande des Zusammenbruchs auf einem Faden aus Zahnseide balanciert? Anna, mit ihrem Liebling und dem Heiratsschwindler beschäftigt, ist kein Netz, das sie noch auffangen könnte. Und wenn Anna noch einmal gähnt, wird sie ihr die Zähne ausschlagen.

»Dann bring deine Henkersmahlzeit doch mal mit, damit wir auch kosten können.«

Anna setzt ihre Kaffeetasse behutsam ab. Dieser Satz klang nicht leicht, sondern böse. Männer zerstören Frauenfreundschaften, das wäre Liebling nicht wert. Oder doch? Und wie würde er Sibylle finden, Freddy und Fjodor? Annas Freunde, ihre Heimat, und schon ist sie in Versuchung, sie aus kritischer Distanz zu betrachten. Das ist falsch. Beginnst du, mit seinen Augen zu sehen, bist du schon verloren. »Es ist nichts Ernstes, Sibylle. Du musst dir keine Sorgen machen. Ist noch Kaffee da?«

Sibylle zeigt mit dem Daumen auf die Kaffeemaschine. Sie ist nicht dazu da, um Anna zu bedienen. Die Kneipe öffnet erst in einer halben Stunde. Und sie hat das Gefühl, seit einer Ewigkeit von Nächten wach zu sein. Alles ist schwer, und jedes Morgengrauen der Beginn eines ermüdenden Tages. Und doch sind die Stunden in der Kneipe eine Erholung von den Nächten mit Jonathan. Eine Geräuschkulisse, die nicht an ihren Nerven sägt. Gesichter, die so wohltuend fremd und gleichgültig sind. Jede Liebe, jede wirkliche Liebe ist eine Prüfung, und niemand weiß, ob er sie bestehen wird.

Jonathan schläft jetzt, und Sibylle wünscht sich, es würde immer so bleiben. Ein Kind, das nicht mehr aufwacht und nie mehr schreien kann …

Anna verbrennt sich die Finger an der Kaffeekanne und flucht. Darin ist sie gut, im Fluchen nach Zusammenstößen mit verletzenden Gegenständen. Es kommt öfter vor.

»Du bist so ungeschickt«, sagt Sibylle erbarmungslos. »Und du leidest an dieser Dingsbumsdepression.«

»Ich leide an postnataler Übermüdung. Du hättest mich nie überreden dürfen, dieses Kind auszutragen.«

Das war unfair. Anna schenkt sich schweigend den Kaffee ein und beschließt, den »Mondscheintarif« für ein paar Tage zu meiden. Sibylle braucht einen Schuldigen, und Anna Marx bietet sich an. So breite Schultern, und eine Freundschaft, in der sich Geben und Nehmen die Waage hält. Bisher.

Sibylle braucht jemanden, den *sie* anbrüllen kann. Anna ist zu oft präsent und kann außerdem nicht kündigen. Bei Freddy und dem melancholischen Koch ist Sibylle vorsichtiger.

»Der Babysitter ist abgesprungen. Kannst du heute Nachmittag auf Jonathan aufpassen?«

Kann sie nicht. Anna ist mit Eva Mauz verabredet, weil sie noch einmal in die Wohnung der Schwester will. Auf der Suche nach Spuren, die einen Dichter überführen könnten. »Tut mir Leid, ich muss arbeiten. Frag' Fjodor, der hat immer Zeit.«

Sibylle kämpft mit den Tränen, es ist so lächerlich, bei den geringsten Anlässen zu heulen. Was sie früher nie getan hat. Es war ein anderes Leben. Sorglosigkeit, Schlaf und Sex: Sie hatte alles. Jetzt hat sie ein Kind. Und Freunde, die sie mitfühlend ansehen, sich aber vom Sozialfall Mutter bisweilen belästigt fühlen. So wie Anna jetzt, und die Tränen fließen und sind aus Wut geformt. Sibylle muss diese Wut auf andere projizieren, um nicht daran zu ersticken. »Fjodor ist die letzte Wahl, das weißt du genau. Sein Gesang bringt Jonathan zum Schreien.«

»Ja eben. Und weil dein Kind da durchaus mit ihm mithalten kann, verstummt Fjodor irgendwann. Wo ist das Problem? Und warum weinst du?«

»Weil ich eine schlechte Mutter bin. Du hättest es wissen müssen. Wir werden nie in die Toskana ziehen. Und ich werde in diesem Loch verrecken.«

»Du könntest an Selbstmitleid ertrinken«, sagt Anna und reicht ihr ein Taschentuch. Sibylle schnäuzt sich anklagend und beginnt dann zu lachen. Es klingt ein wenig hysterisch, doch Anna stimmt mit ein. Sie haben so viel Gelächter geteilt in den guten alten Zeiten. Sie waren sorgloser damals – und ausgeschlafener.

Anna umarmt ihre Freundin und flüstert ihr ins Ohr, dass sie eine wunderbare Mutter sei. Manches klingt besser leise: Geständnisse, Geheimnisse, Lügen. Sie verspricht Sibylle, Fjodor zu verpflichten, und geht dann hinaus in den Regen, der diesen Frühsommer begleitet wie ein lästiger Hund. Anna besitzt keinen Schirm. Es gibt Dinge, die ihr nichts bedeuten: Schirme, Fahrradpumpen, Schlagbohrer, Eierkocher, Küchenmaschinen, Perserteppiche, Designermöbel. Ihre Wohnung, ihr Büro, sie kommen ohne all diese Dinge aus. Es ist ihr Zuhause: ein bisschen schäbig, ein wenig schräg, eben das Sammelsurium eines ungeordneten Lebens, in dem Perfektion nie eine Rolle spielte.

Anna wirft ihren nassen Trenchcoat auf den Gummibaum im Büro, der auch als Kleiderständer Verwendung findet. Eigentlich sieht er verhüllt besser aus. Sie hat ihn von den Vormietern geerbt, und er ist zu groß, um problemlos entsorgt zu werden. Einmal, in einem seltenen Anflug häuslicher Energie, hat sie versucht, ihn in den Müllcontainer zu stopfen. Vergeblich, also trug sie ihn wieder nach oben und beschloss, ihn fortan zu mögen. Sie hätte ihn vermisst. Er ist so stabil, dass er auch Handtaschen trägt, doch den kleinen Koffer wirft Anna auf die Couch. Sie ist so alt, dass das Leder von feinen Rissen durchzogen ist. Liebling meinte, dass die Couch eine Restauration wert sei. Der Ort ihrer ersten nackten Begegnung, bevor sie ins bequemere Bett wechselten. Die Premiere ist immer ein Ereignis, gefolgt von Aufführungen unterschiedlicher Qualität.

Ihn als »Henkersmahlzeit« zu bezeichnen, war vielleicht gar nicht so falsch. Wer weiß, ob auf Liebling noch einer folgt. Einer, der sich auf die alte Couch und auf die alte Anna legt und gnädig das Licht löscht. Die Welt wird mit den Jahren kleiner. Übersichtlicher. Der Ballast der freien Wahl und der unendlichen Möglichkeiten wird nach und nach abgeworfen. Man beschränkt sich auf das Wesentliche. Was man dafür hält: So lang wie möglich überleben, und dies im Zustand von Gelassenheit, die bisweilen in Glück ausarten kann.

Priester haben in Annas Zelle nach wie vor keinen Zutritt. Die katholische Erziehung hat in ihrem Fall versagt. Irgendwann in den Bonner Jahren ist sie aus der Kirche ausgetreten. Eine päpstliche Entscheidung: Rigide alte Männer waren ihr immer schon ein Gräuel.

Anna, an ihrem Schreibtisch, sortiert die Post, die sie mit einer Haarklammer aus dem Briefkasten gefischt hat, weil der Schlüssel irgendwann verschwunden ist. Es erscheint ihr einfacher, jeden Tag das Kunststück zu vollbringen, als sich einen neuen Schlüssel zu besorgen. Ausdruck schöpferischer Faulheit: Anna schlitzt die Briefe mit dem Fingernagel auf, weil auch Brieföffner nicht zu den überlebenswichtigen Dingen zählen.

Rechnungen fallen auf den Schreibtisch und wandern in den großen Ablagekorb, den Anna alle zwei Monate leert. Bankauszüge, die bedrohlich erscheinen. Rechnungen, Mahnungen … Josef Gangwein hat ihr ein Gedicht geschickt, und Anna errötet, während sie es liest. Zündet sich sofort eine Zigarette an, und liest es nochmals. Es ist ein erotisches Poem, von Hand geschrieben. Einige Passagen erinnern sie an bereits Gelesenes. Heiratsschwindler *und* Plagiator? Nun, es würde irgendwie zusammenpassen.

Er hat seine Telefonnummer mit einem Ausrufungszeichen versehen, also wartet er auf ihren Anruf. Sie hat Gangwein nur ihre Handynummer verraten, doch mit ein wenig Mühe könnte er ihren Wohnort herausfinden. Sollte er einen der Nachbarn aushorchen, würde ihr Lügengebäude schnell zusammenbrechen. Anna Marx, Detektivin: Das Schild ist geklaut und nie ersetzt worden, also müsste er fragen. Na, und wenn schon, es war ohnehin eine Schnapsidee, sich als Köder anzubieten.

Anna verdrängt die Gedanken an eine Mission, die scheitern wird, und legt sich auf die alte Couch. Zwei Stunden Schlaf bis zu ihrem Treffen mit Eva Mauz wären schön, doch sie hat Angst, nicht rechtzeitig aufzuwachen. Der Wecker ist kaputt, und sie hat vergessen, einen neuen zu besorgen. Man müsse ihr ein Denkmal der Unvollkommenheit setzen, sagte Liebling, und es klang sehr nett.

Weshalb fällt ihr nur kein besseres Wort ein, wenn sie an ihn denkt? Vielleicht, weil sie ahnt, dass er alles andere als das ist. Wunschdenken also, und glauben die Frauen nicht immer, dass sie Männer nach ihrem Bilde formen können?

Und wenn sie alt genug sind, es besser zu wissen, klammern sie sich an die Hoffnung, die Ausnahme von der Regel zu finden. Oder sie werden traurig oder zynisch und sterben einsam. Und am Ende aller Hoffnungen lauert der Tod. Gott, sie ist auf dem besten Weg, sich von Sibylles Depressionen anstecken zu lassen. Sie muss sich mehr um sie kümmern. Freundschaft verpflichtet, auch wenn es bequemer wäre, Sibylles Launen auszuweichen. Sie wollte doch nie feige sein – und ist es schon so oft gewesen. Die Müdigkeit ist wie ein großes, weiches Netz, in dem sich alle Gedanken verlieren …

Nicht einschlafen! Anna setzt sich auf und greift nach der Zigarettenpackung. Das Suchtpotenzial des Rauchens ist eindeutig auf Nikotin zurückzuführen. Hat sie von Liebling, der als Berater der Tabaklobby die Argumente seiner Feinde bestens kennt. Nikotin, aus fermentierten Tabakpflanzen gewonnen, würde, wenn man es isolierte, eine farblose Flüssigkeit ergeben, eines der stärksten Pflanzengifte überhaupt. Die Tabakpflanze Nikotiana gehört zu den Nachtschattengewächsen. 50 bis 100 Milligramm können tödlich sein, die Menge, die in fünf bis zehn Zigaretten enthalten ist. Bloß gelangt davon beim Rauchen nur ein geringer Teil in den Organismus.

Anna bläst Rauch an die Decke. Das Leben ist gefährlich, denn es endet mit dem Tod. Zigaretten enthalten bis zu 4000 verschiedene Substanzen, die zum Teil krebserregend sind, wie Kadmium, Nitrosamine, Benzol und das radioaktive Polonium. Anna ist süchtig, voller Todessehnsucht und gleichzeitiger Angst vor dem Sterben. Liebling ist vom Thema Rauch fasziniert, vielleicht, weil so viel Geld darin steckt. 100 Milliarden Dollar pro Jahr verdienen allein die Regierungen am blauen Dunst, ganz zu schweigen von den Gewinnspannen der Tabakkonzerne. Martin Liebling vermittelt Kontakte zwischen den EU-Beamten und Lobbyisten, oder auch zu Professoren, die Gegengutachten zu den Gutachten erstellen, um politischen Entscheidungsträgern jenseits kapitaler Interessen wissenschaftliche Argumente zu liefern.

»Ein kompliziertes Spiel um eine einfache Sache: Geld.« Liebling lächelte gewinnend, als er das sagte. Und als Anna ihn fragte, ob es nicht auch ein unmoralisches Spiel sei, zuckte er lässig mit den Achseln. Hat er nicht etwas von Pontius Pilatus? Er macht nur seinen Job, und seine weichen, weißen Hände bleiben sauber. Die Rechte legte er auf Annas Hand und fragte, ob sie eine Moralistin sei.

Sie dachte darüber nach, bevor sie antwortete. Sagte, »vielleicht«, weil sie nicht sicher war. Und dann kam das Essen, und sie sprachen über Schuhe, Annas Marotte, und das wundervolle, sündhaft teure Paar, das er ihr am Nachmittag gekauft hatte. Wie viele Laster dürfen Moralisten haben? Anna verwarf die Frage und widmete sich ihren Langusten. Zu viel Butter in der Sauce, sie waren sich darüber einig, dass das Brüsseler Essen schwerer wiegt als der Berliner Edelfraß. Er machte sich über seinen Bauch lustig, und Anna verriet ihm, dass sie sich ihr Leben lang nach stromlinienförmigen Formen gesehnt hatte. Die schlanke Seele, der gefräßige Magen, das Rubensfett: Männer mit Waschbrettbäuchen haben sie immer zutiefst deprimiert. Diäten auch, und seit Jahren hat sie aufgegeben, ihrem Schönheitsideal nachzujagen. Sie meidet Boutiquen mit arroganten Verkäuferinnen und die grell beleuchteten Umkleidekabinen in Kaufhäusern. Ersteht nur Kleidungsstücke, die sie nicht anprobieren muss. Und natürlich Schuhe: Ihr Leben lang wird sie auf der Suche nach dem schönen *und* bequemen Paar sein, und sich im Zweifelsfall immer für Ersteres entscheiden.

Liebling, der nur schwarze und handgefertigte Schnürschuhe trägt, fliegt zum Einkaufen nach Budapest. Er versprach, sie das nächste Mal mitzunehmen, und würden zu ihren Hosenanzügen nicht auch Männerschuhe passen? Dann wäre sie kleiner als er, sagte Anna, und dass sie es hasse, zu jemandem aufzuschauen. Später, in seinem großen Bett neben dem riesigen Aquarium, in dem Nemo-Fische ihre Kreise zogen, waren Größenunterschiede ohne Bedeutung. Ihre synchronen Bewegungen spiegelten sich schemenhaft im Fischbehälter, und Anna, rotweinschwer, trug Lieblings Last mit Leichtigkeit. Bemühte sich ab einem gewissen Punkt, nicht einzuschlafen. Fische glotzten durch Glas aus ihrem illuminierten Gefängnis. Schließlich sagte sie ihm, dass Marathonsex nichts für ältere Damen sei, und Liebling rollte von ihr ab und erklärte sich für unfähig, zum Ende zu kommen. Der Bordeaux sei schuld, zu viel Wein habe leider diese Nebenwirkung. Doch wage er zu hoffen, dass Anna zu ihrem Recht gekommen sei.

Worauf sie lachte, weil ihr diese Diskussion über Frauenrechte absurd erschien. Liebling war erleichtert, und weil alles nicht perfekt, aber gut war, sahen sie sich noch einen Vampirfilm in seinem Fernsehkino an. Anna schlief in seinen Armen ein und wachte erst auf, als er ihr Frühstück ans Bett brachte. Keine Zeit mehr für Sex, denn sie musste ihr Flugzeug erreichen. Zum Abschied küsste er sie auf die Wange und murmelte ihr etwas ins Ohr, das französisch klang. *Lost in Translation*, sie schämte sich, nach der Übersetzung zu fragen, und drehte sich nicht um, als sie zum Schalter ging.

Es quält sie jetzt, dass sie ihn nicht verstanden hat. Sie liegt schlaflos auf der Couch und würde zu gerne wissen, welches Lieblings Abschiedsworte waren. Dass er sie nie wieder sehen will? Vielleicht hat sie wieder geschnarcht wie ein Walross, oder er nahm Anstoß an ihrem Gelächter? An Annas mangelnden Sprachkenntnissen, die sich bereits im Restaurant offenbarten? Konnte der Idiot nicht auf Deutsch sagen, was zu sagen war?

Außerdem hat sie vergessen, ihre Beine zu rasieren. Und morgens, wenn sie aufwacht, sind ihre Augen verquollen. Es gibt tausend Gründe, die gegen Anna Marx sprechen. Sie liegt auf der Couch und addiert schwere und lässliche Sünden, bis sie einschläft und von einem Gummibaum träumt, der auf sie fällt, während sie zwischen Lieblings Beinen liegt. Sie beißt ihm vor Schreck den Penis ab und spuckt ihn aus. Er fliegt wie ein Vogel und landet im Aquarium, und Anna, unfähig, sich zu bewegen, sieht ihn langsam zu Boden gleiten, von Nemos umschwirrt. Liebling schreit: »Tu doch was!«, doch Anna denkt, dass man für einen Penisfisch nicht mehr viel tun kann.

Ein Albtraum, aus dem sie schreiend erwacht.

8. Kapitel

Es gibt Räume, die schon zu Lebzeiten ihrer Bewohner Grabstätten sind. Antarktis in Berlin-Mitte: Anna ist zum zweiten Mal in dem Altbau, den Julia Mauz zwanzig Jahre lang ihr Zuhause nannte. Und wiederum fröstelt sie, als sie im dunklen Flur steht: Er ist zu schmal und lang, die Tapete dunkel, und gerahmte Fotos von Insekten sind kein Anblick, der sie fröhlich stimmen könnte. Warum hat Julia sie nicht entfernt, nachdem ihr Forscher im Urwald verschwand? Dies ist ein Ort, der zum Sterben einlädt.

»Alles ist tipptopp, doch ich kriege die Bude weder verkauft noch angemessen vermietet. Berlin verkommt zu einem Armenhaus, es ist eine Schande.«

Eva Mauz schreitet voran durch den Flur in die Küche und öffnet das Fenster, um den muffigen Geruch zu vertreiben. Sie ist immun gegen ihre Umgebung, denkt Anna, weil sie blind und taub ist. Leider nicht stumm.

»Ich weiß gar nicht, was Sie hier noch finden wollen. Wir haben doch schon alles durchgesehen, und Julia, Gott sei ihrer Seele gnädig, hat das wenige vernichtet, das uns weiterhelfen könnte.«

»Gott mag keine Selbstmörder«, murmelt Anna und malt ein Herz in die dünne Staubschicht auf dem Küchentisch. Es ist schief, das Herz, aber sie kann es nicht besser.

»Ich mache mir täglich Vorwürfe, dass ich sie nicht davon abgehalten habe, das können Sie mir glauben. Julias Tod lastet wie ein Fluch auf mir, und ich werde erst ruhig schlafen können, wenn Sie den Schuldigen gefunden haben, Frau Marx.«

Klingt fast wie eine Drohung, denkt Anna. Ihre Auftraggeberin steht mit verschränkten Armen vor ihr, und ihre Augen, unter dicker Schminke verborgen, verraten nichts von

Schmerz. Der Lippenstift ist zu rot, das Kostüm zu rosa, einfach alles ist zu grell an Eva Mauz. Sie blendet. Anna blinzelt in den Sonnenstrahl, der durch das offene Küchenfenster fällt. »Deshalb bin ich ja hier. Weil ich nichts unversucht lassen will. Vielleicht haben wir beim ersten Mal etwas übersehen.«

»Julia war schon als Kind so geheimniskrämerisch, müssen Sie wissen. Nie hat sie mir etwas verraten, und eine ganze Weile fürchtete unsere Mutter, dass Julia autistisch sein könnte. Aber sie war einfach nur … anders.«

Anna wollte als Kind immer anders sein, doch sie unterschied sich in nichts von den fetten Nachbarskindern. Vielleicht war das ein Glück damals. Anderes wurde gnadenlos ausgestoßen. Vielleicht ist es Julia Mauz so ergangen, und sie starb, wie sie gelebt hatte: einsam.

Die Mauz sieht ungeduldig auf ihre Uhr. »Ich habe noch einen Friseurtermin… Sie brauchen mich doch nicht bei der Sucherei, oder?«

Rhetorische Fragen sind Anna ein Gräuel. Sie bemüht sich sehr, ihre Abneigung nicht nach außen zu tragen, schließlich ist die Frau zurzeit ihre einzige Geldquelle. Also lächelt sie und verneint. Anna verspricht, den Schlüssel später in der Wohnung der Schwester abzugeben, obwohl dies einen großen Umweg bedeutet.

»Und Sie bringen mir doch nichts durcheinander, oder? Vielleicht findet sich ja doch ein Interessent, der die Wohnung kaufen oder mieten möchte. Sie war viel zu groß für Julia. Hier könnte leicht eine Familie mit zwei Kindern leben, aber diese Leute haben ja kein Geld.«

Anna denkt an ihre Schulden und dass sie auch lieber reich, reicher, am reichsten wäre. »Wollte Ihre Schwester denn nie Kinder haben?«

Eva Mauz sucht in ihrer Handtasche nach dem Autoschlüssel. Sie fährt einen Mercedes-Sportwagen, rot mit weißen Ledersitzen, und er parkt vor der Tür des renovierten Altbaus. Es gibt noch Parkplätze in Berlin, obwohl Anna sie gar nicht mehr braucht. Es freut sie, dass auch Designertäschchen Schlüssel schlucken.

»Julia hat natürlich nicht darüber gesprochen, doch sie wollte schon Kinder. Winfried allerdings war strikt dagegen, und sie hat sich gefügt. Er hat den Gedanken nicht ertragen, dass Kinder sich an seiner Insektensammlung vergreifen könnten. Er war ein komischer Kauz, und ich habe nie kapiert, warum sie ihn geheiratet hat. Der Mann hat jede exotische Schabe mehr geliebt als meine Schwester. Es war weiß Gott keine glückliche Ehe, aber Julia war nicht der Typ, der eine einmal getroffene Entscheidung infrage stellt. Fügte sich in ihr Schicksal, wenn Sie verstehen, was ich meine. Mein verstorbener Gatte und ich hingegen, wir waren uns immer einig: kein Nachwuchs. Wertvolle Möbel und Kinder passen einfach nicht zusammen, finden Sie nicht auch?«

Eva Mauz erwartet keine Antworte auf ihre Frage. Nach einem »Viel Glück bei der Suche« geht sie zur Tür, die sie geräuschvoll von außen schließt. Endlich allein! Anna zündet sich eine Zigarette an und sucht vergeblich nach einem Aschenbecher. Julia hatte keine Laster, zumindest keine der üblichen Sorte. Eine gewisse Traurigkeit als Grundstimmung verführt zu großer Schlamperei à la Marx oder pedantischer Ordnungsliebe, wie Julia sie pflegte. Staunend betrachtet Anna die penible Anordnung von Geschirr und Töpfen, bevor sie ins Wohnzimmer geht, den Ort, an dem Julia ihren Strick knüpfte. Er war aus reißfestem Nylon. Sie wusste, was sie tat.

Das Zimmer ist groß und dunkel, mit schweren Teppichen und Damastvorhängen, die sich auf Knopfdruck zurückziehen. Die große weiße Couch wäre ein Lichtblick, wenn sie nicht von grauen Schonbezügen verhüllt wäre. Wer würde in diese Gruft einziehen wollen? Anna öffnet alle Fenster, atmet

Wärme und wirft ihre Zigarette auf die Straße. Sie ist eine große Umweltsünderin, die nicht einmal ihren Müll trennt. Eine lausige Detektivin ist sie auch, doch darüber will sie jetzt nicht nachdenken. Sie geht zum Bücherschrank, der eine Wand einnimmt, und denkt an die gottverdammte Nadel im Heuhaufen.

Das Buchdekor der gehobenen Mittelklasse: Neben den Klassikern, die jungfräulich wirken, gibt es viele Bücher über Insektenforschung in Deutsch, Englisch und Spanisch, die gewöhnlichen Bestseller, Kunstbände, Reisebücher und historische Romane, die Julia Mauz offenbar liebte. Frauen sind die Bewahrerinnen der Belletristik, weil sie neugierig auf Abenteuer sind. Das Leben genügt nicht, wie es ist. Auch Julia hatte keine Idee, wie sie das ändern sollte. Doch, schon. Und hat sie in ihren letzten klaren Sekunden gedacht, dass es die richtige Entscheidung war?

Famous last words … »Scheiße« wäre ein zu Anna passender Abgesang. Aber ohne Reue, so möchte sie schon gerne sterben. Sie blättert in einem Gedichtband von Erich Fried und verliert sich in seinen Sätzen. *Und wenn wir das Leben lieben, können wir nicht ganz lieblos gegen diese unsere Zeit sein. Wir müssen sie ja nicht genau so lassen, wie sie uns traf.*

Lesen und denken ist aus der Mode gekommen. Die Zeit verkommt, verlaust, verfilzt mit all dem Dreck, den Fernsehsender frei Haus liefern. Anna stellt das Buch zurück ins Regal … und schreit auf, als sie nach dem nächsten greift: So klein und schmal, dass sie es bei der ersten Suche übersehen hat:

»Hautfetzen« von Josef Gangwein.

»Jetzt eine Widmung, und ich habe dich«, sagt Anna laut, als sie den Band aufschlägt. Aber so einfach hat er es ihr nicht gemacht. Keine handgeschriebene Zeile des Dichters, sie blättert jede Seite um. Es sind dreißig kurze Gedichte, mehr hat er nicht zu Papier gebracht. Anna liest jedes von ihnen: Sie sind nicht schlecht, nur hat sie wiederum das Gefühl, alles schon zu kennen. Als ob der Dichter alle Lyrik dieser Welt wie ein Schwamm aufgesogen und mit leichten Variationen wieder hervorgebracht hätte.

Julia hat viele Lyrikbände. Natürlich ist es möglich, dass sie die »Hautfetzen« gekauft hat. Wenn es ein Geschenk war, hätte sie nicht eine Widmung erbeten? Und er, der große Spurenverwischer, hätte geantwortet, dass er dies banal finde. Ein Wort, das Gangwein oft gebraucht, allerdings nicht in seiner Lyrik. Wofür Anna dankbar ist, denn in gewisser Weise mag sie den Poeten, Plagiator, Heiratsschwindler. Alles Hypothesen, vielleicht ist er nicht einmal ein Dichter. Doch unter anderen Umständen würde sie ihn mögen. Denn Josef ist auf altmodische Art höflich und liebenswürdig. Einer, der Frauen das Gefühl gibt, dass er sie schätzt und verehrt. Er ist ein sinnlicher Mann, und ein bisschen verrückt ist er auch. Auf diesen Typus hat Anna Marx stets mit gewisser Schwäche reagiert. Es ist einfach, Menschen über den Umweg der Liebe ins Verderben zu führen.

An Fingerabdrücke denkt sie erst jetzt: Anna steckt das Bändchen in eine Plastiktüte – für alle Fälle, und obwohl sie mit ihren Abdrücken vermutlich alles Brauchbare ruiniert hat. Warum sie weitersucht, weiß sie nicht, doch sie tut es, greift wahllos in die Regale und entdeckt immerhin, dass Julia Bücher auch als Ablage genutzt hat. Anna findet alte Fotos zwischen den Seiten: Julia mit Zahnspange und gequältem Lächeln, und daneben ihre Schwester, die so hübsch in die Kamera lächelt. In der »Päpstin« sind alte Rechnungen verborgen, und im »Medicus« stecken Ansichtskarten, die Winfried an seine Frau geschickt hat. Insektenmotive, offenbar hat er sich mit nichts anderem beschäftigt, und seine Botschaften sind so belanglos, dass sie das Porto nicht wert sind.

Warum schicken Leute Ansichtskarten? Anna hat es nie getan, und alle, die sie je erhalten hat, landeten nach kurzem Überfliegen im Papierkorb. Sie legt Winfrieds »Grüße aus der Ferne« in das Buch zurück. Der Mann, der im Amazonasgebiet verschwunden ist und nach Ablauf der gesetzlichen Frist für tot erklärt wurde. Auf den Fotografien sieht er aus wie eine missglückte Kreuzung aus Intellektuellem und Bergsteiger. Große, verwunderte Augen und ein zu kleiner Kopf über einem mächtigen, durchtrainierten Körper. Im Einzelnen betrachtet ein attraktiver Mann, doch in der Zusammensetzung seltsam. Winfried lächelt nie, auf keinem einzigen Foto.

»Eine Anaconda« hat Eva Mauz ihn einmal genannt. Er war mit seinem Boot allein auf dem Fluss unterwegs – und kehrte nie zum Lager zurück. Ertrunken, erschlagen, an einem Herzinfarkt verstorben, von Piranhas gefressen ... den Todesphantasien sind keine Grenzen gesetzt.

Möglich ist natürlich auch, dass Winfried noch lebt, irgendwo, irgendwie. Inmitten der flatternden, kriechenden, fliegenden, zirpenden Tierwelt, die einer Sammlung toter Insekten vielleicht vorzuziehen ist. Wenn man es mag. Anna hat sich als Kind vor Regenwürmern und Nacktschnecken gefürchtet, doch konnte sie stundenlang einer Spinne in ihrem Netz zusehen. Die Geduld des langen Betrachtens hat sie in ihren Jahren als Journalistin verloren. Alles musste schnell gehen, schließlich schrieb sie für eine Tageszeitung. Als Detektivin hat Anna wieder gelernt, still zu stehen. Observierung ist vor allem ein Geduldspiel, und Ehemänner auf sexuellen Abwegen sind das harte Brot ihrer beruflichen Existenz, zumindest in den letzten Jahren. Annas Gefühl für Zeit hat sich verändert, und ihre Uhr geht langsamer. Seit zwei Stunden schon blättert sie in Julias Leben und vergisst den Rest der Welt.

In den Jugendbüchern liegen getrocknete Blätter und Blüten. Julia war eine Sammlerin, wahrscheinlich, weil sie ein Kind war, mit dem die anderen nicht spielten. Als Anna »Oliver Twist« zurücklegt und nach einem Bildband über Giftspinnen greift, fällt beim Aufschlagen ein Blatt zu Boden … ein von Hand geschriebener Brief.

Anna hebt ihn auf: Es gab Zeiten, da wurden noch Briefe geschrieben, und sie erkennt Julias Schrift, die winzigen Buchstaben, so ineinander verschlungen, dass sie wie gemalte Miniaturen wirken. Julia hat sich auch hinter ihrer Schrift versteckt. Anna setzt sich auf den Boden. Ihr Kreuz schmerzt vom langen Stehen, doch sie achtet nicht darauf. Vergisst, dass sie eine Zigarettenpause einlegen wollte …

Datum und Anrede fehlen. Der Brief ist nicht an Josef Gangwein oder Winfried gerichtet, das ist Anna nach den ersten Zeilen klar. Dieser Brief ist Julias Abrechnung mit der Schwester.

Ich war wie dein Schatten, schreibt Julia, *und selbst diese geisterhafte Existenz hast du mir nicht gegönnt. Ich weiß, dass die Pubertät eine Zeit der Grausamkeiten ist. Doch du hast mich, nur so zum Spaß, dem Hohn und Spott der anderen ausgeliefert. Ich war ein lächerliches Wesen, und Arno Schulz der Einzige, der mich vor den anderen in Schutz nahm. Also habe ich ihn geliebt, den Verlierer, den du niemals zur Kenntnis genommen hättest, wenn er mich nicht gewählt hätte. Du hast ihn mir weggenommen … und mein dummer Selbstmordversuch war wieder nur … lächerlich. Ein weiterer Grund für euch, mich als Idiotin abzustempeln, und irgendwann glaubte ich daran, dass ich nichts, aber auch nichts richtig machen könne. Jeder Maikäfer, den ihr mir in die Schultasche stecktet, hatte mehr Selbstachtung als ich. Winfried erschien mir als die einzige Chance, dieser Familie, vor allem aber dir zu entkommen. Ich habe ihn nie besonders gemocht, und er mich vermutlich auch nicht. Wir haben nie darüber gesprochen, weil es eine Ehe der verkommenen Floskeln war. Hast du wirklich geglaubt, es würde mich treffen, dass du eine Nacht mit ihm verbracht hast? Er hat es mir gebeichtet, be-*

vor er nach Brasilien flog. Winfried, der Witwentröster, und beinahe hätte ich darüber lachen können. Nur frage ich mich, warum du mich nach all den Jahren immer noch nicht in Ruhe lassen konntest. Ich habe mich doch nie gewehrt, auch nicht, als du das Erbe unserer Eltern so großzügig zu deinen Gunsten geteilt hast. Mutter hätte gewollt, dass du ihren Schmuck bekommst: Vielleicht hattest du damit sogar Recht. Sie war immer auf deiner Seite, und es gibt keine schönen Verlierer. Es tut einfach weh, immer die andere Wange hinzuhalten, irgendwann schmerzt es erbärmlich. Also brauchte ich viele Jahre, um zu verstehen, dass ich dich hasse. Ein Gefühl immerhin. Ich hasse dich von ganzem Herzen, deine Großspurigkeit und deine Dummheit, deinen maßlosen Egoismus und die grandiose Überschätzung deiner Person. Ich hasse deine Bosheit und Unfähigkeit, auf andere Menschen einzugehen. Als du noch jung und hübsch warst, hat man dir all das vielleicht nachgesehen. Jetzt nicht mehr, Eva. Ich verzeihe nichts. Nicht einmal deinen Streich, meine Geburtstagstorte mit Salz zu backen. Ihr habt so gelacht. Meine Kindheit war ein einziges Gelächter – manchmal höre ich es heute noch, und ich schmecke den salzigen Teig auf der Zunge. Die Bitterkeit der vielen Jahre, in denen ich um deine Gunst gebettelt habe – oder zumindest um Mitleid, Nachsicht, Güte. Du besitzt nichts dergleichen, und das Alter hat dich nichts gelehrt außer Heuchelei.

Seit ich weiß, was es heißt, geliebt zu werden, bin ich ein anderer Mensch. Ein ganzer, schöner, guter Mensch, der lieben und hassen kann. Das musste ich dir sagen, nein, schreiben, weil ich dich niemals wieder sehen möchte. Keine Telefonate, keine überraschenden Besuche, keine Einladungen zu einer deiner schrecklichen Gesellschaftsübungen. Dies ist keine Bitte, sondern ein Befehl: Bleib mir vom Leib. Sonst müsste ich dir Schaden zufügen …

Hier bricht der Brief ab. Julia hat ihn nicht unterschrieben, und sie hat ihn offenbar nie abgeschickt. Anna hält ihn so vorsichtig in der Hand, als würde Wahrheit wie Feuer brennen.

Julias Wahrheit. Als sie diese Zeilen schrieb, dachte sie, dass sie geliebt würde und stark genug wäre, mit Eva abzurechnen. Und dann hat sie das Blatt zwischen Giftspinnen gelegt. Vergessen? Nein, eher nicht. Etwas war geschehen, das sie davon abhielt. Das Ende der Liebe. Die Täuschung, die Demütigung, die Aufgabe.

Anna sitzt da und weint. Es gibt keinen Grund, es ist nur Sentimentalität. Sie weint auch bei traurigen Filmen oder Büchern. Das Leben ist nicht fair, und Frauen weinen. Hängen sich auf. Und es ist Zeit für eine Zigarette. Anna geht auf diesen Krücken, solange sie denken kann. Verachtet sich dafür. Manchmal. Es ist so viel einfacher, schwach zu sein. Julia war unnachgiebig gegen sich selbst. Und wohin führt das?

Anna steht am Fenster und sieht in den Himmel, der sich mit Wolken bedeckt hat. Es wird regnen, und sie hat keinen Schirm dabei. Vielleicht findet sich einer in der Wohnung. Ob sie Eva Mauz diesen Brief zeigen soll? Anna neigt dazu und schreckt davor zurück. Da Julia ihn nicht abgeschickt hat, müsste sie eigentlich ihren Willen respektieren. Sie kann das jetzt nicht entscheiden und steckt den Brief in ihre Handtasche. In die »Hautfetzen« von Josef Gangwein, der vielleicht der Mann war, der Julia aus ihrem Winterschlaf geholt hat. Für die Zeit des kurzen Frühlings.

Jetzt fällt der Regen über die Stadt wie ein nasser, grauer Schleier. Anna schließt die Fenster und stöbert weiter im Bücherregal, doch sie findet nichts mehr außer herausgerissenen Briefmarken und getrockneten Blättern. Weil sie hungrig ist, beschließt sie, die Suche für diesen Tag einzustellen. Sie muss jetzt etwas essen, sonst wird sie melancholisch oder gereizt, je nachdem. Eva Mauz hat alle Lebensmittel, die in der Wohnung waren, mitgenommen. »Nichts verkommen lassen« ist eine ihrer Redensarten. Wohl mehr auf Dinge bezogen als auf Menschen, denkt Anna, die auf Julias Seite steht.

Im Schlafzimmerschrank findet sie, was sie braucht, um einigermaßen trocken bis zur Bushaltestelle zu kommen. Sie hat die Wahl zwischen Knirps und Schirm und wählt Letzteren. Knirpse neigen, zumindest in Annas Händen, zu tückischem Widerstand. Der Schirm steht auf einer Hutschachtel, die Anna bei ihrem ersten Gang durch die Wohnung dort nicht aufgefallen war. Vielleicht hat die Schwester sie in den Schrank gestellt. Anna ist viel zu neugierig, um die Schachtel nicht zu öffnen. Es gab Zeiten, da hat sie Hüte getragen, passend zu Kostümen, in den Bonner Zeiten, als sie noch auf angemessene Garderobe achten musste. Inzwischen trägt sie nur noch den Schlapphut, alt wie der Trenchcoat, vielleicht, weil ihr dies das Gefühl gibt, auf Marlowes Spuren zu wandeln. Was reichlich anmaßend ist.

Kein Hut ist in der Schachtel, sondern Fotos. Kinder- und Jugendbilder der üblichen Art, das Hochzeitsfoto. Winfried lächelt nicht. Julia trägt keine Zahnspange mehr. Sie waren einmal in Italien am Strand und sehen aus wie zwei unglückliche Hummer. Fotos von Familienfesten, Ausflügen und Bergwanderungen. Auf vergilbten Bildern blicken Verwandte ernst und würdig in die Kamera. Die meisten der Abgelichteten kann Anna nicht zuordnen, doch es ist keiner dabei, der nach ihrem Ermessen wie ein Heiratsschwindler aussieht.

Anna bleibt an einem Foto hängen, das auf einem Schiff aufgenommen wurde. Es ist nicht besonders scharf, weil gegen die Sonne fotografiert wurde. Ein Schnappschuss. Das Bild zeigt Julia Mauz und einen unbekannten Mann. Nein, sie kennt ihn. Er trägt eine Sonnenbrille und grinst neben Julia in die Kamera. Die Brille verdeckt einen Teil seines Gesichts, doch …

Anna hält die Luft an. Ihr Magen schmerzt. Sie hat Hunger, aber das ist es nicht. Das Foto zeigt Liebling. Er sieht sich kaum ähnlich, was an der Brille und den zerzausten Haaren liegt. Doch Anna ist ihrer Sache sicher: Der Mann auf dem Schiff neben Julia Mauz ist Martin Liebling.

9. Kapitel

»Der Kommissar muss weg.«

Mildes Erstaunen ist die angemessene Mimik, denkt Martin Liebling und zieht seine Augenbrauen nach oben. Er ist nicht im Mindesten überrascht, ganz im Gegenteil: Er hat diesen Satz schon vor dem Dessert erwartet. Alles, was John Schultz während der vier Gänge sagte, führte exakt in diese Richtung. Amerikaner seines Typs kommen immer zum Punkt, weil sie die Zwischentöne so gering achten. Schade eigentlich, Liebling fand Wortakrobatik immer recht amüsant. Die Kunst der Verschleierung gegen die Axt der Wahrheit. Zeit ist Geld, und die meisten Vertreter der Neuen Welt sind ungehobelte Mistkerle von scharfem Verstand. Der geeiste Kaiserschmarrn schmilzt in Lieblings leicht geöffnetem Mund. Mildes Erstaunen. Er sieht in hellbraune, fast gelbe Kojotenaugen und murmelt: »Sie überschätzen meine bescheidenen Fähigkeiten.«

Er nippt nur am teuren Bordeaux. Es gibt keine billigen Weine im »Crocodile«, denn dies ist die feinste Adresse Straßburgs. Das Lokal der kleinen Gefälligkeiten zu großen Preisen. Bangemann pflegte hier zu speisen, der Kommissar, der sich in europäische Telefonnetzwerke verstrickte. Das Krokodil ist ein gefräßiges Tier, und die Männer, die hier dinieren, haben den Hang zu fetter Beute.

John Schultz ist Vertreter eines amerikanischen Tabakkonzerns, er hat sich Liebling als »Senior Consultant« vorgestellt und ihn zum Essen ins »Crocodile« eingeladen. Er schaufelte das Zwei-Sterne-Essen in sich hinein, als ob er in einem Fastfoodladen säße. Den Wein trinkt er wie Bier in durstigen Schlucken.

Keine Manieren, keine Skrupel und die Selbstsicherheit eines Mannes, der viel Geld hinter sich hat: Schultz, wenn der Name denn stimmt, ist neu in der Brüssel-Straßburg-Szene. Dass niemand etwas über ihn weiß, macht Liebling nervös. Er schätzt es, seine Feinde zu kennen, bevor er sich mit ihnen einlässt. John Schultz hat ihm einen Beratervertrag angeboten, an dessen Ende eine astronomisch hohe Zahl steht. Ich sollte ablehnen, aufstehen und gehen, denkt Liebling. Sein Dessertteller ist leer. Sein Konto ist gefüllt. Doch Gier, gepaart mit Neugierde, bannt ihn auf seinen Stuhl.

»Ich erwarte ja nicht, dass Sie ihn abknallen«, sagt Schultz eine Spur zu laut. Sein Lachen dröhnt durchs Lokal, und für einen Augenblick erstirbt das dezente Gemurmel an den Nebentischen. Liebling registriert, wie ihn Wollschläger, einer der mächtigen Direktoren der Brüsseler Kommission, mit verächtlichem Blick streift, bevor er sich wieder seinem Hummer widmet. Wollschläger steht auf der Spendenliste eines Chemiekonzerns, das weiß Liebling aus zuverlässiger Quelle. Der Mann hat kein Recht, auf einen wie ihn herabzusehen. Und doch, es schmerzt manchmal, im Krokodilbecken nicht geachtet zu werden. Liebling wollte einmal ein berühmter Anwalt werden, der Unschuldige vor dem Gefängnis rettet. Jungenträume, er ist viel zu alt geworden, und Krokodile haben eine dicke Haut.

»Wir brauchen einen Kommissar, der sich für die Interessen der Tabakindustrie einsetzt«, sagt Schultz jetzt. Leiser zumindest. »Der Grieche wäre gut. Und der Engländer muss weg. Ihnen muss ich ja wohl nicht sagen, dass er den Deal zwischen der EU und meiner Firma hintertreibt. Und wir wollen diesen Deal. Haben keine Lust auf langwierige Prozesse mit ungewissem Ausgang ... obwohl wir selbstredend unschuldig sind.«

Die Unschuldsvermutung liegt Liebling eher fern. Schultz' Konzern wird beschuldigt, sich am Zigarettenschmuggel zu beteiligen. 400 Milliarden Zigaretten werden jedes Jahr illegal auf den Markt gebracht, eine Zahl, die einfach zu groß ist, um nicht den Verdacht aufkommen zu lassen, dass der eine oder andere Tabakkonzern seine Finger im Spiel hat. Die Firma, die John Schultz ins Rennen schickte, ist zurzeit im Brüsseler Visier. Sie soll am Schmuggelgeschäft über Andorra nach Spanien beteiligt sein. Wenn EU-Ländern Milliarden an Zigarettensteuer entgehen, werden sie penetrant. Aber natürlich ließe sich auch diese Sache mit Geld regeln, dem guten, schönen, alten Kompromiss anstelle der juristischen Konfrontation, die Jahre dauern kann. Bloß der Engländer ist vehement dagegen. Er will die Tabakleute hängen sehen.

»Man muss den Mann verstehen«, sagt Liebling leise. »Seine Frau ist an Lungenkrebs gestorben. Seither führt er so eine Art Privatkrieg gegen die Tabakindustrie.«

»Seine privaten Angelegenheiten interessieren uns nicht«, erwidert Schultz kalt. »Es ist der schädliche Einfluss, den er auf Kommission und Parlament ausübt, den wir unterbinden müssen. Es heißt, dass Sie so eine Art Biograph der Brüsseler Laster sind. Ein bestimmtes Kapitel Ihres Wissens würde uns viel wert sein. Sie haben den Vertrag, den ich Ihnen schickte, sicher sorgfältig gelesen. Die Kohle stimmt doch, oder?«

Viel Geld ist vulgär, denkt Liebling und trinkt den letzten Schluck vom Château Latour, um ein wenig Zeit zu gewinnen. Eine Million Euro ist er ihnen wert. In Schultz' Kojotenaugen tanzen die Lichter der Versuchung. Er sollte aufstehen und gehen. Liebling stellt sein leeres Glas auf den Tisch. »Es gibt keine Dossiers. Und Erpressung ist nicht mein Gewerbe.«

John Schultz ballt die Faust auf dem Tisch. Er trägt einen unvorstellbar hässlichen Siegelring. »Ach, kommen Sie, Mister Liebling, vergeuden Sie nicht meine Zeit. Ich habe genaue Erkundigungen eingezogen, und ich weiß genau, wen ich vor mir habe. Sie müssen nichts weiter tun für das viele Geld. Wenn ich die Informationen habe, werde ich meine Journalisten auf Trab bringen. Gleichzeitig mit der Medienkampagne läuft natürlich die politische Schiene. Vielleicht könnten wir den Engländer auch ohne Ihre Beratung abschießen, aber ich bin ein Mann, der immer gern mehrere Eisen im Feuer hat. Der Kommissar ist so gut wie tot. Welche Chancen gibt man dem Griechen als seinem Nachfolger?«

»Er ist der ideale Kompromisskandidat«, erwidert Liebling vorsichtig. »Niemand will ihn, aber niemand ist auch wirklich gegen ihn.«

»WIR«, sagt Schultz, »wollen ihn. Der Grieche repräsentiert ein Land der Tabakbauern.«

»Und raucht wie ein Schlot«, fügt Liebling hinzu. Die Faust hat sich wieder geöffnet, und Schultz bestellt Cognac beim Ober, der von unnachahmlicher Arroganz ist. Und gefällig, wie Liebling weiß, der ihn gelegentlich über Gespräche aushorcht, die Gäste miteinander führen.

Der englische Kommissar hat eine somalische Geliebte, die illegal in Brüssel lebt. Er hat ihr einen Job bei einer Werbeagentur besorgt, die manchmal für die Kommission tätig ist. Die Geliebte ist erst siebzehn und betrügt ihn mit einem senegalesischen Straßenmusiker. Liebling kann sich nicht an alle Einzelheiten des Dossiers erinnern, doch diese Informationen hat er im Kopf gespeichert. Vermutlich würde das, was er weiß, seinem Gesprächspartner genügen. Was zu einer weiteren Frage führt: Wozu braucht er weitere Millionen? Er hat genug Geld. Nun, er könnte mit Anna zwei Wochen nach »Treasure Island« fliegen. 2000 Dollar die Nacht. Die Nächte mit Anna sind schön und warm. Er wünschte, sie wäre hier, und er könnte sie um Rat fragen. Ein interessanter Gedanke: In welchem Verhältnis steht Annas Moral zu sehr viel Geld?

John Schultz hat den alten Cognac in seinen Kaffee gekippt und trinkt die Tasse leer, ohne abzusetzen. Sein »Garçon«, das er dem Ober nachbrüllt, klingt alles andere als französisch. Liebling versucht, seine Abneigung zu neutralisieren. Der Mann macht nur seinen Job. Er hat keine Manieren und keinen Respekt vor der Integrität anderer. Warum sollte er? Seine Firma ist vermutlich nicht nur am Zigarettenschmuggel, sondern auch an Geldwäsche beteiligt. Illegale Zigaretten werden mit illegalem Geld aus Waffen- und Drogenhandel finanziert. An jedem Glimmstängel hängt ein Tröpfchen Blut, wenn man es denn dramatisch sehen möchte. Liebling würde jetzt gerne rauchen, doch Schultz hat ihm, als sie noch nicht saßen, mitgeteilt, dass er leidenschaftlicher Nichtraucher sei. »Die Firma verordnet nur ihren Managern die tödliche Glut«, fügte er lächelnd hinzu. Seine Zähne sind weiß und makellos. Ein attraktiver Mann, wenn die Augen nicht wären. Kojotengelb. Annas Augen sind grün. Smaragde würden ihr gut zu Gesicht stehen. Liebling hegt keine große Zuneigung zu dem Engländer, der dafür bekannt ist, Lobbyisten zu verachten und ihnen aus dem Weg zu gehen, wann immer er kann. Der Idiot muss doch wissen, dass er mit einer illegalen Geliebten, fast noch minderjährig, nicht davonkommt – nicht in dieser Schlangengrube von Gerüchten und Intrigen.

»Nun spannen Sie mich nicht auf die Folter«, sagt Schultz, der die Rechnung prüft, die ihm der Ober gebracht hat. Wenn ihn ihre Höhe schockiert, lässt er sich dies nicht anmerken. Er legt einen Hunderteuroschein auf seine Kreditkarte und fordert einen Beleg für das Trinkgeld. John Schultz zeigt noch einmal seine Zähne: »Bei Spesenabrechnungen kennt die Firma kein Pardon. Nun, werden Sie den Vertrag unterschreiben, Mister Darling?«

Everybody's Darling: Liebling widerstrebt dem Impuls, den Kopf zu schütteln. »Ich gebe Ihnen morgen Vormittag Bescheid. Vorausgesetzt natürlich, dass ich mit meinen Informationen Ihren Wissensdurst befriedigen kann.«

John Schultz lächelt etwas gequält: »Sie sind ein *pain in the ass*, Darling, aber ich brauche Sie. Und Sie sollten bei Ihrer Entscheidung nicht vergessen, dass auch andere Tabakleute davon Wind bekommen. Sie sind doch mit denen gut im Geschäft.«

Erpressung, serviert mit Krokodilslächeln, denkt Liebling. Dass jetzt der Grieche ins Lokal kommt, gefolgt von Vertretern des Reedereiverbandes, erscheint ihm als böses Omen. Alles wird so laufen, wie das Geld es will. Und er, Liebling, wird mitkriechen. Die Schleimspur ist schon zu lang, als dass er sich davon noch lösen könnte. Lang und klebrig und süß wie Honig. Annas Lippen schmecken nach Rauch und Schokolade. Er wird ihr eine Kette aus grünen Steinen kaufen und mit ihr auf eine Insel fliegen. Vielleicht ist es gut, dass die Diskette verschwunden ist. Ein Zeichen der Götter, dass man nicht alles wissen darf und dass es Grenzen gibt, die zu überschreiten gefährlich wäre. Die Wahrheit mag den Ausschlag geben. Doch der Stil rettet.

10. Kapitel

Sie hat ihr den Brief nicht gezeigt, er liegt in ihrer Schreibtischschublade: Julias Abrechnung mit ihrer Schwester Eva. Die nie abgeschickten Dokumente von Liebe und Hass könnten eine Bibliothek füllen, denkt Anna. Oder Friedhöfe: Hier ruht die verborgene Literatur von Vertrauen und Verrat. Gefühle, die nie eine Adresse gefunden haben.

Anna weiß immer noch nicht, was richtig oder falsch ist. Doch viel mehr noch als der Brief beschäftigt sie das Foto. Sie hat einige Aufnahmen aus der Wohnung mitgenommen, um sie Eva Mauz zu zeigen. Identifizierung von unbekannten Subjekten, nur kennt sie eines leider viel zu gut. Sie hat Liebling bedeutet, dass sie leider keine Zeit für ihn habe, als er anrief, um ihr zu sagen, dass er in Berlin sei. Er schien enttäuscht, vielleicht sogar verletzt, aber in der Analyse von Telefonstimmen war sie nie besonders gut. Sie hat schnell aufgelegt, noch bevor er versuchen konnte, sie umzustimmen. Feigheit, Annas großer Feind. Sie wird sich der Frage stellen müssen, wie er auf das Foto mit Julia Mauz kam. Doch vorher will sie die Schwester befragen.

Eva Mauz sitzt in dem Stuhl vor Annas Schreibtisch und studiert alte Fotografien. Die Lesebrille verändert ihr Gesicht, macht es klüger, sympathischer. Nur wenige Frauen können sich grünen Lidschatten leisten, und Eva Mauz gehört definitiv nicht dazu. Auch ihr Kostüm ist grün, waldfarben, Landhausstil. Die plumpen Finger mit den vielen Ringen halten jedes Foto lange fest. Sie ist in eine Vergangenheit zurückgekehrt, die nicht mehr zu verändern ist: Familie, die Brutstätte alles Bösen und Guten.

Zu Annas Erstaunen weint Eva Mauz. Tränen auf zu viel Rouge, und Anna reicht ihr ein Taschentuch über den Schreibtisch. »Möchten Sie etwas trinken? Wasser? Tee?« Warum weinst du wegen ein paar alten Fotos? Sie beantwortet die ungestellte Frage selbst: Sentimentalität. Selbstmitleid. Der Trauer nahe, aber eben nicht ganz.

Eva Mauz tupft sich mit dem Taschentuch Tränenspuren von den Wangen. »Wasser vielleicht. Ich glaube, ich werde noch verrückt. Ich muss immerzu an sie denken. Ich träume von Julia. Sie steht an einem Abgrund und streckt mir die Hand entgegen. Und ich will sie ergreifen und Julia festhalten, aber ich kann mich nicht bewegen, keinen Schritt. Sie sagt etwas, das ich nicht höre, es ist sehr windig da oben, wo wir stehen.

Und dann fällt sie ... und ich wache schreiend auf. Sie müssen diesen Mann finden, Frau Marx, sonst drehe ich durch.«

Ich auch, denkt Anna, und steht auf, um ein Glas Wasser zu holen. »Erkennen Sie denn die Leute auf den Fotos?«

Eva Mauz weint immer noch, als könne sie nie wieder aufhören. Sie hat ihre Brille abgenommen und ihr Gesicht entblößt. Es ist alt und müde, plötzlich maskenlos trotz aller Schminke. Sie ist so einsam wie ihre Schwester, denkt Anna, und ihre gesellschaftliche Geschäftigkeit ist nur der prächtige Rahmen für ein jämmerliches Bild. Sie tut ihr Leid, zum ersten Mal. Und sie wird ihr Julias Brief nicht zeigen. Es ist zu spät ... für alles, was zwischen den beiden hätte gut werden können. Das, denkt sie, ist der Ursprung aller Qualen. Das »nicht mehr« und »noch nicht«. Sie kann Julia nicht mehr helfen und sie noch nicht betrauern.

»Danke für das Wasser. Ich habe mir das Weinen eigentlich schon seit Jahren abgewöhnt. Sehe ich schrecklich aus?«

Anna schüttelt den Kopf. Das Leben zwingt zur Lüge.

Eva Mauz sieht Anna dankbar an. »Ja, die meisten kenne ich. Freunde der Familie, Vettern und Cousinen. Einige sind schon tot, und zu den Lebenden habe ich keinen Kontakt mehr. Mein Mann, wissen Sie, legte keinen Wert auf Familie oder Freundschaften. Er meinte, dass wir zwei uns genügen sollten. Ich fand das auch richtig so, bis er starb und mich allein zurückließ. Dann hatte ich praktisch nur noch Julia, aber sie verhielt sich sehr kühl, sie wollte einfach keinen engen Kontakt mehr. Ich hätte mich mehr um sie bemühen müssen ... ich habe sie doch geliebt.«

Wenn die Fassaden bröckeln, bleiben immer noch Mauern aus Selbstschutz. Anna liegt der Brief auf der Zunge, nein, sie wird es nicht tun. Sie zeigt stattdessen auf das Foto, das Liebling und Julia auf dem Schiff zeigt. »Und was ist mit diesem hier? Kennen Sie ihn?«

Eva Mauz setzt ihre Brille wieder auf und studiert das Bild. Es dauert eine Weile, bis sie antwortet: »Nein, er ist mir unbekannt. Hat eine gewisse Ähnlichkeit mit einem Vetter von uns, der jetzt in Australien lebt. Aber nein, Helmut war kleiner als dieser Mann hier, deutlich kleiner. Ich kenne ihn nicht.« Sie sieht zu Anna hoch, die neben ihr steht. »Ist das der Mann, der Julia umgebracht hat?«

Sie hat aufgehört zu weinen. Ihr Gesicht ist hart geworden, hart und rachsüchtig. Sie führt einen Feldzug, denkt Anna, stellvertretend für alle Fehler und Unterlassungen während Julias Lebzeiten. Einer muss schuld sein, anders wird sie mit dem Selbstmord nicht fertig. Liebling lächelt in die Kamera, ein wenig verzerrt, was auch an der schlechten Qualität der Aufnahme liegen mag. Anna liebt ihn, liebt ihn nicht. Im Moment hasst sie ihn. Sie wird ihn fragen müssen und hat Angst vor der Antwort.

»Es ist nur ein Foto, Frau Mauz. Wir wissen nicht, wann und von wem es aufgenommen wurde. Nicht jeder Mann, der zufällig neben Ihrer Schwester steht, muss der Heiratsschwindler sein.«

»Ich glaube nicht an Zufälle«, erwidert Eva Mauz. Sie weint nicht mehr. »Alles ist schicksalhaft, zumindest, wenn wir das Leben von rückwärts betrachten. Das Foto kann nicht älter als zwei Jahre sein. Vorher hatte Julia braune Haare. Sie sind dann praktisch über Nacht grau geworden. Habe ich ihr nicht immer gesagt, sie soll sie färben lassen! Als ob es nicht reicht, alt zu sein: Man muss es nicht noch zur Schau stellen.« Sie greift an ihre Haare, deren Farbe Anna immer schon blendete. »Disziplin ist alles. Hat mein Mann stets gesagt.« Sie zeigt auf ein Bild eines sehr dicken Mannes. Wenn er Disziplin gepredigt hat, war diese Ehe auf Täuschung aufgebaut, denkt Anna. Und dass Eva Mauz ihren Mann zumindest einmal betrogen hat. Wenn es stimmt, was ihre Schwester in dem Brief schreibt.

»Warum hat Julia dieses Foto in der Hutschachtel versteckt?«

Anna kehrt von ihrem Ausflug in die Region Liebe und Betrug zurück in die Gegenwart. Verteidigt den Mann, dem sie nicht traut: »Es waren viele Bilder, Frau Mauz. Vermutlich hat sie diese vergessen, weil doch alle anderen so penibel eingeordnet und beschriftet waren. Es kann etwas bedeuten, muss aber nicht.«

»Finden Sie ihn!« Eva Mauz weint nicht mehr, sondern erteilt einen Befehl. Der Feldzug geht gegen den konkreten Feind, und Anna fühlt sich in der Defensive. Sie muss Liebling fragen. Sie wird ihn fragen, und es wird eine simple Erklärung für dieses Foto geben. Anna glaubt an Zufälle. An das Absurde und Unwahrscheinliche und an den Untergang der Welt. Daran, dass nichts stiller ist als eine geladene Kanone. Heinrich Heine. Ein besserer Dichter als Josef Gangwein.

»Ich will mein Bestes tun, halte aber den Poeten nach wie vor für den Hauptverdächtigen. Schließlich hatte Julia sein Gedichtbändchen in ihrem Regal.«

Eva Mauz ergreift Annas Hand über den Schreibtisch hinweg. »Finden Sie ihn. Damit ich wieder schlafen kann. Julia verfolgt mich. Sie will ihre Rache.«

Das war melodramatisch. Anna entzieht ihre Hand und lenkt sie zur Zigarettenpackung. Dieser Fall beginnt sie zu quälen. Lieblings Foto, Gangweins Gedichte, der schlaflose Racheengel. Als ob alles nicht schlimm genug wäre, beginnt Fjodor jetzt oben zu singen. Wagner, die Arie des Holländers. Die bekennende Wagnerfeindin hält sich an ihrer Zigarette fest und sieht auf den Gummibaum, der zu zittern scheint. Verzerrte Wahrnehmung. Annas Auge zuckt nervös, der Tick, der sie manchmal überfällt, wenn sie sich überfordert fühlt.

»Was ist das?« Eva Mauz hat den Kopf seitlich gesenkt und starrt zur Decke. Ihre Ohren zittern. Nein, es ist der Tick.

»Der ›Fliegende Holländer‹ in der Interpretation eines Russen. Er heißt Fjodor und wohnt über mir.«

»Es klingt wundervoll«, sagt Eva Mauz, bevor sie von einem Weinkrampf geschüttelt wird, der schließlich Fjodors Gesang übertönt. Das Telefon klingelt, als ob es darauf gewartet hätte, einer grauenhaften Situation den geräuschvollen Rest zu geben. Anna hebt den Hörer ab, während sich ihre Klientin im Duett mit Fjodor in ihre Gehörnerven gräbt.

Sibylles Stimme klingt hysterisch: »Du musst sofort kommen, ich bin im Krankenhaus. Jonathan ist vom Wickeltisch … gefallen … was ist das für ein Lärm bei dir?«

Anna hat trotz allem die Pause vor dem Verb gehört. Drei Sekunden. Einundzwanzig Gramm. So viel wiegt die Seele, wenn die Theorie eines amerikanischen Sterbeforschers stimmt. So wenig. »Ist er verletzt?«

»Ich weiß es nicht. Ja. Du musst kommen.« Sie nennt Anna das Krankenhaus und legt sofort auf.

Eva Mauz ist ein Bild des Jammers, doch sie weint nicht mehr. Sie starrt Anna aus roten Augen an. »Wer ist verletzt? Haben Sie ihn gefunden?«

Ist sie verrückt geworden? »Nein. Das war meine Freundin. Ihr Sohn ist im Krankenhaus, und sie braucht meinen Beistand. Ich muss sofort los.«

Anna steht auf und sucht erst ihre Handtasche, die unter dem Schreibtisch liegt, und dann den Schlüssel, bis ihr einfällt, dass er im Türschloss steckt.

»Sie müssen mich mit diesem Fjodor bekannt machen, wenn wir den Fall abgeschlossen haben. Vielleicht kann ich einen Gesangsabend arrangieren.«

Eva Mauz ist in ihre Welt zurückgekehrt, und dazu passt die Sonnenbrille von Dior. Sie knöpft ihre grüne Kostümjacke zu, während sie aufsteht. »Aber Sie lassen sich doch nicht wegen dieser Sache von Ihrer Suche ablenken!«

»Keineswegs«, murmelt Anna, während sie ihrer Klienten den Weg in den Flur weist. Ihr Schirm hängt am Gummibaum, doch sie vergisst ihn. Eva Mauz zeigt auf den Baseballschläger, der neben der Eingangstür lehnt. »Und wozu brauchen Sie den?«

»Zum Baseballspielen«, sagt Anna. Eine Lüge. Aber diese Geschichte ist zu lang und kompliziert, um sie Eva Mauz zu erzählen. Sie hat mit einem mörderischen Polizisten und einem Engel zu tun. Er ist verschwunden, als ob es ihn nie gegeben hätte. Die Stadt ist voller Engel. Doch man begegnet ihnen nicht.

11. Kapitel

Seine Eitelkeit begleitet ihn wie ein Schatten. Liebling weiß es und vergisst es manchmal. Eitelkeit verleitet zu Fehlern. Es tut ihm längst Leid, dass er der Autorin ein Interview zugesagt hat. Sie will ein Buch über die Europäische Union schreiben, die ganze Wahrheit und alle Lügen, die mit ihr einhergehen. Was soll er ihr sagen? Dass geniale Ideen von fehlbaren Menschen umgesetzt werden? Bürokratie und Korruption ein unvermeidliches Paar sind? Und dass es ihn doch immer wieder berührt, wie viele Nationen und Sprachen in diesem gläsernen Haus zu Formen der Kommunikation und des Kompromisses finden? Das friedliche Schlachtross Europa ist ein behäbiger Gaul, der von zu vielen gelenkt wird, als dass er seinen Weg ohne Fehltritte fände.

Ja, das ist ein netter Satz, den wird er einbringen. Er sollte seinen Schreibtisch aufräumen, doch andererseits ist es jetzt zu spät für größere Taten. Wenn sie professionell ist, wird sie pünktlich sein. Zeit ist Honig. Bruno, sein Assistent, hat ihm zum Geburtstag eine silberne Sanduhr geschenkt. Der Sand ist goldfarben, und er rieselt beruhigend langsam, jedoch unerbittlich. Wollte Bruno ihn darauf hinweisen, dass Lieblings Zeit bald um ist? Dass Bruno im Besitz einer Diskette ist, die ihm goldene Türen öffnen wird? Nein. Nicht Dr. Bruno Laurenz: Er ist ein korrekter, gebildeter und loyaler Mann von begrenzter Phantasie. Einer, der blaue Krawatten zu grauen Anzügen trägt und nur um Nuancen von seiner Grundfarbe abweicht. Nicht der Typ, der seinen Chef aushebelt. Es gibt Menschen, die dazu geschaffen sind, im zweiten Glied zu stehen – und Bruno weiß hoffentlich, dass er auch in fünf Sprachen nur begrenzte Wirkung erzielt.

Der herzförmige Fotorahmen, auch aus Silber, war Alicias Geburtstagsgeschenk. Seine langjährige Sekretärin, und er ist ihr wirklich dankbar, dass sie ihn in so dezenter Form an eine Affäre erinnert, die nicht zu seinen Ruhmestaten zählt. Ein Anfängerfehler, sich mit dem Personal einzulassen, und er hat es anschließend nicht übers Herz gebracht, ihr zu kündigen. Der gute Mensch macht Fehler und zieht keine Konsequenzen daraus. So hat er es damals gesehen, als er noch an das Gute in sich glaubte.

Dreizehn Jahre ist das her, und sie haben beide geschwiegen, verdrängt, vergessen. Er hat vergessen, und Alicias Geschenke sind bisweilen anzüglich. Oder sie hat ein Faible für herzförmige Kleinkunst, die in dem Chaos, das er Büro nennt, ohnehin nicht sonderlich auffällt. Überall Papiere … das Parlament ist eine Tropenwaldvernichtungsmaschine. Und weil er nicht alles lesen kann, bewahrt er die Protokolle, Pressemitteilungen und Bekanntmachungen auf. Stapelweise.

Er sollte endlich aufräumen und den herzförmigen Rahmen mit Annas Bild schmücken, nachdem er das Bild seiner Frau daraus entfernt hat. Frauen, die ihn verraten, verdienen kein Erbarmen. Andererseits gibt Anna ihm Rätsel auf: Sie ist entweder nicht erreichbar oder bemerkenswert kühl am Telefon. Er weiß ja, dass sie nicht gern telefoniert, doch die plötzliche Terminüberlastung, die ein Wiedersehen verhindert, mag er ihr nicht abnehmen. Anna ist eine lausige Detektivin mit überschaubarer Klientel. Wenn jemand wenig Zeit hat, dann ist er es. Und hat er es nicht immer geschafft, sich für Anna Zeit zu nehmen?

Er hat ihr Rosen senden lassen, schon zweimal. Alicia, die die Verschickung in die Hand nahm, sah ihn spöttisch an. »Mal wieder verliebt?«, sagte sie und traf den gewissen Ton, der ausdrücken sollte, wie wenig seinen Gefühlen zu trauen war. Möglich, dass sie Recht hat, doch manchmal glaubt er, dass Annas weiße Arme sein Horizont sind. Zumindest, wenn er allein mit sich ist und seine Gesellschaft ihn anekelt oder zumindest langweilt. Er sollte ohne Ankündigung nach Berlin fliegen und Anna stellen. Oder ein Verhältnis mit der Autorin beginnen, die gleich da sein wird. Eins von beiden: Er wettet mit sich selbst, dass Berlin gewinnt, doch man muss auch dem Gegner eine Chance geben ...

Sie ist sehr blond, die Frau, die Alicia jetzt in sein Büro führt. Klein, blond, hübsch – und fast schon am Verblühen. Liebling schätzt sie auf fünfundvierzig, mehr oder weniger. Sie reicht ihm bis zur Schulter, als er aufsteht und ihr die Hand schüttelt. Sie trägt sehr hohe Absätze und hält sich sehr gerade, um größer zu wirken. Er weist auf den Besucherstuhl, den er freigeräumt hat. Ihren Familiennamen, der nach einer Frucht klingt, hat er bereits vergessen, nachdem sie ihm am Telefon sagte, dass er sie »Chris« nennen sollte. Martin und Chris: Sie setzt sich, schlägt ihre Beine übereinander und dankt ihm für die Audienz. Ein wenig spöttisch, und ihre Beine sind gut, was sie offensichtlich weiß.

»Darf ich rauchen?«

Nette Stimme. Er weist auf den riesigen Aschenbecher, und

Alicia bringt Kaffee und Mineralwasser. Er sagt der Blonden, dass er eine Stunde Zeit für sie habe, dann müsse er zu einem Termin ins Parlament. »Sonst hätte ich Sie natürlich zum Mittagessen eingeladen. Möchten Sie Kekse?«

Sie schüttelt den Kopf und holt aus ihrer Handtasche Zigaretten und Feuerzeug, einen Block und Bleistift. Kein Tonbandgerät, das hat er sich schon beim Telefongespräch verbeten. Er möchte nicht zitiert werden und wird im Zweifelsfall alles abstreiten. Alicia steht an der Tür, und ihm fällt zum ersten Mal auf, dass sie ihre dunklen Haare rot gefärbt hat. Es sieht verboten aus, wie zum Teufel kommen Frauen nur auf solche Ideen? »Wir brauchen nichts mehr, danke, Alicia. Und sagen Sie Bruno, dass er sich um die Ausschussprotokolle kümmern soll.«

Sie entschwebt. Alicia ist so dünn, dass er damals trotz seines Vollrausches Hemmungen hatte, sie anzufassen, aus Angst, sie könne zerbrechen. Die Blonde ist auch zierlich, aber irgendwie kompakter. Zu wenig Busen, Gott, er mag die Frauen nun einmal in Kurven und Rundungen. Sie fühlen sich einfach besser an, die Gemahlin hat das nie verstanden und ihn mit immer währenden Diäten genervt. Sie war so schön und hat nie vermocht, souverän damit umzugehen, das herzlose Miststück.

»Wer hat die Macht in Brüssel?«

Ihr Satz reißt Liebling aus seinen Tagträumen, die immer auch ein mörderisches Element haben, zumindest, wenn seine Exfrau darin vorkommt. Komische Eingangsfrage, denkt er, und beugt sich über den Schreibtisch, um ihr Feuer zu geben. Spöttische braune Augen hat sie, und er zieht Annas grüne vor. Er lehnt sich in seinem Stuhl zurück und denkt über eine Antwort nach. Sie sieht ihn mit schräg gestelltem Kopf an, wartend. Ihm fällt kein Blondinenwitz ein, und so beantwortet er die Machtfrage:

»Nicht nur einer, wie der Kanzler in Berlin. Die Macht ist

aufgeteilt. Zum einen die EU-Kommissare und vor allem die Generaldirektoren, die eigentlichen Herren der Verwaltung. Zum anderen der Ministerrat. Und natürlich im Parlament die Vorsitzenden der wichtigen Ausschüsse und die Berichterstatter. Allerdings können in Brüssel auch Hinterbänkler einiges bewegen, wenn sie gelernt haben, einen Ball zu stoppen oder eine Vorlage in ein Tor zu verwandeln. Denn es gibt hier keinen Fraktionszwang. Manchmal, auch wenn es nicht häufig vorkommt, machen die Abgeordneten der Kommission die Hölle heiß.«

»Es würde also Sinn machen, Abgeordnete zu bestechen?«

Liebling reißt die Augen auf und mustert sein Gegenüber mit einem Unschuldsblick. »Wieso fragen Sie mich das? Ich bin nur ein kleiner Berater, Verehrteste, eine winzige Fußnote in der europäischen Politik.«

Chris Feigen, jetzt fällt ihm der Name wieder ein, wippt ungeduldig mit den Füßen. Was hat sie erwartet? Dass er ihr sein Herz ausschüttet, nur weil sie ein nettes Lächeln hat?

»Es ist doch eine einfache Frage, und Sie sollten Ihr Licht nicht unter den Scheffel stellen, Herr Liebling. Niemand weiß so viel wie Sie – sagt man in Brüssel.«

Ihr Blick trägt einen Gran Spott. Sie verachtet mich, denkt Liebling, und es bedeutet nichts. Weil ich mich selbst so wenig schätze, dass mir die Geringschätzung anderer inzwischen gleichgültig ist. Beinahe. Wie kam er überhaupt auf die Idee, sich mit einer Schreiberin einzulassen? Ach ja, Bruno hat ihm die Dame ans Herz gelegt. Sein Assistent, dessen schwaches Herz Blondinen zuneigt. Liebling legt seine Worte auf die Goldwaage: »Im Allgemeinen würde es nicht viel bringen. Außerdem sind viele Parlamentarier ohnehin Lobbyisten, soll heißen, dass viele von ihnen auch Firmen oder Verbände repräsentieren. Politik und Wirtschaft sind ja nicht unbedingt Gegenpole. Im Idealfall ergänzen sie einander. Sehen Sie, kein

Abgeordneter kann auf die Expertisen oder Gutachten der Wirtschaft verzichten, er muss sich nach allen Seiten hin informieren, weil die meisten Gesetzesvorlagen unendlich kompliziert sind.«

»Wie viele Abgeordnete schätzen Sie als kompetent und fleißig ein?«

Sie fragt querbeet, denkt Liebling, um mich zu verwirren. Und sieht ihn an, als ob sie nicht bis drei zählen könnte. Liebling lächelt über seine Antwort: »Es ist wie überall: Sie finden die Faulen und Fleißigen, die Klugen und Dummen … und natürlich die Paradiesvögel so wie Messner oder Berlusconi. Die Quertreiber. Die Peniblen. Die Europahasser und -fans … die europäische Melange, die bisweilen wirklich spannend ist. Nach welcher Wahrheit suchen Sie eigentlich?«

»Ich habe noch keine Ahnung«, sagt die Blonde, die immerhin für zwei Sekunden verblüfft aussah. »Ich stochere im Misthaufen. Pardon. Ich frage Leute aus und versuche, mir ein Bild zu machen. Stimmt es, dass der Schwund bei den EU-Haushaltsmitteln bei rund fünfzehn Prozent liegt? Das wären ja einige Milliarden, die in betrügerische Kanäle fließen.«

»Etwas mehr als ein Prozent«, korrigiert Liebling, »knapp über eine Milliarde Euro. Was an Subventionen in den jeweiligen Ländern zweckentfremdet wird, liegt in der Verantwortung der einzelnen Staaten. Das wäre von Brüssel aus schwer überprüfbar.«

»Interessanter Konjunktiv«, sagt die Autorin liebenswürdig. »Heißt es nicht, dass jedes Schwein dreimal den Brenner passiert, bevor es in den Schlachthof einfährt?«

Liebling richtet den Blick auf sein Panoramafenster. Draußen scheint die Sonne und taucht die morschen Dächer Brüssels in gleißendes Licht. Es wäre schön, jetzt mit Anna spazieren zu gehen. Ihr wunderbarer Gang in diesen Wahnsinnsschuhen, der Hüftschwung, so ausladend … was interessieren ihn reisende Schweine? »Ich bin kein Experte für Agrarsubventionen, sondern berate eher die Industrie. Wissen Sie, das Schlachtross Europa ist ein störrischer Gaul, der von zu vielen gelenkt wird, als dass es nicht zu Fehltritten käme.« So, jetzt ist er seinen Satz losgeworden, und sie schreibt sogar mit. Geneigter Kopf, die Haare sind gefärbt. Sie trägt keinen Ehering, aber das soll ihn nicht interessieren. Nun sieht sie hoch und lächelt, als ob sie ihn verführen wolle.

»Dann lassen Sie uns doch über die Tabakindustrie reden. Ich habe läuten hören, dass Sie auf diesem Gebiet sehr aktiv sind.«

Beinahe wäre er zusammengezuckt. Liebling fragt sich, ob John Schultz sie geschickt hat. Nein, Schultz geht keine Umwege, sondern direkt ans Ziel. Eine Kommissionsspionin? Der Engländer, der die Jakobiner unter den europäischen Rauchgegnern anführt, klebt an seinem Stuhl. Alle kleben. Der Leim besteht aus Geld und Macht, dieses unvergleichlich verführerische Zwillingspaar. Er wird Schultz die Informationen geben, die er braucht, und sich dann aus Brüssel verabschieden. Nach ihm die Sintflut ... und Gedanken, die ihn sanft skalpieren.

»Möchten Sie nicht darüber reden – und falls ja, warum nicht?«

Sie wippt schon wieder, ungeduldig, als ob er ihre Zeit verschwendete. Das Gegenteil ist richtig, und wenn sie nicht so blond wäre, hätte er sie längst hinausgeworfen. Sie sucht nach der Wahrheit, und das ist ein beschissener Job. Liebling sagt: »Ich berate die eine oder andere Institution. Rauchen ist ein sehr emotionales Thema – beschwert von sehr viel Geld ...«

»Könnten Sie wohl aufhören, um den heißen Brei herumzureden.«

Sie ist unverschämt, denkt Liebling und verflucht Bruno, weil es einen Schuldigen geben muss. »Was wollen Sie von mir hören? Dass der Zigarettenverband in Deutschland eine Aufklärungskampagne gegen das Rauchen finanziert? Nur für die Zielgruppe Jugendliche natürlich. Mit fast zwölf Milliarden Euro. Dagegen wird es kaum gelingen, in Europa ein generelles Werbeverbot für Zigaretten durchzukriegen, obwohl die Jakobiner in der Kommission das so wollen. Entsprechende Richtlinien werden in den Ausschüssen so lange verwässert, bis sie europarechtlich abgesoffen sind. Man könnte in diesem Zusammenhang von erfolgreicher Lobbyarbeit sprechen, denn die Tabakindustrie fürchtet das generelle Werbeverbot wie der Teufel das Weihwasser … auf der Packung, aus der Sie eben wieder eine Zigarette geholt haben, steht es klar und deutlich: Rauchen ist tödlich. Ich persönlich vertrete die Auffassung, dass man es jedem selbst überlassen sollte, wie er sich zu Tode befördert. Das nenne ich Freiheit.«

»Sie stehen auf deren Seite.«

Liebling gibt ihr Feuer und sieht ihr in die Augen. »Ich stehe nur auf meiner Seite, Verehrte. Ich habe einige Standpunkte verloren, doch sehr viel Geld dazugewonnen. Und kritisierbar bin ich nur innerhalb meiner Ideenwelt. Also hören Sie auf, mich mit der moralischen Keule erschlagen zu wollen.«

Dass sie jetzt lacht, überrascht ihn, denn er wollte nicht komisch sein. Frauen sollten öfter lachen und weniger dumme Fragen stellen. Er mag Annas Lachen und ihren großen Mund. Die Blonde ignoriert seinen Blick auf die Uhr: »Also gut, reden wir über Zigarettenschmuggel und Geldwäsche. Ich habe gehört, dass Sie die amerikanische Firma beraten, die jetzt von der EU verklagt werden soll.«

Europa ist ein Dorf, und er hätte mit Schultz nicht ins »Crocodile« gehen dürfen, sondern in eine anonyme Eckkneipe. Eitelkeit, gepaart mit Wollust, und wenn er an die sieben Todsünden glaubte, wäre die Hölle ein sicherer Ort. »Nein, das stimmt nicht ganz. Es gibt Vorgespräche, aber noch keinen

Vertrag. Die Firma ist natürlich an einem Vergleich interessiert, man möchte einen Prozess vermeiden. In diesem Zusammenhang hätten sie mich gern als Mittler an Bord. Das ist der Stand der Dinge.«

»Morris und Reynolds haben sich mit der EU mit 1,25 Milliarden Dollar verglichen, zahlbar innerhalb von zwölf Jahren. Es war ein ähnlicher Vorwurf, und der Deal war ein Witz, wenn man bedenkt, um welche Gewinnspannen es geht.«

Pro 40-Fuß-Container, an Zoll und Steuer vorbeigeschmuggelt, eine halbe Milliarde Euro Gewinn auf dem Schwarzmarkt, denkt Liebling. Bei 400 Milliarden illegaler Zigaretten, die Jahr für Jahr um die Erde kutschiert werden, ein globales Wahnsinnsgeschäft, in dem Drogendealer und Waffenhändler kräftig mitmischen. Denn mit Zigarettenschmuggel lässt sich Schwarzgeld reinwaschen, das sauber wieder bei den Produzenten landet. Er sieht noch einmal auf die Uhr, um ihr zu zeigen, dass ihre Zeit abläuft: »Es war ein Kompromiss, von dem alle Seiten profitierten. Die EU investiert das Geld in Antiraucherkampagnen, und die Tabakkonzerne erschließen neue Märkte in Afrika und Asien. Alles löst sich in freundlichen Rauch auf. Was zum Teufel wollen Sie noch von mir wissen?«

Sie hält ihren Bleistift wie eine Waffe auf ihn gerichtet: »Warum Europa keine schärfere Gangart gegen die Konzerne und die Drahtzieher in der Schweiz einlegt. Warum es nur Teilerfolge bei der Bekämpfung des Zigarettenschmuggels gibt. Warum immer faule Kompromisse. Warum Sie bei alledem ihre Finger im Spiel haben. Das will ich wissen.«

Liebling denkt an eine Million gewaschenes Geld. Es stinkt nicht. Und damit wären im Grunde alle Fragen beantwortet. Er lässt sich Zeit mit einer Antwort, die nicht ohne Wahrheitsgehalt ist: »Die Fraktionen in Kommission, Parlament und Ministerrat sind sich in der Tabakfrage uneins, das mag eine

Erklärung sein. Die gesamteuropäische Verbrechensbekämpfung steckt noch in den Kinderschuhen. Ich lebe davon, Leute zusammenzubringen, die Kompromisse aushandeln. Und Ihre Zeit ist um, Madame.«

Sie seufzt. Es klingt so traurig, dass er beinahe versucht ist, sie zu trösten. »Warum schreiben Sie nicht einen Liebesroman oder Thriller? Etwas, das nicht so kompliziert ist wie ein Sachbuch über Europapolitik? Sie werden sich hier in Brüssel die Zähne ausbeißen.«

Ihre Zähne, von einem Lächeln enthüllt, sind keineswegs perfekt. Dennoch, eine gewisse Schwäche für Blondinen ist nicht zu leugnen, Anna hin oder her. Chris Feigen scheint eher amüsiert als beleidigt. »Keine Ahnung, es ist wie eine Droge. Wenn man einmal damit anfängt, kommt man nicht so leicht davon los. Möglich, dass ich dieses Buch nie zu Ende bringen werde. Würden Sie mir denn noch verraten, wie ich an John Schultz rankomme? Er ist als Lobbyist nicht registriert.«

Was ihn gar nicht wundert. Schultz ist ein Schattenmann, und sie wird seine Geschäfte nie ans Licht bringen. Weil er sie ein wenig bedauert, beantwortet er ihre letzte Frage: »Meines Wissens ist er im ›Metropole‹ abgestiegen, und er sieht aus wie ein hübsches Krokodil. Achten Sie auf seine Augen – und seien Sie vorsichtig.«

»Sie aber auch«, sagt die Besucherin, als sie aufsteht. Während er sie zur Tür begleitet, überlegt er, was sie damit gemeint haben könnte. Eine Floskel oder das letzte Wort, das manche Frauen brauchen, denkt er, als er ihr zum Abschied die Hand reicht. Bruno nimmt sie in Empfang, und er sieht glücklich aus. Das beunruhigt Liebling. Zwar weiß er Geheimnisse zu wahren, doch das eine oder andere lässt sich vor einem Assistenten nicht verbergen. Er wird ihn warnen müssen, ihr zu viel zu erzählen. Wenn es nicht schon zu spät ist.

Während sie ihm den Rücken zuwendet und etwas zu Bruno

sagt, legt Liebling den Zeigefinger auf seine Lippen. Schweigen ist Gold, und Bruno ist ein Idiot, denn er grinst wie ein Honigkuchenpferd. Liebling spürt einen stechenden Schmerz in der Brust, den er als Angst identifiziert. Er sollte aufhören zu rauchen, und gesünder leben. Weit weg von Brüssel und mit einer Frau, die er beinahe lieben könnte …

12. Kapitel

Krankenhäuser sind das Fegefeuer auf dem Weg zur Hölle. Dass Anna ihm dreimal lebend entkommen ist, liegt an der Geringfügigkeit der Eingriffe. Eine Mandeloperation ist ein Bagatellfall. Natürlich kann man auch daran sterben – oder an der Rohheit des medizinischen Personals. Ärzte, die sich über Betten hinweg zu Patienten äußern, als wären diese längst tot. Krankenschwestern, die um fünf Uhr morgens Fieber messen. Fraß, der Todessehnsüchte auslöst. Überall Rauchverbot. In den weißen Fluren riecht es wie Pest und Schwefel. Nie und nimmer wird sie in ein Krankenhaus gehen, Anna will zu Hause sterben, umgeben von Freunden, schmerzfrei natürlich, jeder will so sterben oder besser überhaupt nicht.

Sie findet Sibylle in der Kinderstation an Jonathans Gitterbett, den Kopf auf die Quersprosse gelegt, schlafend. Die Stellung ist so absurd, dass Anna gar nicht erst den Versuch macht, die Freundin aufzuwecken. Mit jedem Atemzug fällt Sibylles Kopf tiefer, und es ist eine Frage von Sekunden, bis sie abrutscht, vom Stuhl fällt und aufwacht. Anna stützt sie ab, als es geschieht. Beinahe fallen sie beide zu Boden, doch Anna ist vorbereitet und hält die Balance. Sibylle stöhnt, als sie aufwacht, und ihre geöffneten Augen sind vom Weinen gerötet. »Wo bin ich?«

»Im Krankenhaus. Du hast mich angerufen. Jonathan schläft.« Anna lässt die Freundin los. »Er sieht doch gut aus, ganz friedlich.«

Sibylle streichelt das winzige Wesen mit ihren Fingerspitzen: »Er hat eine Beule am Hinterkopf und eine Schürfwunde am Arm. Sie haben ihn untersucht: keine inneren Verletzungen.«

Ihre Stimme klingt so gequält, dass Anna die Freundin in die Arme nimmt. »Das ist großes Glück«, murmelt sie und hofft inständig, dass Sibylle nichts weiter sagt, sondern einfach nur an ihrer Schulter weint. Sie tut es leise, um ihr Kind nicht zu wecken. Weil sie dessen Schlaf braucht. Anna nimmt sich vor, Nachtwache zu halten, wenn Jonathan aus dem Krankenhaus nach Hause kommt. Ein Freundschaftsdienst, denn sie kann sein Geschrei nur schwer ertragen. Sie sind Monster, schon vom ersten Atemzug an, und sie bedingungslos zu lieben kostet mehr Kraft, als manche aufbringen können.

»Lass uns rausgehen und Kaffee trinken. Eine rauchen, zumindest vor der Tür.«

»Und wenn er aufwacht?«

»Wird er schreien, dann kommt schon jemand. An Beulen und Schürfwunden stirbt man nicht.« Anna steht schon an der Tür.

»Gott, bist du herzlos.«

Sie hat den Taxifahrer angeschrien, schneller zu fahren. Ist mit ihren Schuhen in Händen durchs Krankenhauslabyrinth gelaufen, Bilder von Särgen und Polizisten vor Augen. Sie ist herzlos, manchmal. Anna öffnet die Tür: »Wenn du mit mir reden willst, musst du schon mitkommen. Ich brauche meine Krücken – und du solltest dir auch wieder welche zulegen. Du lahmst, und Mutterschaft ist keine Heiligsprechung.«

Sie stehen mit Pappbechern und Zigaretten vor der Glastür, nachdem Sibylle ihr schweigend gefolgt ist. Sie sieht erbarmungswürdig aus. »Du könntest mal zum Friseur gehen«, sagt Anna.

Sibylle wirft ihren leeren Becher in den Mülleimer und dreht sich zu Anna um: »Ich glaube, ich habe ihn vom Wickeltisch gestoßen.«

Sie hat laut gesprochen, beinahe geschrien. Ein Priester, der die beiden Frauen passierte, bleibt abrupt stehen. Er hat mitgehört, und einen Augenblick erwägt er, die Letzte Ölung zu vergessen und sich einer Lebenden zuzuwenden. Doch der abweisende Blick der Rothaarigen lässt ihn diesen Gedanken verwerfen. Vielleicht hat die andere Person es nur so dahingesagt. Frauen neigen zu Hysterie und Männer zum Weghören. Er geht durch die Drehtür und bereitet sich auf seine Sterbende vor. Gott ist der einzige Trost, den er zu bieten hat. Doch manchmal ist der Tod zu groß, selbst für die gläubige Seele.

Anna sieht in den Himmel, der voller Wolkenfetzen ist. Er ist zu weit entfernt und sieht abweisend aus. An Gott zu glauben schien ihr schon als Kind sehr schwierig. Menschen als sein Ebenbild zu sehen ist noch anspruchsvoller. Was soll sie mit Sibylles Geständnis anfangen? Ihr Absolution erteilen? Sie mit Entsetzen strafen? Freundschaft kommt der Liebe sehr nahe, und Liebe verzeiht – fast – alles. Anna greift nach zitternden Händen: »Glauben ist nicht wissen. Wahrscheinlich redest du dir das ein, weil du in dem Wahn lebst, eine schlechte Mutter zu sein.«

Ihre Stimme ist brüchig vor Schlaflosigkeit und Kummer. »Aber ich habe daran gedacht, verstehst du? Als ich ihn wickelte und er plärrte und mir ins Gesicht pinkelte, da habe ich daran gedacht, wie schön mein Leben war, als es ihn noch nicht gab.«

Es war nicht immer schön, denkt Anna. Es war gierig und atemlos und ziemlich oberflächlich, wenn man es auf die Sinnwaage legt. Einsam, trotz oder vielleicht wegen der vielen

Männer. Jetzt muss sie, verdammt noch mal, mit diesem kleinen Mann fertig werden. »Aber du hast nicht wirklich daran gedacht, ihn von der Kommode zu stoßen.« Kein Fragezeichen am Ende, und Annas Blick fleht um Zustimmung.

Sibylle schlägt die Augen nieder. »Nicht direkt, ich meine, ich weiß es nicht mehr. Nur, dass das Telefon klingelte und ich eine Bewegung machte – und da ist er runtergefallen.«

»So was kommt vor«, sagt Anna. Es ist ein Satz von großer Idiotie. Dass Sibylle sie fast dankbar ansieht, macht ihn nicht besser. »Und außerdem ist er unverletzt bis auf die paar Schrammen. Also hör auf, dich zu quälen. Es bringt nichts, und es ändert nichts. Wenn er aufwacht, nimm ihn mit nach Hause – und ich organisiere eine Babysittertruppe. Dann gehst du zum Friseur und in den Schönheitssalon. Da kann man prima schlafen.«

»Der Arzt hat mir komische Fragen gestellt.«

»Das müssen sie tun.« Anna, die Verdrängungskünstlerin, würde der Freundin gern von ihrem Talent etwas abgeben. Obwohl es nicht immer funktioniert. Das Mauz-Liebling-Bild ist allgegenwärtig, selbst jetzt. »Aber du hast ihm doch nicht diesen Blödsinn erzählt, oder?«

»Natürlich nicht.« Sibylle lauscht wieder, als ob sie Weinen bis hierher hören könnte. Doch ihre Stimme klingt fester: »Komm, lass uns zurückgehen. Es geht mir schon besser. Und … danke, dass du so schnell gekommen bist. Ohne meine Freunde wäre ich verloren.«

Sie hakt sich unter, und Anna fühlt sich besser. Es ist leichter, anderen zu helfen, als sich selbst. Sie muss Distanz finden, vor allem zu Martin Liebling. Damit sie ihn fragen kann, ohne vor seiner Antwort zu zittern. Wenn Liebe und Vertrauen zusammengehören, dann fehlt etwas in dieser Beziehung. Die Liebe.

Sibylle kauft im Krankenhausshop einen Plüschbären, der

viel zu groß ist. Die Schuld ist klein, daran will sie jetzt glauben. Sie hat Anna die Wahrheit gesagt: Sie weiß nicht, was geschehen ist. Vielleicht ist sie für einen Augenblick eingeschlafen, im Stehen. Dann spürte sie den Urin im Gesicht, und das Telefon klingelte. Sie erschrak, und sie war wütend. Jonathan schrie lauthals, und sie griff nach den Tüchern neben dem Tisch … er strampelte … vielleicht hat sie ihn berührt, ungeschickt angefasst … es fehlen Sekunden … und das Nächste, das sie weiß, ist, dass er am Boden lag und noch lauter brüllte … und dass sie ihn vorsichtig in die Arme nahm und anflehte, am Leben zu bleiben. Ihn in eine Decke wickelte, während sie aus der Wohnung rannte, zum nächsten Taxistand … ins Krankenhaus … und die ganze Fahrt über schrie er, und sie dachte, dass dies ein Zeichen des Himmels ist, dass er noch lebt … und sie betete … und der Taxifahrer fluchte auf Türkisch, weil alle Ampeln auf Rot sprangen …

Sie hat immer noch ihre Hausschuhe an. Sie ist noch einmal davongekommen. Anna hat Recht: Sie kann gar nicht in Absicht gehandelt haben, weil sie Jonathan liebt wie niemanden sonst auf der Welt. Sibylle sieht auf die Wahnsinnsstilettos, die neben ihr auf das Linoleum klacken. »Wie kannst du nur in diesen Schuhen gehen?«

»Kann ich das? Ich warte darauf, dass ich mir den Knöchel breche und von einem hübschen Arzt versorgt werde. Dann bin ich von Eva Mauz verschont – und von Liebling auch – und muss mir um nichts mehr Sorgen machen.«

Die Sorgen ihrer Freunde, denkt Sibylle erschrocken, hat sie seit vielen Wochen nicht mehr wahrgenommen. Ihre Welt ist so klein geworden, dass sie selbst darin zu verschwinden scheint. Sie späht durch die Tür und sieht, dass ihr Baby immer noch schläft. Schließt sie wieder. »Was ist mit Liebling? Ist die Liebe schon zu Ende?«

Anna setzt sich auf den Boden vor die Tür und zieht ihre

Schuhe aus. Gebrechliche Gestalten in gestreiften Bademänteln schlurfen vorüber und sehen durch sie hindurch. Dies ist ein Krankenhaus, und die Leiden der anderen interessieren nicht. »Nein«, sagt Anna, »aber vielleicht hat sie gar nie angefangen. Wenn er der Mann ist, den ich im Mauz-Fall suche, wäre dies ein solcher Witz des Schicksals, dass ich mich darüber totlachen könnte.«

Sibylle hat sich neben Anna gesetzt. »Sprichst du absichtlich in Rätseln?«

Anna erzählt ihr von dem Foto, das sie in der Wohnung gefunden hat. »Zufall«, sagt Sibylle spontan. »Er ist auch auf dem Schiff gewesen, und jemand hat sie fotografiert. Der Mann hat doch Geld, wie du sagst. Warum sollte er heiratsschwindeln?«

Wir haben in all den Jahren die Gabe entwickelt, einander zu trösten, denkt Anna. Und dass geteiltes Gelächter nur die eine Hälfte der Freundschaft ist. »Vielleicht macht er es aus Spaß. Weil er Frauen hasst oder so … und vielleicht hat er gar nicht so viel Geld, wie er tut. Manchmal denke ich, er ist ein Blender. Einer, der nichts von dem hält, was er verspricht.«

Sibylle legt Anna den Arm um die Schulter. »Und dann lacht er sich eine arme Kirchenmaus wie dich an? Ich bitte dich, Anna, komm mir jetzt nicht mit Verschwörungstheorien. Was ist mit dem Dichter?«

So beruhigend, diese Worte. Anna drückt die Hand an ihrer Schulter. »Er schickt mir ab und zu Gedichte, und gestern sind wir spazieren gegangen. Gangwein kommt mir so harmlos vor. Können Poeten böse sein? Irgendwie glaube ich nicht daran. Gestern habe ich den Namen Julia Mauz erwähnt, sagte, dass sie eine Freundin von mir war und sich umgebracht hat. Ich habe ihn dabei genau beobachtet – und es gab keine Reaktion, absolut nichts. Anschließend hielt er mir einen Vortrag über die Würde, die in einem Freitod liegen kann. Seneca ließ grüßen, und Gangwein hört sich gerne reden, aber das ist kein Verbrechen.«

»Vielleicht ist er nur ein guter Schauspieler.«

Es ist möglich, denkt Anna. Alles ist möglich, doch das hilft in der Sache nicht weiter. »Vielleicht bin ich nur eine schlechte Detektivin. Seit ich das Foto habe, blocke ich Liebling ab, weil ich Angst davor habe, ihn zu fragen. Und vor Eva Mauz fürchte ich mich allmählich auch. Die Frau balanciert am Rande eines Nervenzusammenbruchs – und ich habe sie bisher als herzloses Miststück eingeschätzt. Sie wird mit ihren Schuldgefühlen nicht fertig…«

Es war der falsche Satz, sie sieht es in Sibylles Gesicht. Verdüsterung, und jetzt beginnt sie zu weinen, und sie tauschen wieder die Rollen. Anna streichelt Sibylles Hand auf ihrer Schulter. »Blöde Lesben«, murmelt ein bleicher junger Mann, der seinen Tropf spazieren führt. Er schlurft weiter, und Anna fällt keine politisch korrekte Antwort ein. Dass die Hölle immer die anderen sind, weiß sie schon lange. Und auch, dass der Himmel, wenn es ihn denn gäbe, ein langweiliger Ort wäre.

»Sie können hier nicht einfach so sitzen. Dies ist ein Krankenhaus«, sagt die Schwester, die aus dem Nebenzimmer auftaucht.

Die Begründung erscheint Anna unlogisch, und die weiße Gestalt reizt zum Widerspruch. »Können wir doch«, sagt sie. Denkt, dass die Schwester aus einer Fernsehserie entsprungen ist, weil sie so blond und hübsch ist. Vielleicht drehen sie irgendwo, und dies ist gar kein richtiges Krankenhaus, sondern ein Studio für eine Endlosserie. Sie ist müde und traurig und möchte genau hier sitzen bleiben. Der Blonden ein Bein stellen, um einen ungraziösen Fall zu provozieren … die guten, alten, anarchistischen Anwandlungen, die stets zu nichts führen außer Ärger.

»Nein.«

»Doch.«

Die Schwester droht mit dem Oberarzt, und Anna ballt die Fäuste. Es ist genug, jetzt braucht sie eine Schuldige. Sie steht auf und baut sich drohend vor der Schwester auf, die erschrocken einen Schritt zurückweicht, doch keineswegs bereit ist, das Feld kampflos zu räumen. Das Duell der Blicke endet unentschieden, und die Frage, wer diesen Kampf gewonnen hätte, bleibt unbeantwortet, weil Jonathan in seinem Zimmer zu schreien beginnt. Sibylle springt auf, stößt die Tür auf. Schnitt, denkt Anna, und dass sie diesen Film nicht mag, weder Ort noch Handlung. Ihr Telefon klingelt in der Handtasche. »Handys sind auch verboten«, sagt die Schwester triumphierend, während Sibylle ans Bett eilt, um ihr Kind zu trösten.

»Schon bekannt«, sagt Anna und drückt auf die Aus-Taste. Es war Lieblings Nummer. Sie wird ihn zurückrufen, sobald sie zu Hause ist, ein Bad genommen und etwas gegessen hat. Der Wahrheit ins Auge zu sehen geht am Telefon vielleicht sogar besser. Man kann auflegen, wenn es zu schlimm wird. Sie sieht der Schwester nach, die ihre schmalen Hüften schwenkt. Sie hasst Krankenhäuser, Serien, die in Krankenhäusern spielen, und Detektivinnen, die darin vorkommen.

»Ich fahre schon mal zurück und organisiere die Babysitter«, sagt sie zu Sibylle, die das Wunder fertig brachte, ihr Kind zum Schweigen zu bringen. Es hängt an ihrer Brust und sieht zufrieden aus. Anna schaut weg, sie fühlt sich ausgeschlossen.

»Könntest du dich vorher um die Entlassungspapiere kümmern, ich kann hier nicht weg.«

»Aber sicher«, erwidert Anna. Sie ist der Fels in der Brandung. So sehen es die anderen. So steht sie da und weiß doch, dass eine einzige Welle ausreichen könnte, sie wegzuspülen.

13. Kapitel

Sein Schweigen ist unüberhörbar. Nur der Wasserhahn tropft. Anna denkt an Folter und dass er schon viel zu lange auf das Foto schaut. Liebling trägt einen seiner dunkelblauen Anzüge und die grüne Krawatte mit den blauen Monden, die sie ihm geschenkt hat. Es ist schwer, schöne Krawatten zu finden, und Männer, die nicht lügen und betrügen.

Liebling murmelt: »Du solltest mal den Klempner holen.«

»Eine gute Idee«, erwidert Anna laut. »Aber würdest du mir vorher sagen, was es mit dem Foto auf sich hat?«

Er widersteht dem Impuls, es zu zerreißen, und legt es auf den Tisch. Anna sieht aus wie die Verkörperung der Inquisition. Ihren Wahrheitsdrang fand er schon immer exotisch. Glaubt sie, dass sie dafür geliebt wird? Vielleicht von ihm, ein wenig. Doch Liebe versetzt keine Berge, sie schärft nur die Wahrnehmung für Höhen und Tiefen. Als Spieler seines Lebens wird Liebling dennoch die Karte ziehen, die sie braucht. Er hätte sich nie mit einer Detektivin einlassen dürfen.

»Ich warte«, sagt Anna mit dieser rauen, verletzten Stimme.

Sie war im Morgenmantel, als er an der Tür stand. Natürlich mit roten Rosen, das gehört zu seinem Repertoire. Er hielt den Strauß vors Gesicht, als sie öffnete. Senkte ihn langsam und lächelte sie an. Er erwischt mich ungeschminkt und als kariertes Monster, war ihr erster, grimmiger Gedanke. Und dass es nun zu spät war, die Tür wieder zuzuschlagen, sie hatte zu lange gewartet. Also sagte sie »Guten Morgen« und ließ ihn herein. Nahm seine Blumen und hielt ihm ihre Wange hin. Die Berührung seiner Lippen war kalt, und er roch nach *Egoïste*. Der Mann in ihrem Rücken ging auf leisen Ledersohlen und sagte nichts, was falsch sein könnte. Anna brachte ihm eine Tasse Kaffee und ließ ihn im Wohnzimmer-Büro sitzen, während sie sich anzog. Nicht achtlos, doch sie verzichtete auf Schminke, es hätte ohnehin zu lange gedauert, sich in ein präsentables Wesen zu verwandeln.

»Meinetwegen hättest du dich nicht anziehen müssen«, meinte Liebling, als sie wiederkam. Er lag auf ihrer Couch und las den »Spiegel«, der Mann, der sich in ihrer Wohnung benimmt, als sei er hier zu Hause. Sie hatte es natürlich nicht fertig gebracht, ihn anzurufen, und nun war er hier. »Gelungene Überraschung«, sagte Anna, holte das Foto aus ihrer Schreibtischschublade und legte es ihm auf den Schoß. Dann lehnte sie sich mit verschränkten Armen gegen den Gummibaum, der sacht nachgab.

Julia Mauz und Martin Liebling auf den Schiff: Er nahm das Bild in die Hand, und sein Gesicht verriet nichts. Es war still in der Wohnung. Anna hörte das Tropfen des Wasserhahns und Fjodors Schritte im Hausflur. Er musste es sein, denn nur er hatte diese merkwürdige Art, die Treppen hinunterzuhüpfen. Wie ein fettes Känguru. Lieblings Pokerface blieb unverändert, während er viel zu lange stumm blieb.

Anna setzt sich hinter ihren Schreibtisch. Distanz ist vonnöten, sie braucht sie dringend. Die Krücke, die Zigarette brennt, als er endlich spricht. »Wäre es zu viel verlangt, dich zu fragen, woher dieses Foto stammt?«

»Aus dem Nachlass von Julia Mauz. Sie ist die Frau neben dir.«

Liebling lächelt, ein bisschen teuflisch, wie Anna meint. »Ich kenne die Dame nicht, und der Mann auf dem Foto ist David. Mein Bruder. Er müsste es sein.«

Anna schluckt Rauch und hustet. Das Gespräch nimmt eine interessante Wendung hin zum Absurden. »Willst du mich auf den Arm nehmen? Dieser Mann bist DU.«

Er ist aufgestanden und legt das Foto auf Annas Schreibtisch. »Ich schwöre dir, das ist David. Wir sind Zwillinge. Eineiig. Schon mal davon gehört? Und was soll das Theater um einen Schnappschuss? Hat er sie umgebracht, oder worum geht es hier, o große Detektivin?«

Anna ist enttäuscht, erleichtert, verwirrt ... die Gefühle sind schwer auf einen Punkt zu bringen. Wütend macht sie sein Spott. »Gewissermaßen. Woher sollte ich von einem Zwillingsbruder wissen? Du hast ihn nie erwähnt.«

Liebling seufzt und verlässt den Raum. Das war's, denkt Anna. Jetzt lässt er mich mit dem Phantomzwilling allein, und ich bleibe auf meinen Fragen sitzen. »Feige Flucht«, ruft sie ihm hinterher, doch er kommt nach zwei Minuten wieder, und seine Hände sind feucht. »Ich weiß nicht, wie du das erträgst. Ich bin zwar kein Fachmann, aber ich habe immerhin einen Schwamm in die Spüle gelegt, der die Tropfen auffängt. Was hat David wieder angestellt?«

Anna sieht ihn an: »Kann es sein, dass dein Bruder als Heiratsschwindler unterwegs ist?« Kann es sein, dass du keinen Bruder hast? Gedanken und Worte bewegen sich im Zickzack, und ihr Gesicht ist ein einziger großer Zweifel.

Liebling stützt sich mit beiden Händen auf den Schreibtisch. Sie sind in Augenhöhe. »Ich weiß es nicht, meine Liebste. Ich habe David vor dreizehn Jahren zum letzten Mal gesehen. Das war in Paris, nachdem ich ihn aus der Untersuchungshaft geholt hatte. David hatte einen Scheck gefälscht, und ich zahlte die Kaution. Danach verschwand er spurlos, wofür ich ihm sehr dankbar war. Es gibt Menschen, die man nur ertragen kann, wenn sie unendlich weit weg sind. Er ist ein Mistkerl, ein charakterloses, rücksichtsloses Stück Scheiße. Ich hatte gehofft, dass er tot ist. Wie alt ist dieses Foto?«

»Nicht älter als zwei Jahre«, erwidert Anna. So viel Hass in seiner Stimme, denkt sie. Und dass sie mehr hören will von David und seinem Bruder. Liebling sagt, und seine Stimme klingt wieder sanft: »Ich würde dich gern küssen. War das Foto der Anlass für deinen Liebesentzug? Ich habe mich heute in die erste Maschine gesetzt, weil ich unklare Verhältnisse nicht mag. Wodurch ich in den Genuss kam, dich in deinem karierten Bademantel zu bewundern. Antik?«

Sie mag seinen Spott, aber nicht jetzt. Und dreht sich nach dem Kuss, für den er sich halb auf den Schreibtisch legen musste, sanft weg. »Das Erbstück eines Verflossenen. Er war nur zu faul, ihn abzuholen, nachdem wir Schluss gemacht hatten. Wenn du mir mehr über David erzählst, revanchiere ich mich mit Höhepunkten meiner Vergangenheit. Wie geht es dir überhaupt … was machen die Geschäfte?«

Liebling verabscheut ihren sachlichen Ton. Anna hat sich verändert in den zwei Wochen, in denen er sie nicht gesehen hat. Weil sie es so wollte. Weil es ein Foto gibt, auf dem sie ihn zu erkennen glaubte. Ein Heiratsschwindler: Sie muss vollkommen verrückt geworden sein. Und ist er aus Brüssel gekommen, um über Familiengeschichten zu reden? Er hat David begraben, versteht sie das nicht? Liebling wälzt seinen Leib vom Schreibtisch, fegt dabei ein paar Papiere zu Boden, hebt sie auf und wirft sie vor Anna hin. »Mein Leben missfällt mir, und ich will es ändern. Ich bin gekommen, um dich auf eine schöne Insel einzuladen. Wir könnten morgen fliegen: Sonne, Strand, Palmen, Meer. Mochitos, Moskitos und viel Sex. Wir bleiben, solange du willst, meinetwegen für immer.«

Das wär's doch, denkt Anna, nachdem sie den Schock des Überfalls überwunden hat: Liebling, Marx und die Insel. Keine Sorgen mehr. Moskitosex. Hängemattenorgien. Mochitokater. Sie sieht ihm in die Augen und fragt sich, ob er das ernst meint. Er blinzelt nicht. Sein Gesicht ist wie immer in Bewegung zwischen Spott und Zuneigung. Der Bauch ist ohne das verhüllende Jackett nicht zu übersehen. Die einzigen Muskeln, die Liebling je trainierte, waren seine Lachmuskeln. O ja, sie mag diesen Mann. Aber auf einer Insel? Für immer?

»Das war ein konstruktiver Vorschlag, Anna. Du solltest jetzt irgendetwas sagen.«

»Ich würde wollen, wenn ich könnte«, murmelt sie. Schämt sich für diesen Satz, aber jetzt ist es zu spät.

»Also nein.«

Warum fürchtet sie sich plötzlich vor ihm? So steinern, sein Gesicht, und die Stimme klingt wie gefrorener Schnee. Anna streicht mit den Fingerspitzen über die geballte Faust auf ihrem Schreibtisch. »Kann ich darüber nachdenken?«

»Ja, aber nicht zu lange. Der Flieger geht morgen Abend. Trägheit ist glücksfeindlich. Ich hatte auf ein spontanes Ja gehofft. Willst du nicht wissen, welche Insel?«

Nicht wirklich, denkt Anna. Oder doch? Wenn Krieg und Liebe vergleichbar wären, würde sie das jetzt als Blitzkrieg bezeichnen. Anna Marx, auf dem Rückzug befindlich, sammelt ihre Kräfte für etwas, das ihr immer schon schwer fiel: Entscheidungen. Lebt sie in der glücksfeindlichen Stimmung der Bewahrung bestehender Verhältnisse? Warum sinkt sie jetzt nicht in seine Arme? Ein Happyend, das wäre es doch. Aber es ist eben nicht das Ende, nur der Anfang von etwas Neuem. Und das macht ihr Angst. Sie ist vollkommen unentschieden, emotional wie geographisch. Wie kann man jemals sicher sein, das Richtige zu tun? Anna horcht auf das, was Kitschromane als Stimme des Herzens bezeichnen. Sie hört nichts, nur das Echo ihrer Zweifel.

»Sie heißt Treasure Island«, sagt Liebling in ihr Schweigen. »Und sie ist wunderschön. So wie du manchmal, wenn du glaubst, der Welt kein Gesicht bieten zu müssen.«

Sie küsst ihn für diesen Satz. Auf die Wange, und denkt, dass er sich nachlässig rasiert hat. Liebling will diesen Auftakt in eine Ouvertüre verwandeln, doch Anna entwindet sich seiner Umarmung. »Ich habe Hunger. Was hältst du von einem späten Frühstück?«

Nichts, denkt Liebling, doch er greift gehorsam nach seinem Jackett. Wenn er sie erst auf der Insel hat, werden die Regeln geändert. Doch bis dahin wird er Kreide schlucken, Kaffee trinken und Brötchen essen. Er wird sie überzeugen müssen, diese ewig zweifelnde Schlampe. Es gibt Orte, die sind nicht fürs Alleinsein geschaffen, und vor Robinson Crusoe hat ihm immer gegraut. »Und wohin?«

»Fast gegenüber, in meine Stammkneipe. Mein Speisezimmer, und ja, ich hänge an den paar Wurzeln, die ich geschlagen habe. Viele sind es nicht.«

Das ist gut, doch sie weicht ihm aus. Öffnet die Wohnungstür und drängt ihn beinahe in den düsteren Hausflur, in dem es nach orientalischem Bazar riecht. Die Duftmischung erinnert ihn an seine Studentenzeit, er hat lange nicht mehr daran gedacht. Der denkwürdige Tag, an dem er den aus revolutionärer Sicht reaktionären Professor mit Ketchup bespritzte. Eine harmlose Aktion, wenn er sie mit jenen vergleicht, die nachfolgten. Anna hastet geradezu über die Treppen, als ob sie Angst hätte, mit ihm allein zu sein. Was denkt sie: dass er sie vergewaltigen würde? Sie ist irrational, das findet er überwiegend anziehend, doch manchmal ist sie einfach nur ein altes Mädchen, das sich weigert, erwachsen zu werden.

»Und du erzählst mir beim Frühstück von David«, sagt Anna, während sie sich bei ihm einhakt. Glaubt sie ihm? In der Stimmung, in der er sie an diesem Morgen antraf, ist sie schwer einzuschätzen. Sie missachtet die rote Fußgängerampel und zieht ihn beinahe ins Verderben. Der Autofahrer, der sie knapp verfehlte, hupt, und Anna schimpft ihm hinterher. Ihr Anarchismus verliert sich im Banalen, denkt Liebling, und dass er immer noch nicht weiß, was genau er so anziehend an ihr findet.

Annas zweites Heim heißt »Mondscheintarif«, sie stehen davor. Anna zögert. »Vielleicht sollten wir doch woanders hingehen.«

»Warum?«

»Weil … mich alle kennen, und dich nicht. Sie werden dich röntgen …«

»… und ich werde es aushalten.« Liebling öffnet die Tür und ist angenehm überrascht. Sie ist hübsch, Annas Kneipe, nicht elegant, doch weit entfernt von den Trinkerunheilanstalten, die er auch in Brüssel meidet. Sie sind allein, bis auf den Mann hinter der Theke. Anna stellt ihn als »Freddy« vor, und Liebling findet seinen Händedruck erstaunlich schmerzhaft für einen so weich gezeichneten Mann. Sie bestellen Kaffee und Croissants, und Freddy erzählt ungefragt, dass Sibylle beim Friseur sei und Jonathan von seinem Liebsten beaufsichtigt werde. Er scheint es seinen einzigen Gästen übel zu nehmen, dass sie sich an den Tisch setzen, der am weitesten von der Theke entfernt ist.

Liebling kennt Sibylle aus Annas Geschichten, die sie sehr sparsam dosiert. Anna ist eine gute Zuhörerin und vor allem eine Frau, mit der man behaglich schweigen kann. Wenn sie nicht gerade bohrende Fragen stellt. Mit vollem Mund.

»Wieso hasst du David?«

»Ich hasse ihn nicht, ich verabscheue ihn, das ist schlimmer.«

»Weich mir nicht aus, ich will die Gründe wissen.«

Liebling beißt in das fette Blätterteiggebäck und kaut lange, bevor er antwortet. Anna beugt sich nach vorne. Ihre Bluse ist schön, doch sie sollte den obersten Knopf schließen. Er hasst Reisen in die Vergangenheit, doch sie wird nicht aufgeben, ehe er sie ein Stück mitnimmt. »David und ich, das war die klassische Familientragödie. Wir waren ein starkes Team, als wir klein waren, obwohl … so sicher bin ich mir da auch nicht mehr. Vermutlich habe ich alles Hässliche verdrängt. Der Bruch kam mit zwölf, dreizehn: Mein Bruder war einfach … er zerstörte gerne. Dinge, Menschen … es machte ihm Spaß, und es steckten weder Plan noch Sinn dahinter. Für einen Lacher hat er jede und jeden verraten … auch mich, und du kannst dir vorstellen, dass es bei uns Zwillingen unzählige Situationen gab, in denen er mich kompromittierte, zum Schuldigen abstempelte … mich geradezu in Todessehnsüchte trieb. Unsere Großmutter war mit unserer Erziehung völlig überfordert, und David flog aus so ziemlich jeder Schule, in der sie ihn untergebracht hatte. Das hatte übrigens den Vorteil, dass wir uns später nur noch in den Ferien sahen. Zuletzt war er auf einer obskuren Privatschule, die ihn irgendwie durchs Abitur brachte.«

Anna schiebt erst einmal jeden Zweifel an seiner Geschichte zur Seite. »Was war mit euren Eltern?«

»Sie starben, als wir klein waren. Stürzten bei einem ihrer Versuche ab, durch Kunstfliegen unsterblich zu werden. Schau mich nicht so ungläubig an – man kann sich seine Familie nicht aussuchen.«

Klingt Wahrheit immer so unwahrscheinlich? Anna konzentriert sich auf den Zwillingsbruder: »War beziehungsweise ist David ein Frauentyp?«

Und wie, denkt Liebling, und aus dem Höllenteil seiner Erinnerungen tauchen all die Frauen auf, die er ihm gestohlen hat. Die Zwillingsnummer, und wie sehr sich sein Bruder darüber amüsierte. »Gewiss, und seine Affären waren stets kurzlebig. Er langweilte sich ungemein schnell. Leben auf der Rasierklinge, und nur nichts auslassen: Partys, Frauen, Drogen … natürlich hat er das Erbteil unserer Eltern ziemlich schnell durchgebracht. Berufswunsch: Rennfahrer. Aber er hat alle Kisten zu Schrott gefahren, daraus wurde also auch nichts.« Liebling greift nach Annas Hand und lächelt sie an: »Immerhin war er ein besserer Fahrer als du. Hab ich dir erzählt, dass es auf unserer Insel keine Autos gibt?«

Es wird nie *unsere* Insel sein, denkt Anna. Warum nicht?

Weil sie nicht weggehen kann aus ihrem Leben. Weil es Sibylle gibt, den Gummibaum und Eva Mauz. Den Italiener mit den besten Spaghetti, nur zwei Ecken weiter. Wenn Trägheit ein Feind des Glücks ist, wie Liebling sagt, dann war sie wohl immer auf der falschen Spur. Kein Schiff wird mehr kommen. Kein Schwan.

Und die Marx steht am Ufer und ist nicht einmal unglücklich darüber. Das ist ebenso erstaunlich wie verstörend. Hat sie sich all die Zeit nur eingeredet, in diesen Mann verliebt zu sein? Weil er da war und sich anbot? Er spreizt den kleinen Finger ab, wenn er die Kaffeetasse zum Mund führt, das sieht albern aus. Und er hasst einen Bruder, der ihm aufs Haar gleicht. Äußerlich. Als ob es ein und dieselbe Person wäre. Jekyll and Hyde. Und an diesem Punkt schlägt Annas Phantasie Purzelbäume …

»Anna?« Liebling gräbt einen Fingernagel in ihren Unterarm. »Hörst du mir zu?«

»Keine Autos.« Sie sieht ihn an, seine Augen flehen tatsächlich, und sie liebt ihn in diesem Augenblick. Davor nicht, und vielleicht niemals mehr danach. Das Gefühl ist so stark, dass sie zittert, nur nach innen. Sie wird es ihm nicht sagen. Weil es keine Worte gibt für das Empfinden, dass in allem Richtigen das Falsche überwiegt. Anna weiß nur, dass – richtig oder falsch – zu vieles gegen ihn spricht.

Er vermag nicht zu deuten, was Anna denkt. Liebling studiert ihr Gesicht und kommt zu dem Schluss, dass sein Vorschlag sie verstört hat. Ein Überfall auf ihre Existenz: David hat es mit ihm genauso gemacht, und nichts ist vergessen oder verziehen. Anna muss nicht alles wissen, nur so viel: »David war mein teuflisches Alter Ego, so sehe ich das heute. Er hat mich in die Rolle des guten Verlierers gedrängt, und ich glaube nicht, dass ich sie jemals mochte. In allem besser zu sein als ich, das war sein Motto, und es gab Augenblicke, da hoffte ich inständig, dass er bei einem seiner riskanten Manöver abstürzt. Fallschirmspringen, das war sein Ding für eine Weile, aber er hat bei allem, was er versuchte, immer schnell die Lust verloren. Was natürlich auch für Frauen galt. Ich glaube nicht, dass David dein Hochstapler ist, aber gänzlich ausschließen will ich es nicht. Selbst wenn: David wird längst aus Berlin verschwunden sein – und das Geld hat er inzwischen verzockt, verprasst, in all den Unsinn investiert, den er als lebensnotwendig empfindet ...«

Liebling verstummt, weil er sein Herz spürt. Was immer der Schmerz ihm sagen will, er interpretiert es so: Es ist Zeit, an die Zeit zu denken, die er noch hat.

Die Tage oder Wochen oder Monate, die keine Wiederholung des Gewesenen sein dürfen. Der Schmerz ist gut, weil er ihn daran erinnert, dass er nichts mehr zu verlieren hat – außer Lebenszeit – und Anna. Vielleicht hat er sie nicht verdient, aber wer zum Teufel fragt noch danach?

»Was würdest du schon zurücklassen, Anna? Eine schäbige Detektei und eine hübsche Kneipe.«

Freddy, der sich lustlos an einem schwulen Kreuzworträtsel versucht, ist einem Teil der Unterhaltung gefolgt, zumindest den letzten Sätzen. Annas Brüsseler Liebhaber, er hat ihn eingehend beobachtet. Die Körpersprache deutet auf Ungeduld hin, vielleicht sogar Verzweiflung. Was will er von ihr? Sie nach Brüssel locken? Und wer ist David? Sein Sohn, denkt Freddy, und dass der alte Bastard eine Mutter für sein Kind braucht. Sibylle auch, also muss Anna sich wohl zwischen der einen und dem anderen entscheiden. Und sie sieht aus, als ob sie zwei Kröten geschluckt hätte. Nicht einmal ihr Frühstück hat sie aufgegessen, dies deutet auf eine schwere Krise hin. Er geht zum Tisch und schenkt Kaffee nach. Sein Lächeln, das nur Anna gilt, will sagen, dass Freundschaften Liebschaften überdauern. »Wir sind eine Art Familie.« Das galt Martin

Liebling, der diesen Satz einfach ignoriert. Freddy, der es hasst, wie ein Kellner behandelt zu werden, wendet sich mit einer Grimasse ab.

Anna findet Worte: »Schäbig oder nicht – ich kann nicht einfach alle Leute hier im Stich lassen – Freunde, Klienten … und wie stellst du dir das in Brüssel vor? Du hast doch Verpflichtungen, Angestellte …«

»Wenn du mich totgefahren hättest, würden sie auch irgendwie zurechtkommen. Weißt du, wie faszinierend der Gedanke ist, aus seinem Leben zu verschwinden? Etwas völlig Neues zu beginnen? Ich dachte, du hättest Phantasie. Und Mut. Deine Bedenken sind spießig, Anna. Und der Kaffee ist zu stark. Will mich der Kerl umbringen?«

Anna sieht zu Freddy, dessen Ohren ihr größer erscheinen als je zuvor. Sie würde ihn vermissen, ihn und Sibylle und die anderen. Ich würde *mich* vermissen, denkt Anna. Ihm dies zu erklären würde zu weit führen. Einfacher wäre es, zu sagen, dass sie ihn nicht genug liebt für die Insel. Ist sogar wahr. Aber sie bringt es nicht fertig. Sie ist feige. Sie schuldet ihm Geld und vielleicht mehr als das. »Ich glaub das einfach nicht. Irgendetwas muss passiert sein, das dich dazu bringt, alle Brücken hinter dir abzubrechen. Ich weiß überhaupt nichts von dir, Liebling. Ich kenne dich kaum. Und da kommst du her und redest von einer Insel. Ich meine …«

Angriff ist die beste Verteidigung, meint Anna, und ihre Taktik ist leicht zu durchschauen. Liebling legt ihr seinen Zeigefinger auf die Lippen. »Ich meine, dass wir sehr viel Zeit haben werden, einander kennen zu lernen. Wir haben miteinander gegessen, gelacht und geschlafen. Der Sex war nicht umwerfend, ich weiß. Aber auch dieser Aspekt ist ausbaufähig, findest du nicht?«

Nein, denkt Anna. Entweder es knallt oder es säuselt. Sex wird nicht besser, wenn man sich näher kommt. Andererseits ist sie keine Expertin in erotischen Fragen, dazu fehlt ihr einfach die Übung. Was macht ihn so sicher, dass alles gut oder besser wird? Lieblings Optimismus ist beschämend, und unter seinem forschenden Blick errötet sie tatsächlich.

»Hältst du mich für einen Gedankenleser?«

»Warum?« Das Anna-Wort, mit dem sie schon vielen Männern auf die Nerven gegangen ist.

»Weil du nichts sagst. Vielleicht habe ich dich überschätzt – und du bist nichts weiter als ein alter Angsthase, der auch noch rot werden kann. Pass auf, Anna: Ich lasse dich jetzt allein in deiner Familienklause. Ich muss noch ein paar Dinge erledigen. Heute Abend lade ich dich ins ›Margaux‹ ein, und dort wirst du mir eine Antwort geben.« Liebling streicht ihr mit dem Handrücken über die Wange. »Sei nicht feige, Anna. Es passt nicht zu dir.«

Er legt zwanzig Euro auf den Tisch, während er aufsteht. In Siegerpose, wie Anna meint, sie könnte von den Krumen seiner Selbstsicherheit satt werden. Zweifel, nichts als Zweifel, und die erste Frage lautet: Warum liebt er mich überhaupt? Zweitens: Warum liebe ich ihn nicht genug? Drittens: Existiert David? Viertens: Was ziehe ich heute Abend an?

Anna sieht ihm nach, wie er zur Tür geht und sie schwungvoll öffnet. Ein breiter Rücken in blauem Tuch, und die Haare sind sehr kurz geschnitten. Inselfrisur.

Er hat ihr längst nicht alles gesagt, zumindest darin ist sie sicher. Anna fängt Freddys Blick ein, und auch darin steht eine Frage. Sibylles Mann für alle Getränke kommt an ihren Tisch. »Kann ich abräumen und kassieren? Sehe ich Trinkgeld? O mein Gott, der Mann muss ein Krösus sein.« Er lässt den Zwanziger in seine Hosentasche gleiten. Die Geschäfte laufen schlecht in letzter Zeit, die Leute sparen sogar beim Saufen. Halten sich stundenlang an einem Glas fest, und Sibylle scheint dies nicht einmal zu kümmern. Seinem Vorschlag, die

Preise zu erhöhen, begegnete sie mit sozialen Argumenten. Die schönen Verlierer, Gott, wie satt er sie manchmal hat. Glauben sie wirklich, dass es genügt, als guter Mensch eine Scheißwelt zu verlassen? »Krall ihn dir, Anna, und nimm mit, was du kriegen kannst. Das meine ich ernst. Es gibt keine zweite Chance – und kein Probeleben.«

»Ach, komm mir nicht damit!« Anna schlägt mit der Faust auf den Tisch. Endlich! Das wollte sie schon die ganze Zeit tun. Mit der Faust auf den Tisch hauen und den anderen zum Schweigen bringen. Den Aschenbecher wollte sie nicht umkippen, doch er hat ihrem Zorn nicht standgehalten. Die Kippe in der Butter sieht obszön aus, und Freddys Mund steht offen.

»Seit wann ist Geld umsonst zu haben?«, brüllt Anna.

»Wo?«, fragt Fjodor.

Sie haben ihn nicht kommen gehört, er steht hinter Anna und achtet nicht auf Freddys Zeichensprache, sich still zu verhalten.

»Wo gibt es Geld? Ich bin in gewissen Verlegenheiten.«

Anna dreht sich zu Fjodor um. »Das bist du doch immer. Du schuldest mir seit Monaten zweihundert Euro.«

»Sie ist sehr gereizt.« Freddy zieht sich in Richtung Bar zurück, und Fjodor schrumpft unter Annas bösen Blick. Er wickelt sich tiefer in seinen gelben Schal, den er auch im Juni trägt. Er muss seinen Hals schützen, der eine Stimme beherbergt, die einmalig ist. Nur will sie keiner hören, weil Taubheit um sich greift. Die lautlose Vernichtung der Musik, und die Welt ist ein lärmender Misthaufen, der seine Genies unter sich begräbt. Wann hat man je von Opernsängern gehört, die ihr Geld damit verdienen, das Geschrei von Babys zu ertragen? Eines Tages wird er sein Nervenkostüm ablegen und Jonathan erwürgen. Er sollte Sibylle warnen, andererseits ist sie seine einzige verlässliche Geldquelle. Abgesehen von Anna, wenn sie in der Stimmung ist, eine leichtfertige Bank zu sein.

»Du schuldest mir einen Gefallen«, sagt Anna. »Du kennst doch einen Portier im ›Adlon‹. Ich gebe dir die Kopie des Fotos, und damit gehst du zu ihm und fragst ihn, ob der Mann dort abgestiegen ist. Ob er ihn wiedererkennt. Er heißt David Liebling, aber vielleicht hat er einen Künstlernamen benutzt.«

»Ein Sänger?« Fjodor hasst es, seine Wohnung großräumig zu verlassen. Der Portier ist ein Vetter zweiten Grades, den Onkel Wanja ans Hotel vermittelt hat, um dort potente Kundschaft für seine Mädchen auszuspähen. Berlin ist von russischen Maulwürfen unterwandert, aber das ist eine andere Geschichte. Anna ist eine Bank, die in gewisser Weise auch Zinsen fordert. Ihr Gesichtsausdruck duldet keinen Widerspruch.

»Kein Sänger. Ein Gauner mit Allüren. Deshalb denke ich, dass er im ›Adlon‹ abgestiegen ist. Bitte mach es noch heute, es ist wirklich dringend.«

»Sie will verreisen«, ruft Freddy.

»Will sie nicht.« Anna zieht an Fjodors Schalenden. »Du machst es – oder du gibst mir sofort mein Geld zurück.«

Im Niemandsland seiner finanziellen Nöte gefangen, nickt Fjodor und beschließt gleichzeitig, sich die Mühen einer Busreise zu sparen. Öffentliche Verkehrsmittel sind Viren- und Bazillenträger, und Fjodor vermeidet es tunlichst, sich den todbringenden Maschinen zu nähern. Er wird einfach behaupten, Annas Gauner sei nie gesehen worden.

»Ich rufe deinen Freund morgen an, also versuche nicht, mich zu betrügen, Fjodor.« Annas Stimme ist wieder sanft, doch was sie sagt, gefällt ihm nicht. Sie ist in einer dieser Stimmungen, in der sie keinen Widerspruch erträgt. Gereizt bis in die Fingerspitzen. »Hast du deinen Liebling verloren, Anna?« Er könnte sie trösten, ihren prächtigen Körper in die Arme nehmen und ihr Mozart ins Ohr flöten. Natürlich nicht bis zum Äußersten gehen, da spielt sein Penis nicht mit. Er hat ihn seiner großen Stimme geopfert, so will er es sehen. Etwas blieb auf der Strecke, damit sich ein anderes Organ vollkommen entfalten konnte. Fjodor legt dennoch seine weißen Hände auf Annas Bluse und spielt mit ihren Knöpfen.

Anna schüttelt seine Hände ab und springt auf. Für eine große, starke Frau ist sie erstaunlich wendig. Der Karatekurs, in den sie sich eingeschrieben hat, es ist die erste sportliche Betätigung, der Anna in ihrem Leben näher getreten ist. »Hör auf damit, Fjodor, es kitzelt nur. Ich steck dir das Foto in den Briefkasten. Du bist ein wirklich guter Freund.«

Der Freund ist gekränkt, und er rudert mit den Armen, weil sie ihn beinahe aus dem Gleichgewicht gebracht hätte. Anna küsst ihn und Freddy auf die Wangen, bevor sie geht. Ein Familienritual. Sie würde es vermissen. Selbst Fjodor würde ihr fehlen. Der Dreck auf den Gehwegen, die Graffiti an den Häuserwänden, der Straßenlärm, der Kiosk an der Ecke. Der erklärte Widerwille der Großstädter, anderen auszuweichen. Das goldene Berliner Herz, in Obszönitäten verpackt. Und Anna sieht Palmen, wo Straßenlaternen stehen. Wasser plätschert im Gulli. Sie besitzt nicht einmal einen Badeanzug. Nein und nochmals nein. Vielleicht später. Wenn der Sommer vorbei ist, der Fall gelöst und Liebling ein vertrauter Fremder. Und wenn er nicht darauf eingeht? Sie könnte eine Münze werfen: ein Gottesurteil oder so ähnlich. Anna gräbt in ihrer Tasche und findet einen Cent. Wirft ihn in die Luft …

Die Münze rollt in den Gulli.

14. Kapitel

»Scheiße« ist ein pietätloses Wort im Angesicht des Todes. Es hört sie keiner, denn der große Schlaf kommt ohne Worte aus. So viel Blut. Der Hinterkopf sieht aus wie eine große, geplatzte

Tomate, nein, viel schlimmer, und sie tritt einen Schritt zurück, stößt gegen den Couchtisch und wiederholt sich. Der Tod ist still, unerbittlich, Strafe für die Lebenden.

Die Frau steht unter Schock. Die Papiertüte mit den Einkäufen dieses Morgens ist ihr aus der Hand geglitten. Sie fiel auf den Teppich und saugt sich mit Blut voll. Überall Blut, selbst an den Wänden. Sein weißes Hemd ist rot und nass. Mit einer Schuhspitze seine Hüfte zu berühren ist eine unsinnige Handlung. Prada-Schuhe, und sie sind ruiniert. Sie bringt es nicht fertig, den Körper anzufassen. Er muss tot sein, der Hinterkopf ist eine unförmige Masse aus Haaren, Knochen, Haut und Blut. Sie sollte jetzt etwas tun. Schreien. Zum Telefon greifen. Aus der Wohnung stürzen. Doch sie bleibt stehen und starrt auf die Leiche, weil sie nicht begreifen will, was geschehen ist. Neben dem Toten liegt der Baseballschläger, blutverschmiert, als habe man ihn eilig abgewischt. Sie hat ihn auf dem Flohmarkt gekauft, aus einer Laune heraus, oder deshalb, weil sie einmal auf einen Polizisten schießen musste und eine ungefährliche Waffe wollte. Das ist ein Witz. Ein Albtraum. Wenn sie schreien könnte, würde sie aufwachen.

Die Sekunden sickern wie Ewigkeiten, während sie dasteht und auf den Mann schaut, der nie wieder zu ihr sagen kann, dass sie eine Schlampe sei. Seine letzten Worte ... aber vielleicht hat er ja noch etwas gesagt zu der Person, die ihn getötet hat. Von hinten, denn er stürzte nach vorne und liegt auf dem Bauch. Ein Bein ist angewinkelt, und sie schafft es immerhin, die nackten Knöchel zu berühren. Seine Haut ist noch warm. Sie war nicht länger als eine Stunde weg, und als sie zurückkam, war die Wohnungstür zu. Nicht abgesperrt, sie hat den Schlüssel nur einmal umgedreht, nachdem sie vergeblich geklingelt hatte.

Er muss die Arme hochgerissen und im Fallen die Blumenvase auf dem Tisch umgeworfen haben, denkt Anna. Die Rosen liegen auf Teppich und Parkett verstreut. Er liegt in einem Bett aus Rosen, sie sind rot. Die Farbe von Liebe und Tod. Nie wieder wird Martin Liebling zu ihr von Liebe sprechen. Keine Verletzungen mehr und keine Vorwürfe. Sie haben gestritten, bis sie aus dem Haus ging. Sie sollte jetzt die Polizei rufen und keinesfalls versuchen, die Leiche umzudrehen. Sie will sein Gesicht nicht sehen.

Anna geht zum Telefon. Sie umkreist die Leiche und weicht den Rosen aus. Keine Spuren verwischen. Nicht ohnmächtig werden. Nach der Zigarettenpackung auf dem Schreibtisch greifen, denn es muss etwas geben, woran sie sich festhalten kann. Der Telefonhörer. Sie wählt die Notrufnummer und sagt mit klarer Stimme, dass ein Toter in ihrer Wohnung sei. Nennt Namen und Adresse, wiederholt die Ansage und legt dann den Hörer vorsichtig auf die Gabel. Ein wenig Blut ist an ihrer Hand, sie hat seine Knöchel berührt. Sie sind erstaunlich zart für einen kräftigen Mann, diese Knöchel, das ist ihr vorher nie aufgefallen. Waren. Martin Liebling ist nur noch ein Körper. Eine Erinnerung. Ein Schmerz.

Sie setzt sich auf den Stuhl hinter dem Schreibtisch und raucht in langsamen Zügen. Sie wartet und sieht auf die Wand, auf das Filmposter mit Humphrey Bogart alias Philip Marlowe. *The Big Sleep*. Sie hat es rahmen lassen. Der passende Wandschmuck für eine Detektivin, die sich originäre Kunst nicht leisten kann. So dachte sie damals. Sie wird das Poster abhängen, später. Ein weißer Fleck auf der Wand ist nicht das Schlimmste, das ihr passieren konnte. Die Uhr auf der Konsole zeigt elf Uhr siebenunddreißig an. Sie tickt sehr laut, im Duett mit den Wassertropfen, die in die Spüle fallen. Anna hat Kaffee gekocht, bevor sie ging, und dabei den Schwamm verschoben, den Martin präzise unter den Hahn platziert hatte. Sie wollte ihn noch zurücklegen, vergaß es dann aber. Sie wird den Ermittlern Kaffee anbieten und wahrheitsgemäß antworten, obwohl man das gar nicht muss bei der Polizei. Nur Staatsanwälte oder Richter darf man nicht ungestraft belügen. Sie könnte auch schweigen oder einen Anwalt anrufen. Wozu, wenn sie unschuldig ist? Unschuldig im Sinne der Anklage. Sie hat ein Alibi. Sie ist zum Bäcker gegangen und an den Zeitungskiosk. Hat die »Berliner Zeitung« gekauft und war noch kurz im »Mondscheintarif«, wo sie mit Sibylle sprach. Es gibt viele Zeugen. Kann ja mal vorkommen, dass ein Toter in der Wohnung liegt …

Anna beginnt ein ruinöses Lachen, das erst in Schluchzen und dann in Schluckauf erstickt. Ihre Mutter sagte immer, dass es eines Schreckmoments bedürfe, um den Zwerchfellkrampf zu lösen. Nun, was könnte jetzt noch kommen? Sie bringt es nicht fertig, auf den Boden zu sehen. Steht auf und öffnet das Fenster. Der Himmel ist wolkenlos und von blendendem Blau. Ein guter Tag, um zu sterben. Es könnte regnen, stürmen, hageln, schneien. Ein grauer Tag könnte es sein, von nasskalter Trauer umwoben. Anna hört die Polizeisirene, doch sie fahren vorbei. Fahren sie mit Blaulicht zu einem Toten? Keine Ahnung, wie lange sie schon wartet. Es könnten Jahre sein. Wie wenig sie weiß. Und wie viel sie immer weggedacht hat. Alles, was endgültig sein könnte.

»Spielen Sie Baseball?«

Anna sieht die Kommissarin an, die am Kühlschrank lehnt. Sie hat die Arme verschränkt und betrachtet Anna, als sei diese ein Insekt unter Glas. Ein großes, vielleicht gefährliches Tier, das jetzt unter Beobachtung steht. Die Kommissarin heißt Wanda Kroll, und Anna war erleichtert, dass sie eine Frau geschickt hatten. Wanda ist klein und zierlich und hat die Stimme eines kleinen Mädchens.

Anna raucht. Eine Zigarette nach der anderen, die Küche gleicht bereits einer Räucherkammer, und die Kommissarinnenaugen tränen, also öffnet Anna das Fenster zum Hinterhof.

Sie atmet tief ein und dreht sich dann um. »Nein, tue ich nicht. Ich hasse Sport in jeder Form. Ich habe den Schläger auf dem Flohmarkt gekauft vor ein paar Monaten, es war im Januar, glaube ich. Weil ich dachte, dass ich in einem ziemlich gefährlichen Viertel lebe. Der Schläger stand im Flur neben der Tür. Griffbereit sozusagen.«

»Hatte der Kauf mit Johannes Täufer zu tun?«

Wanda Kroll lächelt Anna verständnisvoll an. Traue keiner unter dreißig. Obwohl sie vermutlich älter ist, sie sieht bloß aus wie ein Teenager. Anna nickt. Sie hat einen Bullen in den Unterleib geschossen, sie wissen das natürlich schon. Schließlich ist sie die Hauptzeugin – oder Hauptverdächtige. Es war Notwehr damals, und der Typ war ein Mörder. Anna kann überhaupt nicht schießen, es war Rafaels Waffe, die sie zufällig in der Handtasche hatte. Andernfalls wäre sie vermutlich längst tot, von Johannes Täufer beseitigt, und alles andere wäre nie geschehen. Eine interessante Hypothese: Wäre Liebling dann noch am Leben?

»Täufer hat lebenslänglich bekommen«, sagt die Kommissarin. »Die Richter schätzen es nicht, wenn der Angeklagte keine Reue zeigt.«

Anna bereut vieles: »Ich glaube, dass die Tatwaffe gesäubert wurde, aber es ist in Eile geschehen. Er oder sie wusste ja nicht, wann ich zurückkommen würde.« Und was, wenn sie nicht mehr bei Sibylle vorbeigeschaut hätte? Jede Möglichkeitsform ist ein kleiner, stechender Gedanke, der sich in ihrem Körper in ein Messer verwandelt. Ihr Magen revoltiert, sie läuft zur Toilette und erbricht Schmerz und Wut. Der Tod macht zornig. Sie kann ihm auf keiner rationalen Ebene begegnen.

»Keine Spuren verwischen!«, ruft jemand. War der Mörder auf der Toilette? Sie zieht ab, schafft es bis zum Waschbecken und hält ihr Gesicht unter den kalten Wasserstrahl.

Die Kommissarin ist ihr ins Bad gefolgt. Ihre Stimme ist

mädchenhaft mitleidlos: »Und Sie haben natürlich niemanden im Flur oder vor dem Haus gesehen, als Sie zurückkehrten.«

Denk nach! Anna schließt die Augen und sieht nur Blut und Rosen. Sie richtet sich auf und begegnet Wandas Augen im Spiegel. Graue Augen, die einfach nur Neugierde ausdrücken. »Nein, habe ich nicht. Natürlich waren Leute auf der Straße, aber … Liebling muss diesen Menschen gekannt haben, sonst hätte er ihm wohl kaum die Tür geöffnet.«

»Vielleicht dachte er, dass Sie es sind.«

Ihre Stimme klingt nicht anzüglich, doch Anna fühlt sich angegriffen: »Ich war es aber nicht. Es gibt Dutzende Zeugen dafür, dass ich zur Mordzeit nicht in der Wohnung war.« Andererseits, er könnte ja schon länger tot sein. Anna dreht sich um, sie hat genug von Spiegelbildern: »Außerdem ist es nicht meine Art, Liebhaber umzubringen.«

»Wenn Frauen töten, haben sie meist einen guten Grund dafür«, sagt Wanda Kroll. Anna hätte diesen Satz gemocht in einer anderen Situation. Sie hätte die Kommissarin sympathisch gefunden. Doch der Tod schluckt mindere Gefühle, sie empfindet nichts außer bodenloser Verzweiflung und Überdruss an dem Prozedere. Es muss einen Schuldigen geben, er muss gefunden werden. Er, sie, im Augenblick scheint es ihr unbedeutend. »Er wollte heute Abend in den Urlaub fliegen«, flüstert Anna. »Ein längerer Urlaub, nahezu unbefristet …«

»Allein? Wir haben in seiner Tasche zwei Tickets gefunden«.

Ja, natürlich. Er hatte ihre Zustimmung vorausgesetzt und zwei gekauft. Er war ein Mann der Tat, und jetzt ist er tot. Keine Insel mehr für Liebling. Beim Abendessen hatte er ihr von seiner Insel vorgeschwärmt, obwohl er sie nur aus Broschüren und Computerbildern kannte. Eine Insel der Seligen … so ein Blödsinn …

»Frau Marx …?«

Anna greift nach der Zahnbürste. Der widerliche Geschmack von Erbrochenem, und ihr Spiegelbild zeigt ein Gespenst. Seine Zahnpasta, sie greift danach. Nur nichts verkommen lassen, wie ihre Mutter immer sagte. Wer übrig bleibt, ist selber schuld. Muss viele Fragen beantworten, und Wanda Kroll hat wieder ihre Arme vor der Brust verschränkt und sieht allmählich ungeduldig aus. Anna putzt sich die Zähne. Sie würde gerne lügen, was die Insel betrifft, doch das wäre idiotisch. Sie gurgelt ausgiebig, bevor sie sich zu einer Antwort bequemt. »Er wollte, dass ich mitkomme. Aber ich ... es schien mir unmöglich, hier von einem Tag auf den anderen die Zelte abzubrechen. Ich war mir auch nicht sicher, was den Mann betrifft...«

»Ob Sie ihn lieben, meinen Sie?« Die Kommissarin betont jede Silbe, als ob es wichtig wäre. Jetzt noch. Als ob der Tod nicht alles auslöschen würde. Wie ein Feuer, denkt Anna, und zurück bleibt nur die Asche der Erinnerung. Sie hat ihn geliebt für ein paar Sekunden, daran erinnert sie sich genau. Doch der Abend war überwiegend von Streit begleitet. Wofür Anna in gewisser Weise dankbar war, weil dies ihre Schuldgefühle minderte.

»Frau Marx, wenn Sie sich nicht wohl fühlen, können wir das Gespräch auch im Präsidium fortsetzen. Kann ich noch einen Kaffee bekommen? Ich habe mich heute Nacht von meinem Mann getrennt, und ich bin unglaublich müde.«

Man sieht es ihr nicht an, denkt Anna. Warum erzählt sie ihr das? »Das tut mir Leid. Gehen wir zurück in die Küche. Nein, ich habe ihn nicht geliebt. Es war eine schöne Affäre, aber wir kannten uns kaum. Ein paar Wochen, und er lebte ja überwiegend in Brüssel.«

»Mein Mann«, sagt Wanda Kroll, während sie sich Kaffee eingießt, »hatte auch eine Affäre. Er fand das nicht so schlimm. Ich schon.«

»Männer!«, sagt Anna. Nur Frauen können dieses Wort so aussprechen. Enttäuschung liegt darin, Selbstmitleid und der atheistische Glaube, dass beim nächsten alles besser wird. Die Frauen lächeln sich an. Der Wasserhahn tropft. Fjodor singt ausnahmsweise nicht um diese Tageszeit, und ein Sonnenstrahl fällt auf Wanda Krolls Ehering, der herausfordernd funkelt.

»Wir sind so weit fertig. Sollen wir das Zimmer versiegeln?« Ein Mann von der Spurensicherung steht an der Tür. Er trägt einen weißen Overall und Plastiktüten über den Schuhen. Die Lage ist außerirdisch, denkt Anna, und dass sie auf Erden ihr Büro braucht. Das Leben geht weiter. *Als es erlaubt ist*, wie Karl Kraus schrieb. Abends wäre Liebling geflogen, sie hätte ihn nie wiedergesehen. Ein Trost ist das, aber einer, für den sie sich schämen sollte.

»Nur für kurze Zeit«, sagt die Kommissarin. »Übermorgen können Sie Ihr Büro wieder beziehen. Geht das?«

»Kann ich ein paar Sachen rausholen?«

»Ja, sicher. Kollege Martens wird sie begleiten. Wir sind aber noch nicht fertig mit unserem Gespräch. Hier und jetzt – oder morgen in meinem Büro?«

Ich will nicht allein sein, denkt Anna. Ausnahmsweise schiebt sie Unangenehmes nicht vor sich her. Sie entscheidet sich für hier und jetzt, holt den Laptop und das Telefon vom Schreibtisch sowie die Akte »Julia Mauz«. Die unbezahlten Rechnungen lässt sie liegen.

Sie haben ihn in einen Sarg gelegt, nur die Zeichnung seiner Umrisse ist von Liebling geblieben. Der Sarg wird aus dem Haus getragen. Die Leute gaffen. Anna steht am Fenster und sieht zu, wie sie ihn in den Wagen hieven. Ein schwerer Mann, dies ist kein leichter Job. Sie müsste jetzt etwas fühlen. Erleichterung, dass er nicht mehr da liegt. Nur das Blut, die Rosen, die Scherben der Vase haben sie so gelassen, wie es war. Sie wird aufräumen müssen, später. Das Zimmer renovieren lassen.

Den Teppich wird sie nicht in die Reinigung bringen, sondern entsorgen. Praktische Erwägungen, während Liebling auf seiner Fahrt in die Gerichtsmedizin ist. Anna durfte einmal zusehen bei einer Obduktion. Fleisch wird aufgeschnitten. Der Körper ausgeweidet und anschließend wieder zugenäht. Es gibt kein Leben nach dem Tod. Es ist einfach vorbei.

»Hatte er Angehörige?«, fragt die Kommissarin in ihren Rücken.

»Ich glaube nicht. Seine Brüsseler Sekretärin müsste das wissen, sie ist schon sehr lange bei ihm.«

Wanda Kroll stellt sich zu Anna ans Fenster. Die Gaffer verlaufen sich, es gibt nichts mehr zu sehen, und nur noch ein einsames Polizeiauto parkt vor dem Haus. »Meine Mutter findet es unmöglich, dass ich meinen Mann verlassen habe. Sie meint, man müsse in guten und schlechten Zeiten zu ihnen stehen.«

»Eine Frage der Leidensfähigkeit«, erwidert Anna. Soll sie die Kommissarin trösten? Vielleicht, denkt sie, wäre ein Mann doch besser gewesen.

»Kann sein. Ich bin nicht sehr gut darin. Ich habe die Sekretärin bereits angerufen. Sie will herkommen und sich um die Formalitäten kümmern. Sie schien mir – verzeihen Sie – emotional sehr viel berührter als Sie, Frau Marx. Haben Sie eine Ahnung, wer ihn umgebracht haben könnte?«

Emotional berührt! Soll sie weinen, klagen, zusammenbrechen? Gibt es eine Gebrauchsanweisung für das Leben nach dem Tod? »Gar keine«, sagt Anna, und es ist die reine Wahrheit. »Ich fand es nur seltsam, dass er so plötzlich wegwollte. Er hatte sich in Brüssel etwas aufgebaut, die Geschäfte liefen. Und plötzlich kommt er nach Berlin und erzählt mir etwas von einer Insel. Treasure Island. Kennen Sie die?«

»Ein Inselchen für Millionäre. Nicht ganz meine Gehaltsklasse. Und er hat Ihnen nicht erzählt, warum er so plötzlich weg wollte?«

»Nein. Ich habe ihn gefragt. Ein paarmal. Gestern, beim Abendessen, und heute Morgen. Nichts. Liebling war der Typ, der offen und kommunikativ wirkte – und nichts von dem preisgab, was ihm wirklich wichtig war. Das fand ich irritierend, gelinde gesagt.« Anna sieht Wanda Kroll an, die von Sonnenlicht umflutet ist und wie eine Lichtgestalt wirkt. Nur ein Zimmer dieser Wohnung liegt auf der Sonnenseite, der Rest ist düster. Deshalb hat sie ihr Büro hier eingerichtet. Weil sie Licht braucht. Und ausgerechnet in diesem Zimmer … nein, das ist herzlos. Bodenlos. Annas Verdrängungskunst auf Abwegen. Man soll über Tote nur Gutes sagen, meinte Annas Mutter immer. Warum eigentlich?

»Es sieht doch so aus, als ob er vor irgendetwas flüchten wollte.« Wanda Kroll sieht auf den blutverschmierten Teppich. »Aber es hat ihn bis hierher verfolgt. Vielleicht hatten Sie Glück, dass Sie beim Einkaufen waren … wie oft hat er hier übernachtet?«

»Dreimal insgesamt. Und ich war einmal in Brüssel. Er hat auch eine Wohnung in Berlin. Hatte. Von seiner Großmutter geerbt, aber ich war nie da. Ich schlafe nicht gern woanders, und er mochte die Wohnung nicht. Sie war ihm zu groß.« Anna verspürt Hunger, sie hat noch nicht gefrühstückt, und ihr Magen trauert nicht mehr. Sie wünscht, die Kommissarin würde gehen – und hat gleichzeitig Angst davor.

»Der Tote war wohl recht wohlhabend. Sie schuldeten ihm Geld, nicht wahr?«

Woher weiß sie das schon wieder? Anna hat nicht die Absicht, ihr von einem alten Jaguar zu erzählen. Sie sieht Philip Marlowe an, der nur zynisch lächelt.

»Wir haben einen Bierdeckel in seiner Tasche gefunden. Neben den Tickets. Ein ungewöhnlicher Schuldschein: wie viel?«

»Zehntausend, siebentausend habe ich zurückbezahlt. Ich

war vorübergehend etwas klamm, und er war eben großzügig.« Das klingt defensiv. Sie hat gelogen: Es waren nur dreitausend, die sie ihm gab. Er wird es nicht mehr bestreiten können. Armer Liebling, er hat Anna doch tatsächlich gedroht, dass er vor seinem Abflug die gesamte Summe von ihr fordere. Weil er so erbost darüber war, dass sie nicht mitkommen wollte. Und hier, meine Damen und Herren, läge das Motiv: Geld. Das häufigste Motiv in Mordfällen. »Ich könnte dich umbringen.« Hat sie das tatsächlich zu ihm gesagt?

»Warum erröten Sie?« Wanda Krolls Augen saugen sich an Annas Wangen fest. Sie sind absolut nicht mädchenhaft, diese Augen.

»Weil ... ich mich an die Nacht erinnere. Sie war sehr schön. Trotzdem, es war nur eine Affäre. Ich wäre nie mitgekommen.«

»Obwohl Sie als Detektivin nicht wahnsinnig erfolgreich sind.«

Das war eine Feststellung, und Anna zuckt mit den Achseln. »Na ja, ich habe nicht die lukrativsten Aufträge. Aber ich komme zurecht. Und Geld wäre ja nun kein Grund, einem Mann ans Ende der Welt zu folgen.« Doch, und sie hat daran gedacht. Dass alle finanziellen Sorgen ein Ende hätten. Nie mehr Steuererklärungen oder unbezahlte Rechnungen. Sie hat diesen Aspekt seines Angebots sehr genau erwogen. Reichtum schändet nicht. Doch er führt in Abhängigkeiten, für die ihr die Demut fehlt. Oder die Leichtigkeit. Zu alt, zu starrsinnig, zu lange allein ... es wäre nicht gut gegangen. Es ist nicht gut gegangen.

»Sie haben Ihren Schuh ruiniert.« Wanda Kroll zeigt auf Annas rechten Pradafuß. Ihre Vernehmungstaktik hat Anna noch nicht durchschaut, vielleicht ist sie einfach nur eine chaotische, unglückliche Person, die dieser Fall im Grunde nicht interessiert.

»Ich bin mit dem Schuh an seine Hüfte gekommen, weil ich vor Schreck fast über den Tisch gefallen wäre. Es war ja überall Blut.«

»Schade drum«, sagt die Kroll, und Anna könnte jetzt lachen oder weinen.

Das Lachen war ihr immer näher. Auch wenn ihr Lieblingsschuh ruiniert und Liebling tot ist. Anna befindet sich immer noch im Zustand leichter Hysterie, gepaart mit schwerem Schock. Die Zigarettenpackung liegt in der Küche, und dorthin geht sie jetzt, gefolgt von ihrem Schatten. Wanda Kroll trägt flache Schuhe, mit denen sie lautlos schreiten kann. Anna hat nie verstanden, warum die Kommissarinnen im Fernsehen ihre Täter in Stöckelschuhen jagen.

»Es wird ein schwieriger Fall. Wir müssen mit den Kollegen in Brüssel kooperieren. Interessiert es Sie gar nicht, wer ihn ermordet hat?«

»Doch«, sagt Anna. »Im Augenblick versuche ich noch zu begreifen, dass es geschehen ist, das ist alles. Ich bin weggegangen, um fürs Frühstück einzukaufen und die Zeitung zu holen.« Sie hatte keine Zigaretten mehr, das war der wirkliche Grund. Eine Nacht lang getrunken, geraucht und gestritten. Einmal Sex dazwischen, und mit jedem Stoß wollte er sie überzeugen. Hörte gar nicht auf, und sie lag unter ihm und dachte an seinen Bruder David. »Liebling war noch im Bett, als ich ging. Wahrscheinlich ist er dann aufgestanden und ins Bad. Er war ja angezogen, als es … klingelte.«

»Meine Kollegen befragen gerade die Nachbarn, ob sie etwas gesehen oder gehört haben. Vielleicht haben wir ja Glück.«

Fast alle schlafen noch um diese Zeit, denkt Anna. Die Gogo-Tänzerinnen, das schwule Paar und Fjodor sind Nachtschwärmer. Frau Izmir aus dem vierten Stock putzt um diese Zeit am Flughafen. Bliebe die Rentnerin im Parterre, die mit

Aufputschpillen handelt. Sie hat früher als Krankenschwester gearbeitet und findet ihre Altersversorgung obszön. Sie hegt eine gewisse Abneigung gegen Gesetzeshüter und wird den blinden Affen spielen.

Wanda Kroll gähnt hinter vorgehaltener Hand, und Anna bietet ihr an, frischen Kaffee zu kochen. Sie könnten ja gemeinsam frühstücken?

Sie hat Schrippen gekauft, Schinken und Käse. Eine Henkersmahlzeit, hatte Anna auf dem Nachhauseweg gedacht. Denn Liebling wollte ja am Abend fliegen. Alles, was in den letzten vierundzwanzig Stunden ablief, erscheint ihr jetzt nichtig. Seine Worte, ihre Worte. Seine Unfähigkeit, ihren Entschluss zu akzeptieren, geschweige denn zu verstehen. In Annas Alter, sagte Liebling, würde keiner mehr kommen, um sie auf sein Boot zu nehmen. Als er sie »gottverdammte Idiotin« nannte, dachte sie, dass er sie schlagen würde. Liebling, der Gute, und David, der Böse, so einfach war es nicht. Und warum zögert sie, der Kommissarin von dem Zwillingsbruder zu erzählen?

Sie essen beide, als ob sie seit Tagen gehungert hätten. Wanda Kroll erzählt von ihrem Mann und seiner Affäre, und Anna Marx kontert mit untreuen Männern, denen sie als Detektivin begegnete. Traurige Geschichten unter Frauen, und am Ende fragt die Kommissarin nochmals, warum Anna nicht mit auf die Insel wollte. Weil es doch etwas Besseres geben müsse als das Singleleben in Berlin.

»Ich habe oft die richtigen Fragen gestellt, aber selten die richtige Antwort gefunden«, erwidert Anna. Dies ist auch keine, aber etwas Besseres fällt ihr nicht ein. »Absurd ist nur, dass meine Entscheidung überhaupt keine Rolle gespielt hätte. Ich meine, wir denken, dass wir unser Leben im Griff haben – und dann passiert etwas. Alles ist Chaos, wir haben gar nichts unter Kontrolle. Nicht mal unseren Ekel gegen alles, was wir tun oder lassen. Jeder glückliche Atemzug ist ein Wunder, nicht wahr?«

Sie wäre eine gute Mörderin, denkt Wanda Kroll. Leider hat sie ein Alibi. Wenn er tatsächlich in der Zeit gestorben ist, in der Anna Marx unterwegs war. Ein Fall für die Gerichtsmedizin, alles braucht seine Zeit, und Geduld war immer schon ihre Stärke. Geduldig hat sie ertragen, dass Felix Kroll sie anschwieg und sich zur Seite drehte im Bett. Bis sie begann, ihn zu beobachten, Indizien und Beweise zu sammeln. Gott, sie weiß auch, dass ihr Fall nicht einmalig ist. Nur traurig und ekelhaft. Doch sie ist noch jung, und es werden andere kommen. Andere Männer, gleiche Geschichten. Und am Ende wird sie dasitzen wie die Marx. Allein. Sie kaut den letzten Bissen und stellt sich vor, dass Felix' Penis zwischen den Brötchenhälften liegt. Man müsste sie alle entmannen, vielleicht würde dann Ruhe einkehren. Oder auch nicht, die Kolleginnen in der Abteilung sind teilweise schreckliche Menschen.

»Das war gut, dieses Frühstück. Ich lasse Ihnen meine Karte da, falls Ihnen noch etwas einfällt. Wir werden uns noch mal unterhalten, denke ich. Es war sehr aufschlussreich. Mein Beileid übrigens, habe ich ganz vergessen.« Sie lächelt entschuldigend, mädchenhaft. Sie wollte nie erwachsen werden, doch ihre Mutter hat es nicht zugelassen.

Vom Beischlaf zum Beileid waren es nur ein paar Stunden, denkt Anna, während sie die Kommissarin zur Tür begleitet. So unwirklich, das Geschehen, dass es immer noch wie ein Traum erscheint. Irgendwann, wenn der Fall abgeschlossen ist, wird sie über ihre Rolle darin nachdenken. Bis dahin muss sie mit zwei Gespenstern fertig werden: Martin und David.

15. Kapitel

Trauer ist unteilbar und braucht doch Gesellschaft. Anna vergiftet sich qualmend und schwört Sibylle, dass sie nie wieder eine Zigarette rauchen wird. Ab morgen. Nie mehr schlemmen oder teure Schuhe kaufen. Wie ein Schwamm ist sie mit Vodka voll gesogen und fühlt sich mit jedem Glas nüchterner. Sie ist eine harte Prüfung für dic Familie, die ihren seltsamen Trost reichlich spendet und Annas Wiederholungen klaglos in Kauf nimmt. »Er war ohnehin nicht der Richtige«, sagt Freddy, unterstützt von Fjodor, der von einem Berufskiller faselt, er habe einen auf der Straße gesehen, und einen Killer erkenne er von weitem, schon an der Matrix-Sonnenbrille. Sibylle gießt Vodka und Wasser nach und füttert Anna mit frittierten Sardinen. Die Gäste im »Mondscheintarif« sind die unbeteiligte Trauergemeinde, die an diesem Abend ebenfalls leidet, weil der Service miserabel ist.

Ein Toter steht im Raum, und die Zeit steht still, begleitet von indischer Musik, die wie das melodische Jaulen von Katzen klingt. Der Aushilfskellner, der eigentlich Anglistik studiert und am liebsten Päderast wäre, wogegen vor allem seine Feigheit spricht, zitierte Auden: *Die Sterne braucht es jetzt nicht: löscht das Licht ihnen allen; den Mond packt ein und die Sonne lasst fallen; gießt den Ozean aus und den Wald reißt ein: Von jetzt an kann nichts mehr von Gutem sein.*

»Er war nicht gut«, sagt Fjodor, und Sibylle genießt ihren bösen, kleinen Gedanken, dass sie Anna nun wieder für sich allein hat. Sie trägt Jonathan in die Küche, ein Ort, an dem ihr Kind jegliches Weinen einstellt. Immer, seit sie die magische Formel gefunden hat. Ob es an dem depressiven koreanischen Koch liegt, den Jonathan offenbar instinktiv schont, an der Wärme oder an den Gerüchen, sie weiß es nicht. Nur, dass er in seinem Schaukelkorb sitzt, vor sich hin lächelt und einschläft. Vodoo, Zen-Buddhismus, was auch immer, es ist ihr egal. Nur die Stille zählt, und wenn die Küche sein Paradies ist, soll er es haben, zumal Freddys Freund als Babysitter ausgefallen ist. Eine plötzliche Erkrankung, und natürlich dachte sie sofort an Aids und Ansteckungsgefahren. Sie ist eine hysterische Mutter, die alles vergessen hat, was früher leicht und leichtfertig war.

Annas Todesfall ist ein Ereignis, das Sibylle aus ihrem windelverseuchten Trott holt. Die Ablenkung, die sie braucht, um sich wieder lebendig zu fühlen. Sie ist Martin Liebling nie begegnet, sie mochte ihn nicht, was kein Grund wäre, ihm den Tod zu wünschen. So rücksichtslos von ihm, sich in Annas Wohnung ermorden zu lassen! Sibylle, auf dem Weg von der Küche in den Gastraum, beginnt zu lachen. Leise erst, und dann immer lauter, sodass sie stehen bleibt, von Lachen geschüttelt. Sie sollte das nicht denken, doch ja, sie ist glücklich. Zum ersten Mal seit der Mutterschaft hat sie das Gefühl, frei zu sein. Jemand anderer ist gestorben. Nicht ihr Baby. Also haben die Götter ihr vergeben. Nur ein kleines Opfer haben sie gefordert, und Anna wird es überstehen. Sie ist die starke Kuh auf dünnem Eis, die häufig ausrutscht, aber nie einbricht. So grau, die Wand, die sie anlacht, und ihr wird klar, dass ihr Farbe im Leben fehlt. Rot, blau, grün, gelb … alles, nur nicht die verwaschenen Farben der Gegenwart. Sie sollte renovieren, am besten das ganze Lokal. Und in dieser Zeit Urlaub in der Toskana machen mit Anna und dem Baby. Sie lauscht noch einmal: Kein Geräusch dringt aus der Küche, nur das Klappern von Geschirr. Kim ist ein notorisch trauriger Mann und ein wunderbarer Koch. Spricht man ihn zu laut an, beginnt er zu weinen. Er liebt Kinder, er würde Jonathan nie etwas antun. Oder doch?

Anna wird von Glas zu Glas stoischer und fühlt sich nicht

ein kleines bisschen betrunken. Wenn der Rest des Lokals wie ein Bild auf Wellen wirkt, so mag es daran liegen, dass sie ihre Brille zu Hause vergessen hat. Freddy kann sie ganz klar sehen, nur seine Augen tragen Trauer. Er ist voller Sorge um seinen kranken Freund, das Schreckgespenst hat vier Buchstaben. Sibylle hilft dem Kellner beim Abräumen der Tische. Wenn Freddy Kummer hat, versteckt er sich hinter der Bar und weigert sich, diese zu verlassen. Die Familie hat bessere Zeiten gesehen, doch alle atmen noch.

»Was willst du auf dieser verdammten Insel?«, hat sie ihn gefragt. Und er sagte: »Atmen.« Es klang wie »amen«, und sie verstand nicht, was er meinte. Sie trank wenig und er viel, zwei Flaschen sündhaft teuren Rotwein schenkte der Kellner aus, und schon im Restaurant begannen sie zu streiten. Der Ton blieb leise, doch die Worte wurden schärfer. Martin warf ihr vor, in einem Kokon zu leben. Neue Ufer, ständig sprach er von neuen Ufern, und es ist doch nur das Zusammentreffen von Wasser und Land, und das Innenleben an einem anderen Ort ausgebreitet. Irgendwann dachte sie, dass er David beneidete hatte um dessen – wie nannte er es – »Leben auf der Rasierklinge«. Es ärgerte ihn, dass Anna immer wieder den Bruder ins Spiel brachte, wenn es doch um seine und ihre Zukunft ging. Arm und alt zu sein sei ja nun kein erstrebenswerter Zustand, sagte er, und er meinte sie. Der Retter mit Schwimmreifen aus Geld verstand nicht, warum sie auf ihrer eigenen »Titanic« untergehen wollte. Sie redeten und redeten, tranken und aßen, und zerrieben sich an der Unvereinbarkeit ihrer Wünsche. Wenn er bloß die Wahrheit gesagt hätte, den Grund für seine Flucht. Denn im dunklen Licht der Ereignisse muss es das gewesen sein: Liebling wollte untertauchen, und er wollte es nicht alleine tun.

»Und du willst wirklich nicht bei mir übernachten?«, fragt Sibylle, und Anna schüttelt den Kopf, was ihr einigermaßen schwer fällt. Sie trinkt Wasser in großen Mengen, sie muss es noch bis nach Hause schaffen. Von der Wohnungstür am Büro vorbei in ihr Schlafzimmer und ins Bett. In dem gestern noch Martin gelegen hat, neben ihr und auf ihr. So wütend und sprachlos, und wenn er physisch dazu in der Lage gewesen wäre, hätte er sie nie mehr losgelassen. Auch eine Art von Henkersmahlzeit ... warum zum Teufel kann sie nicht anständig trauern, begraben und vergessen? Weil er sie in sein Leben und seinen Tod hineingezogen hat. Vergisst man immer, wenn man sich einlässt. Dass es nicht nur Sex und schöne Worte gibt, sondern die intime Berührung mit einem anderen Leben. Anna hat Martins Mörder am Hals. Seine Mörderin, warum denkt sie nur, dass es eine Frau ist? Weil Wanda Kroll sagte, dass Frauen immer einen guten Grund für Gewalt haben?

Sibylle gewährt Freddy die Bitte, am nächsten Tag freizunehmen. Er muss mit seinem Freund ins Krankenhaus. »Wird schon irgendwie gehen«, sagt sie, obwohl sie keine Ahnung hat, wie sie ohne Barmann und Babysitter auskommen soll. Die beschwingte Stimmung hält an, wofür es keinen Grund gibt außer Annas Tristesse. Hat sie sie nicht wochenlang beneidet? Und jetzt sind die Karten anders gemischt. »Du wirst doch die Arbeit der Kripo überlassen?«

»Sehe ich so aus?« Anna richtet sich auf dem Barhocker auf. Sie trägt Schwarz, was nichts zu bedeuten hat, es ist ihre bevorzugte Tarnfarbe.

»Nein.« Sibylle gibt Freddy einen Wink, Vodka nachzuschenken. »Du brauchst jetzt Abstand. Was hältst du davon, wenn ich den Laden für zwei Wochen schließe und wir nach Italien fahren?«

Sonne, Sand, Meer, denkt Anna in leichtem Verfolgungswahn. Sie will Regen, Straßendreck und ihren tropfenden Wasserhahn. Ganz zu schweigen von dem kleinen Monster, das man nicht irgendwo abstellen kann wie einen Schirm. Außer in der Küche, das hat Sibylle wohl vergessen. »Im Übrigen kann ich jetzt gar nicht weg. Ich bin immer noch die Hauptverdächtige. Schon vergessen?«

»Und ich bin dein Alibi«, murmelt Sibylle. Sie ist bereits befragt worden, von einem Polizisten mit Pickeln im Gesicht. Jonathan schrie die ganze Zeit über, und irgendwie schienen sie darüber zu sprießen. Männer sind hässlich, selbst ihr eigenes Exemplar mit seinem Affengesicht und dem viel zu großen Penis. Als ob die Natur von Anfang an keinen Hehl daraus machte, was bei Männern bedeutend ist. Also wird sie sich eine Partnerin suchen für das italienische Leben, und es wird Anna sein. Bis dahin kann sie noch ein paar Mörder und Ehebrecher fangen, wenn sie denn unbedingt möchte. Was Liebling betrifft: kein bisschen Trauer. Vor sich selbst braucht sie nicht zu heucheln. Anna sieht aus wie eine Leiche auf Urlaub: Was hat ihr dieser Mann nur angetan!

»Und ich schulde Martin noch Geld. So kann ich es zumindest abarbeiten.«

»Wie edel von dir. Wenn wir schon beim Thema sind: Du schuldest mir auch dreitausend. Und ich lebe noch.«

Schuld, Schuld, Schuld: Anna fühlt sich von ihr umzingelt. Von Menschen, die etwas von ihr verlangen, das sie ihnen nicht geben kann. Eva Mauz auf dem Anrufbeantworter ihres Handys: Ob sie denn endlich wüsste, wer der Mann auf dem Foto sei? David Liebling, und sie hat ihn über allem, was geschehen ist, beinahe vergessen. Anna steht auf und schiebt Sibylle sacht zur Seite. Sie geht zu Fjodor, der am offenen Fenster steht. Von Rauchschwaden gepeinigt, zieht er die Zugluft vor. Das Leben wird ihn ruinieren, bevor die Menschheit sein Genie erkannt hat. Der Gedanke ist peinigend. Er wird zu Onkel Wanja gehen und ihn um Geld bitten müssen. Um dafür zu hören, dass er endlich etwas Richtiges machen soll, zum Beispiel als Zuhälter oder Dealer arbeiten.

Annas Stimme klingt noch rauer als sonst. »Warst du im ›Adlon‹, Fjodor? Du hast es mir versprochen!«

Sie hat ihn erpresst. »Selbstverständlich bin ich deinem Befehl gefolgt. Ich war dort. Habe ihm das Foto untergejubelt, und du glaubst es nicht …«

»Was?«

»Mein Verwandter hat ihn erkannt. Er logierte dort, genau wie du prophezeit hast. Ist das nicht von grandioser Komik? Er verließ gestern das Hotel. Du hast ihn um Haaresspitzen verpasst. Er nannte sich Richard Gore und besaß einen Pass aus Panama. Ist das der Mann deines Herzens?«

Gestern? Er war die ganze Zeit in Berlin, denkt Anna, während ich einem Phantom nachjagte. Während Martin getötet wurde. In meiner Wohnung. Fjodor sieht sie beifallheischend an: »Ja, das könnte er sein. Danke, und ich darf doch nachfragen?«

Fjodor, in der Sonne von Annas Dankbarkeit, atmet tief ein. Warme Luft, vermischt mit Abgasen. Die Nacht ist schwarz mit Glühwürmchen, die wie Autos aussehen. »Du wirst ihn ölen müssen. Nur russische Verwandte erhalten kostenlose Auskunft.«

»Ich weiß schon.« Sie hat kein Geld, aber das ist nichts Neues. Sie wird von Sibylle borgen müssen oder einen Bittgang zu ihrer Bank tun. Kleine Schuldner werden wie Ungeziefer behandelt, sie hasst schon den Gedanken daran. Sie schiebt ihn weg. David war also die ganze Zeit über in Berlin: Das kann bedeuten, dass er seinen Bruder getroffen hat. Sie ist fast sicher, dass es so war. Und warum ist er gestern abgereist, einen Tag bevor Martin ermordet wurde? Anna korrigiert sich: David Liebling alias Richard Gore checkte aus dem »Adlon« aus, das muss noch lange nicht heißen, dass er aus Berlin weg ist. Was zur nächsten Hypothese führt: einer letzten, tödlichen Begegnung der Brüder in ihrer Wohnung. Nein, das will sie nicht glauben. Kain und Abel, das ist ein so alter Hut. Und warum weint sie jetzt, verdammt?

Fjodor räuspert sich und zieht ein großes, weißes Taschentuch aus seiner Brusttasche. »Du bist wie ein kleiner Vogel in einem großen, stinkenden Kuhfladen. Scheiß auf die Kühe, Anna …«

Als er den Arm um sie legt, beginnen beide zu lachen. Es ist nicht laut genug, die Geräusche der Welt zu übertönen, doch für den Augenblick genugt es ihnen.

16. Kapitel

Die belgische Polizei hat Lieblings Büro und Wohnung mit großer Nachlässigkeit durchsucht und ein Chaos hinterlassen, das Alicia dazu bringt, lauthals zu fluchen. Ihre Augen sind unverändert rot seit zwei Tagen, und Bruno Laurenz findet, dass sie wie eine Albinomaus aussieht. Sie ist keine Witwe, um Gottes willen, sondern nur eine Sekretärin, die ihren Chef verloren hat. Bruno denkt, dass sie übertreibt, doch er wird sie noch brauchen und hütet sich deshalb, sie anders als mit trauerumflorter Stimme anzusprechen.

Der König ist tot, es lebe … die Hinterlassenschaft des Martin Liebling, von deren Wert die dummen Polizisten natürlich keine Ahnung haben. Der Fall eines Deutschen, der in Brüssel sein Geld verdiente und in Berlin verstarb, interessiert sie ohnehin nur am Rande. Sie tun ihre Pflicht im Rahmen des Rechtshilfeabkommens, und dafür werden sie – wie in allen anderen Fällen – schlecht bezahlt. Aus ihrer Sicht sitzen die Bonzen im europäischen Viertel, im Vatikanstaat Brüssels. Die Europaabgeordneten genießen diplomatische Immunität, und die Polizei hat genug zu tun mit den Dieben und Räubern, die die

Stadt unsicher machen, mit den Junkies und Dealern und Pornographen, dem korrupten Gesindel im Immobiliengeschäft und allen, die auf der Suche nach dem großen und kleinen Geld vom steinigen Pfad der Legalität abweichen.

Bruno Laurenz ist, wie könnte es anders sein, in die Fußstapfen seines Meisters getreten. Ein bisschen groß erscheinen sie ihm noch. Es ist wichtig, Alicia auf seiner Seite zu wissen. Sie war länger bei Liebling als er. Sie war, so vermutet er zumindest, die intime Vertraute des Chefs, vermutlich auch in sexueller Hinsicht. Alicia sortiert die Akten, die von den Spürhunden durcheinander gebracht wurden. Schnieft ab und zu und tupft sich die Augenränder mit einem herzförmigen Taschentuch. Ein sentimentales Herzchen, das den Mittelpunkt seiner Welt verloren hat. Sie hat ihn doch tatsächlich gefragt, wo er an dem Vormittag war, als Liebling zu Tode kam.

Er hat den Termin bei einem wichtigen Klienten wahrgenommen, weil der Chef ja verschwunden war, ohne eine Nachricht zu hinterlassen. Das hat er Alicia gesagt und auch dem Polizisten, der mehr aus Routine fragte denn aus professioneller Neugierde.

»Und wo warst du, Süße?«

Alicia zuckt zusammen und wirft Bruno einen mörderischen Blick zu. »Süße« ist ein Wort, das Martin vorbehalten war. Bruno hat kein Recht, sie so zu nennen. Bildet er sich etwa ein, dass er Martins Erbschaft antreten kann – in allem, was zählt?

»Ich war im Büro, wo sonst? Und meide in Zukunft sexistische Ausdrücke. Ich mag das nicht. Wenn ich mit den Akten durch bin, fliege ich übrigens nach Berlin. Ich habe es der Kommissarin versprochen.«

»Warum kommt sie nicht nach Brüssel?«

»Frau Kroll hat Flugangst. Und mir macht es nichts aus: Weil ich alles tun würde, um dieses abscheuliche Verbrechen aufzuklären.«

Bruno versteckt sich hinter seinem Computerbildschirm, um seine Belustigung über so viel Pathos zu verbergen. Jemand hat Martin mit dem Baseballschläger eins übergezogen: So was kommt vor. Insbesondere, wenn einer seine Finger in zu vielen Geschäften hat. Martin handelte mit Informationen – und manche waren buchstäblich Gold wert. Bruno hat lange genug gedient, um es genau zu wissen: Die Welt gehört den Skrupellosen. Leuten wie John Schultz oder, viel mehr noch, ihren Auftraggebern. Martin Liebling glaubte, dass er im Dreck wühlen und sauber bleiben könnte. Das war naiv. So unvorsichtig von einem Mann, der meinte, alles im Griff zu haben. Solche Leute neigen dazu, andere zu unterschätzen. Martin hat Brunos Qualitäten nicht hinreichend gewürdigt, so viel steht fest.

»Du trägst kein Grau mehr.« Alicias Stimme klingt doch tatsächlich anklagend. Ihr Zeigefinger ist auf sein grün-blau kariertes Jackett mit den Goldknöpfen gerichtet. Feinstes Kaschmir. Nein, es ist nicht von Martin geklaut, das nicht. Der Mann war viel größer und dicker als er. Bruno ist klein, schmal und muskulös. Er geht ins Fitnesscenter und joggt jedes Wochenende, weil er hundert Jahre alt werden will – und reich. Nur reiche, alte Männer können Schönheit und Jugend kaufen – und alles andere, was zu einem guten Leben gehört.

»Schwarz fände ich etwas übertrieben«, murmelt er, obwohl Alicia natürlich diese Farbe wählte. Steht ihr nicht. Zusammen mit den roten Haaren und der fahlen Gesichtsfarbe sieht sie aus wie ein trauriger Clown. Mit Albinoaugen. Sie trägt die Goldkette mit dem Rubinherz, die Martin ihr zum letzten Geburtstag schenkte. Martin spielte virtuos auf dem Klavier weiblicher Empfänglichkeiten. Keine Sekretärin oder Assistentin, die seinem rustikalen Charme und den herzigen Geschenken widerstehen konnte. Nun, jetzt können sie alle Trauer tragen – wie die Gondeln in Venedig.

Der Gedanke bringt ihn zum Kichern, und er tarnt es mit Husten. Alicia hat keinen Funken Humor. Schöne Hysterikerinnen, das war Martins Spezialität, und es ist durchaus möglich, dass Alicia früher eine Schönheit war. Bevor sie mit den Jahren brüchig wurde wie feines, sehr dünnes Papier.

»Was sollen wir nur tun?«, seufzt Alicia, und Bruno antwortet, dass man die Geschäfte weiterführen müsse, so gut es eben ginge. Ganz in Martins Sinne, fügt er hinzu, und damit hat er sie, zumindest für den Augenblick. Sie weiß zu viel. Auch, dass Martin ihm nie ganz traute. Hat der Mann wirklich geglaubt, dass Bruno nichts von der Diskette wüsste?

Nie erschien Bruno Brüssel spannender als jetzt: die neuen Länder, die neuen Abgeordneten, die neuen Kommissare ... wer in den nächsten fünf Jahren mit Macht und Geld spielen darf, wird jetzt ausgekungelt. Und entscheidend ist wie immer die Zusammensetzung der Kommission, denn hier spielt die Musik am lautesten. Kommissare werden von Regierungen vorgeschlagen, das ist wahr. Doch noch bevor ihre Namen offiziell gehandelt werden, erscheinen sie in den Computern der Lobbyisten. Werden gewogen – und für leicht oder zu schwer befunden. Werden geröntgt: Wer steht wofür und war in wessen Sold? Für oder gegen Gentechnik? Für oder gegen die Lockerung von Zulassungsbeschränkungen für Medikamente auf dem europäischen Markt? Für oder gegen Handelserleichterungen oder Agrarsubventionen? Die konservative Komponente ist für die Industrie stets von gewisser Bedeutung, doch nicht alles entscheidend. Was sie fürchtet wie der Teufel das Weihwasser, ist geschäftsschädigender Fundamentalismus in jeglicher Richtung. Geschätzt wird Inkompetenz, denn sie äußert sich meist in Schwäche und eröffnet somit Möglichkeiten stärkerer Einflussnahme. Und erscheint einer dieser Namen als untragbar, kommt die vierte Macht ins Spiel: die Presse. Männer wie John Schultz oder Martin Liebling, die Informationen gezielt einsetzen, um entsprechende Kommissionskandidaten schon im Vorfeld auszuschalten – oder es zumindest zu versuchen. Männer wie Bruno Laurenz, der den Engländer der Presse zum Fraß vorgeworfen hat. Nie und nimmer wird der alte Heuchler wieder in den Berlaymont-Bau einziehen, um von dort aus gegen die Tabakindustrie, die Werbewirtschaft und Subventionen für Europas Tabakbauern zu wettern.

Auch Nichtraucher müssen sterben, und der plötzliche Tod einer Karriere ist für manche schmerzhafter als der Abschied vom Leben. Romano Prodi, der Scheidende, ist doch nur noch einer, der in Brüssel Schatten wirft. Die Italiener werden, das weiß Bruno aus zuverlässiger Quelle, in der neuen Amtsperiode auf jeden Fall den Justizkommissar für sich beanspruchen. Weil Berlusconi ein vitales Interesse daran hat, dass länderübergreifende Ermittlungen oder gar der Euro-Haftbefehl nicht bis Italien vordringen. Weil gegen Berlusconi in Spanien wegen Steuerhinterziehung, Bilanz- und Urkundenfälschung ermittelt wurde. Also muss er seinen loyalen Mann nach Brüssel schicken. Muss die Ausdehnung internationaler Ermittlungen schon aus Eigeninteresse verhindern. Im Gespräch ist ein ehrenwerter Mann aus der Vatikanszene, gegen den die Industrielobby prinzipiell nichts einzuwenden hätte. Ein katholischer Philosoph – und hat die Kirche es nicht immer verstanden, Geist, Recht und Macht in christlichen Einklang zu bringen?

Wenn der Fisch am Kopf stinkt, wie im Berlusconi-Fall, dann darf sich keiner wundern, wenn auch der Rest infiziert ist. Cui bono – zu welchem Zweck oder zu wessen Vorteil? Ein Bienenschwarm summt in Brüssel, und um nichts anderes geht es als um die Honigtöpfe. Süß und klebrig sind sie, und wer einmal daran naschte, darf nicht davor zurückschrecken, die Königin aufzufressen. Bruno Laurenz, mit offenen Augen und Ohren dienend, hat dieses Prinzip sehr wohl verstanden.

Wissen ist Macht, hat Martin immer gesagt, und nach diesem Prinzip doch nicht in aller Konsequenz gehandelt. Möglich, dass ihn die rothaarige Schlampe aus Berlin weich gekocht hat. Oder John Schultz, der ihm auf die Füße trat wie kein anderer zuvor. Martin war schon ein seltsamer Heiliger: sensibel und skrupellos, vorsichtig und tollkühn, einer, von dem man lernen konnte, es noch besser zu machen.

Mit kaltem Herzen, das ist Brunos Überzeugung, kommt man weiter in der Welt. Gewiss, er liebt die Frauen, doch der traurige Clown, der jetzt wieder schnieft, geht ihm gewaltig auf die Nerven. »Weißt du, wer unseren Chef beerben wird? Doch wohl nicht seine letzte Flamme?«

Alicia heult auf. Nie hat sie sich gehen lassen in all den Jahren, auch nicht, als ihr Herz brach, peu à peu mit Martins Heirat, seiner Scheidung und allen Affären, die nachfolgten. Sie war seine perfekte, unentbehrliche Sekretärin, das traurige Klischee dieses Genres, und sie hat ihn geliebt. Nichts, was sie dagegen tun konnte, außer warten und hoffen. Eines Tages, dachte sie, wird er müde sein und zu ihr kommen. Stattdessen hat er sich davongestohlen wie ein Dieb in der Nacht. Das wird sie ihm nie verzeihen, niemals.

»Alicia …?«

»Ich weiß es nicht, Bruno. Meines Wissens hat Martin kein Testament hinterlassen. Vielleicht gibt es noch irgendwo Vettern oder Tanten … es ist mir vollkommen egal, wer ihn beerbt. DU jedenfalls nicht.«

In gewisser Hinsicht doch, denkt Bruno, und lächelt Alicia mit aller Sympathie an, die er nicht empfindet. Dann wendet er sich wieder einer handschriftlichen Notiz zu, die Martin an den Rand eines Berichts gekritzelt hat. Ein Name steht da, an den er sich zu erinnern glaubt: Dr. Emil Wolf. Einer der Direktoren in der Kommission, denkt Bruno, und die Zahlen, die dahinterstehen, könnten eine Telefonnummer sein oder auch ein Nummernkonto. Martin, der alte Geheimniskrämer: Interessant ist die Notiz, weil sie auf einer Seite des Abschlussberichts von »Olaf« steht, der Antibetrugseinheit der Europäer in Brüssel. Der Bericht ist natürlich geheim, aber Martin hatte seine Quellen – und es waren überwiegend Frauen: Assistentinnen, Sekretärinnen, kleinere Chargen in der Beamtenhierarchie der Kommission. Opfer von Lieblings Charme, seinen kleinen Geschenken und großen Komplimenten, die ihre Wirkung selten verfehlten. Bruno gesteht sich ein, dass er dieses spezielle Metier der Informationsbeschaffung nie so perfekt beherrschen wird. Die leichte Lüge fällt ihm schwer, die augenzwinkernde Anmache, der Chanel-Duft und das grenzenlose maskuline Ego, das Martin Liebling so virtuos unter die Frauen brachte. Doch Bruno weiß, dass er andere Qualitäten hat. Und vor allem eins: Er lebt noch.

Der Olaf-Bericht befasst sich mit der langjährigen Sanierung des asbestverseuchten Berlaymont-Gebäudes. Jahre, in denen das sternförmige Haus verhüllt blieb, weil Firmenpleiten, Korruptionsvorwürfe und Gerichtsverfahren die Bauarbeiten verzögerten. 180 Millionen Euro, so die Olaf-Ermittler, betrug der Schaden für die Europäische Union, auch, weil es Kommissionsbeamte an der nötigen Kontrolle fehlen ließen. Oder auch an mehr: Aufträge gingen nicht immer an die günstigsten Anbieter, sondern an teurere Firmen. Bauverzögerungen kosteten kleine Vermögen – und keiner sah richtig hin. Oder anders interpretiert: Das Wegsehen könnte für den einen oder anderen sehr lukrativ gewesen sein.

Bruno atmet tief ein: Es stinkt. Er kann die Summen förmlich riechen, die diskret in Umschlägen übergeben oder auch auf Konten in der Schweiz oder Liechtenstein überwiesen wurden. Die Antibetrugsbehörde jedoch spricht von Schlamperei und Nachlässigkeit, weil keine Beweise für betrügerische Machenschaften gefunden wurden. Nun, das wird ein disziplinarisches Nachspiel für einige Beamte haben, aber Martin wusste es natürlich besser. Ein Name und eine Nummer: Bruno wird der Sache nachgehen müssen. Und noch einigen anderen Fällen aus der Erbschaft des Martin Liebling. Der König ist tot – es lebe der König!

17. Kapitel

Jakob, der Lügner? Anna darf ihn Jack nennen, weil sie fast zur Familie gehört, wie der entfernte Verwandte ihres Sängerfreundes meint. Er ist nicht Portier im »Adlon«, sondern Hausdiener. Fjodors Beziehung zur Wahrheit ist unwegsames Gelände.

Hausdiener Jack und Detektivin Anna schlendern am Wasser entlang, dort, wo die Stadt ihrem Ruf als Spree-Athen gerecht wird und trotz der Monumentalbauten klein geblieben ist. Große Schritte kann Anna nicht machen mit ihren idiotisch hohen Schuhen, doch sie ist froh, die kalte Pracht des »Adlon« hinter sich zu wissen. Nicht ihre Welt, ungemütlich teuer, und natürlich hätte sie gern einmal darin gewohnt, nur um die Abneigung konkret zu begründen. »Kleine Zimmer, große Preise«, sagt Jack abwertend, er spricht russisches Deutsch mit amerikanischem Akzent, und sein Traum ist immer noch das Luxushotel in Los Angeles, der Stadt der Superstars, die im »Adlon« nur sporadisch absteigen. Der Mensch braucht Träume, und sobald sie wahr werden, sucht er sich neue. Wenn er erst in Los Angeles arbeitet, wird ihn ein Regisseur entdecken und ihm eine Hauptrolle geben.

Jack erinnert Anna an Fjodor, nur ist er jünger und attraktiver. Er redet viel und gestikuliert heftig, denn er ist eigentlich Schauspieler. Berlin ist nur eine Zwischenstation, eine Stadt mit zu vielen Russen, Tschechen, Rumänen, Türken … sibirische Verhältnisse, sagt Jack und nimmt Annas Fünfzig-Euro-Schein mit Geringschätzung entgegen. Nur weil sie Fjodors Freundin ist, verzeiht er ihr das Kleingeld für den Gegenwert seiner Informationen.

O ja, er hat Richard Gore gut gekannt, man könne fast sagen, dass sie befreundet waren. Schließlich lebte der Gast aus Amerika fast sechs Wochen im »Adlon«. Zwar nicht in einer Suite, sondern in einem normalen Zimmer, doch mit Trinkgeld sei er stets großzügig gewesen. »Ein nobler Mensch«, sagt Jack, und in diese Kategorie fallen für ihn Menschen, die keiner richtigen Arbeit nachgehen und Geld so gering schätzen, dass sie es leichthändig unter die Leute bringen.

Auf die Frage, was dieser Gore tagsüber getan habe, antwortet Jack: »Nichts.«

»Wie … nichts?«

Er sieht Anna an, die ganz eindeutig zur arbeitenden Klasse gehören muss: »Gore hat lange geschlafen und ausgiebig gefrühstückt, dann ist er in die Bar und hat getrunken – Champagner meistens, manchmal auch Schnäpse. Nachmittags hat er oft das Hotel verlassen, ist kurz vor dem Abendessen wieder gekommen … und dann hat er wieder getrunken. Das war sein Tag. Gegen zweiundzwanzig Uhr ist er fast immer weggegangen und – so sagen die Kollegen, weil ich ja Tagschicht hatte – sehr, sehr spät zurückgekommen. Das mit der Tagschicht ist schade, weil er nachts die besseren Trinkgelder gab. Viele Gäste sind im alkoholisierten Zustand vom Leichtsinn befallen. Ich werde mich in die Nachtschicht versetzen lassen.«

Am Kanal stehen Angler, die scheinbar alle Zeit der Welt haben. So wie Richard Gore alias David Liebling. Die Männer mit den Gummistiefeln bewegen sich kaum und reden nicht, stehen einfach nur da. Die Welt dreht sich nicht im Wettlauf gegen den Tod, sie steht still. Nur die Wellen bewegen sich leise. Das Wort »Lebensentwurf« hat Anna nie leiden können. Alle Pläne sind hinfällig, wenn die Flut steigt. Sie würde jetzt gern eine Zigarette rauchen. Zum ersten Mal an diesem Tag denkt sie daran, und dass sie geschworen hat, damit aufzuhören. Alle, die um sie herum im »Mondscheintarif« versammelt waren, haben es gehört. Keiner hat's geglaubt. Sie dachten, dass sie betrunken war, was ja auch stimmt, und doch hatte Anna in dieser Nacht die Klarsicht einer Eule. Mit einundfünfzig Jahren, einem Liebhaber als Leiche und fragwürdiger Altersversicherung war es an der Zeit für Korrekturen. Gegen alle Gesetze der Trägheit, die sie zur Lebenskunst erhoben hat. Der Engel sagte zu Lot und den Seinen: »Rette dich, es gilt dein Leben. Schaue nicht hinter dich, bleibe nirgends stehen ...« Seine Frau jedoch drehte sich um, steckte sich eine Zigarette an ... und erstarrte zur Salzsäule.

Anna hat die halb volle Packung in den Müll geworfen, als sie nach Hause ging. Nie wieder, das waren große Worte, und sie fühlte sich stark. Das war gestern. Heute sieht sie mit hungrigen Augen zu, wie Jack raucht. »Willst du auch eine?«

»Nein, danke«, sagt Anna: »Ich habe aufgehört.« Sie stöbert in ihrer Handtasche nach Kaugummis, findet keine und kaut an ihrer Gier. »Hat Gore mit amerikanischem Akzent gesprochen?«

»Ganz wenig, sein Deutsch war klasse. Machte immer Witze, du weißt schon. Er war ein komischer Mann, immer gut drauf und nicht so arrogant wie manche ›Adlon‹-Kunden. Es gibt welche, die können durch einen hindurchsehen. Was interessiert dich eigentlich so an dem Typ?«

Sie könnte ihm die Kippe aus dem Mund schlagen. Er hält sie lässig schräg zwischen den Lippen wie der Cowboy in amerikanischen Filmen. »Ich bin mir nicht sicher«, sagt Anna. »Richard Gore könnte ein Heiratsschwindler sein. Hat er denn manchmal Frauen dabeigehabt?«

Eine Fünfzig-Euro-Frage für Jack. Er spürt den Schein in seiner Hosentasche und denkt, dass die Rothaarige ihn ausnutzt. Will so viel wissen für so wenig Geld. Alles verkommt, sogar im Westen, und vielleicht liegt es einfach daran, dass Berlin zu nah dran ist. Man muss weit gehen, bis nach Amerika, um den Ostmief loszuwerden. Ein Land, das so wahnsinnige Filme hervorbringt und einen Präsidenten hat, der wie ein Coyboy auftritt, kann nicht schlecht sein.

»Tja, ich hatte ja keine Nachtschicht. Müsste die Kollegen fragen. Jedenfalls war er ein Frauentyp, so etwas sehe ich sofort. Obwohl er ziemlich alt war, ich schätze mal so deine Generation.«

Sie steckt den Satz ein. »Frag sie«, sagt Anna. Kann es sein, dass ihre Hände zittern? Sie hat nicht gefrühstückt, nur Kaffee in der Küche getrunken. Als sie rauchen wollte und keine Zigaretten fand, fiel ihr der Schwur ein. Und sie dachte, dass ein Leben ohne Krücken erstrebenswert wäre. Jetzt nicht mehr. »Wie hat Gore bezahlt? Mit Kreditkarte?«

»Wie sonst? Wir nehmen Bares nur als Trinkgeld.« Jack beginnt zu lachen, und die Kippe fällt ihm aus dem Mund. Er muss die Nummer besser üben, bis er sie beherrscht wie James Dean. Als erfolgreicher Schauspieler wird er sich den alten Porsche kaufen und damit über den Sunset Boulevard brettern. »Gore sagte, dass er Jack Nicholson kennt. Hat mit ihm Poker gespielt. Der Typ schien mir ein Zocker zu sein, wenn du verstehst, was ich meine. Von irgendwas muss der Mensch ja leben. Ach ja, und er hat eine Weile in Phoenix, Arizona, gelebt. War Privatpilot für einen Millionär oder so, aber nicht so lange. Richard meinte, dass das Leben zu kurz sei, um Dinge zu tun, die einen langweilen. Immer gut drauf, der Typ. Es sei besser, hoffnungsvoll zu reisen, als anzukommen, hat er mal gesagt. Ich glaube, das war einen Tag, bevor er uns verließ …«

»Hat er einen Grund für seine Abreise genannt?«

Jack öffnet den Mund, als wolle er etwas sagen. Dann verschluckt er den Satz, auf den Anna gewartet hat, und sieht auf seine Uhr, eine Rolex-Kopie, mit falschen Brillanten besetzt: »Ich muss zurück, meine Pause ist vorüber. Die feuern mich sonst. Deutsche Bosse haben ein echtes Zeitproblem.«

»Eine nette Uhr«, sagt Anna, die mit ihm zurück in Richtung Hotel geht.

Er ist absolut immun gegen Ironie. »Ja, nicht? Hat mir Richard zum Abschied geschenkt. Er hatte ein paar von diesen Dingern, der Barkeeper hat auch eine gekriegt – aber ohne Brillies. Schade, dass Richard wegmusste. Er fehlt uns irgendwie.«

»Mir auch«, sagt Anna. Warum sie das sagte, weiß sie nicht. Vielleicht meinte sie die Zigarette. Sie fehlt ihr. Beschäftigungslose Hände, die sich ins Innenfutter der Jackentaschen krallen. Es riecht nach brackigem Wasser, und die Sonne grinst milchig auf die Touristenschwärme, die sich traubenförmig um das »Adlon« verteilt haben. Sie glotzen und fotografieren und stehen im Weg. Jack bahnt sich seinen Weg, und Anna folgt ihm, so gut sie kann. Und wenn die Rolex echt ist? Der Gast gar nicht auscheckte, sondern entsorgt wurde, nachdem man ihn beraubt hatte? Seit Anna eine Leiche in ihrer Wohnung fand, hält sie alles für möglich. Sogar, dass der hübsche Russe der Versuchung einer glitzernden Uhr nicht widerstehen konnte. Russe ist Mafia ist Verbrechen: die Vorurteilsformel, der Anna nicht immer widerstehen kann, obwohl sie es besser weiß. Selbst wenn sie die Hirngespinste beiseite schiebt, ist sie ganz sicher, dass Jack ihr nicht alles gesagt hat. Sie muss an ihm dranbleiben und sich obendrein an die Bar des »Adlon« setzen.

Der Barkeeper trägt auch eine Rolex, das überrascht sie nicht. Und er erzählt ihr bereitwillig, dass Richard Gore sie in Venezuela erworben habe, für fünf Euro. Kleine Verbrechen zu kleinen Preisen haben längst das Odium des Bösen verloren.

Das Recht auf Arbeit oder eine Rolex: Wo ist da der Unterschied? Anna beginnt die Barkonversation mit Komplimenten über ein großartiges Hotel. Die kalte Pracht der Halle schüchtert sie ein, nein, es sind die Leute, die entfernt an ihr vorübergleiten. Sie sieht Jack, der mit einen Aktenkoffer hinter einem Gast herhastet, der in Eile scheint. Der Koffer muss schwer sein, denn sein Lächeln wirkt selbst aus der Distanz verkrampft. Im Hintergrund steht ein Anzugträger, der die Szene beobachtet, ein Personalüberwacher. Das Hotel ist eine in sich geschlossene Welt, ein Gefängnis, aus dem nur die Gäste auschecken können, sofern sie die Rechnung begleichen. Das Personal kann kündigen oder gefeuert werden. Offener Strafvollzug auf höchstem Niveau. Die Wärter, das sind die Gäste, ihr Wort ist Gebot und ihr Trinkgeld die Extraration neben der schmalen Kost der Gehälter. Das Kommunikationssystem der Gefangenen funktioniert perfekt: Sie wissen über ihre Wärter Bescheid, meiden sie oder beuten sie aus, so gut sie können. Das Hotelmanagement funktioniert wie eine elektronische Überwachungsanlage, Anna spürt, dass auch der Barkeeper aus der Ferne unter Beobachtung steht.

Jack hat sie kurz als die Freundin seines Blutsbruders vorgestellt, bevor er die Bar eilig verließ. Wer sich mit Gästen einlässt, ist des Todes. Barkeeper dürfen plaudern, die Trinker unterhalten, wenn diese nichts Besseres zu tun haben. So wie Anna auf ihrem Barhocker, die er sofort richtig einschätzte: nicht von dieser Welt.

Der Keeper ist Rumäne, eigentlich Mathematikstudent, und er träumt in seiner Luxuszelle, die um diese Tageszeit spärlich besucht ist. Jede seiner Kalkulationen führt zu dem Ergebnis, dass er sich sein Studium kaum leisten kann. Die Frau stellt Fragen, denen er sich nicht entziehen kann, weil er Jack Geld schuldet. Zu viele Dinge an zu vielen Tagen geschehen gegen seinen Willen. Doch er lächelt, dies gehört zu seinen Pflichten.

Lächelt und redet, und sie sieht ihn aus großen, grünen Augen an und weiß nicht, was sie mit ihren Händen anfangen soll.

Anna trinkt Wasser und sehnt sich nach Rauch. Das Leben ist eine Verzweiflung. Coitus interruptus in Glücksgefühlen. Sie kann sich nicht erinnern, wann sie das letzte Mal richtig fröhlich war. Als sie mit Liebling Schuhe kaufen ging? Mit Fjodor lachend am offenen Fenster stand? In ihr Bett fiel letzte Nacht und mit dem Gedanken einschlief, dass sie immerhin am Leben war? Sie zwingt sich zu einem Lächeln, das Vertrauen erwecken soll. Sie ist ein fröhlicher Gast, der gerne mit Barkeepern plaudert.

Er spricht von Richard Gore wie von einem Heiligen. Der Heilige des Trinkgeldes. Dieser Mann kannte so viele komische Geschichten aus aller Welt, und er erzählte sie großzügig und belebte die gepflegte Langeweile dieses Ortes. Die Frauen, danach fragt Anna, und ja, sie waren von ihm hingerissen, alle, junge und alte, und das war kein Wunder, denn der Amerikaner hatte Geist und Witz – und Geld natürlich. »Er verfremdete die Frauen«, sagt der Rumäne voller Bewunderung, und Anna hakt nach: »Verfremden?«

»Na ja, sie wurden alle schön in seiner Gegenwart, egal, wie und was sie waren. Magie? Es gibt keine mathematische Formel für so etwas. Selbst meine Freundin, sie war einmal da, ist ihm verfallen.«

Und danach, dachte Anna, habt du und Jack ihn umgebracht. Ihre Phantasie ist ein Leichenschauhaus. Ihr Körper ein Wrack, das sich nach Gift sehnt. Wenn sie jetzt einen Whisky trinkt, sie weiß es, wird sie den Barmann bitten, ihr Zigaretten zu besorgen. Also schluckt sie Wasser und zerbröselt Chips, die sich auf dem Teller neben dem Wasserglas häufen. Ein Chipsbröselberg, aus dem sie ab und zu winzige Stücke in den Mund nimmt. Wenn der Keeper dies befremdlich findet, so lässt er es sich nicht anmerken. Gäste haben das Recht, sich in gewissem Rahmen schlecht zu benehmen. Nachts ist es schlimmer, deshalb wechselt er die Schichten.

Anna zeigt ihm ein Foto von Julia Mauz: Ob Gore und diese Dame jemals an der Bar gewesen seien?

Er betrachtet es eine Weile mit schief gelegtem Kopf. Anna beobachtet ihn: Warum tun Leute das, wenn sie angestrengt nachdenken? Bewirkt die Schräglage, dass Gedanken zusammenlaufen? In Annas Kopf schreien Hirnstränge in lautloser Hysterie, dass sie ihrer Sucht endlich nachgeben soll. Nachgeben ist so viel einfacher als widerstehen. Woraus folgt, dass die Welt vor allem aus Nachgebern besteht und deshalb in völliger Unordnung ist. Weiter kommt Anna nicht, denn der Keeper sagt: »Ich meine ja. Bin nicht sicher, es sitzen ja viele alte Frauen hier. Aber diese hier: Sie war schlicht, nicht aufgedonnert wie die meisten. Mit fünfundneunzig Prozent Wahrscheinlichkeit: ja.«

Anna atmet tief durch: Ein Etappensieg, jetzt müsste sie glücklich sein. Prozente und Wahrscheinlichkeiten haben sie nie interessiert. Richard Gore ist David Liebling, er ist ihr Heiratsschwindler, und sie kann Eva Mauz einen Schuldigen präsentieren. Na ja, zumindest seinen Namen. David aufzuspüren wird eine andere Herausforderung sein, aber wenn sie bisher Glück gehabt hat … Glück? Martin ist in ihrer Wohnung ermordet worden. Und sie hat einen Schuldschein einzulösen …

Er legt die Rechnung auf den Tresen. »Sind Sie sicher, dass Sie nichts Ordentliches trinken wollen?«

»Nein«, sagt Anna. Doch sie steht vom Barhocker auf und sucht in ihrer Tasche nach Geld. Unglaublich, was eine Flasche Wasser kosten kann! Während sie den Schein auf die Theke legt, fragt sie ohne große Hoffnung, ob denn jemand wüsste, wohin Richard Gore gefahren sei, nachdem er das Hotel verlassen habe.

Der Barkeeper streicht den Zehn-Euro-Schein ein und sieht Anna herausfordernd an. Wagt sie es, nach Wechselgeld zu fragen? Ihre Blicke kreuzen sich in einem stummen Duell der Habenichtse. »Stimmt so«, sagt Anna. Ein Tribut an die Nachgeber. Es muss leicht sein, sich die Liebe der Welt mit Geld zu erkaufen, leichter als alles andere.

»Gore erwähnte einmal, dass er nach Brüssel wolle. Sein bester Freund lebt dort, hat er gesagt. Obwohl er nicht der Typ war, der einen Mann zum Freund hat, verstehen Sie? Männer mögen solche wie ihn nicht, sie empfinden diesen Typ als Bedrohung.«

»Sie sind klug für Ihr Alter.« Annas Satz fällt auf harten Boden. Der Mathematikstudent sagt ihr mit einem unverschämt eindeutigen Blick, dass sie in keinem Alter klüger war als er. Und dass sie früher und dümmer sterben wird.

»Aber als Barkeeper werden Sie es nicht weit bringen.« Das letzte Wort, sie musste es haben, bevor sie sich abwendet und die Bar verlässt. Der Tritt nach unten als natürliche Geste der Mitmenschlichkeit. Anna geht vorsichtig, um auf dem glatten Boden nicht auszurutschen. Friede den Palästen, so sieht es aus und war so nicht gemeint. In revolutionären Jahren, in der Schule, gab Anna als Berufswunsch »Guerilla« an, weil sie ein Buch über eine tollkühne Frau in Südamerika gelesen hatte. Nein, sie wollte niemals Tierärztin oder Stewardess werden. Ihre Mutter wurde zum Direktor bestellt. Die Krise war von dörflicher Schwere und führte zu einem Besuch des Pfarrers, der dem Kind ins katholische Gewissen redete. Sie war damals ein seltsames, störrisches Wesen, das ihre Mutter »schwierig« nannte. Was lernt man dazu, außer zu sprechen und den Windeln zu entwachsen?

Eine große, rothaarige Frau in den besten Jahren, die sie haben kann, verlässt das Hotel, in dem sie nie wohnen wird. Die in den tiefen Sesseln sitzen und auf etwas warten oder auch nicht, beachten sie kaum. Jack the Ripper, von Einkaufstüten umrahmt, schenkt ihr einen lässigen Cowboygruß. Anna durchschreitet das gläserne Portal, schwenkt ihre große Handtasche, dreht sich um ... und streckt die Zunge heraus.

18. Kapitel

Es hat sie Überwindung gekostet, Anna Marx anzurufen, doch wenn sie schon in Berlin ist, will sie sehen, wo Martin starb. Alicia empfindet tiefe Abneigung gegen die Stadt, und das war schon so, bevor sie ihr das eine auf der Welt nahm, das ihr je etwas bedeutete. Falsch: Sie hat ihren Vater verehrt. Dass er die Familie verließ, war Schuld der Mutter. Eine hysterische Person, die jeden Mann aus dem Haus getrieben hätte. Alicia denkt an ihre Kindheit wie an einen Albtraum, aus dem man nie wirklich erwacht. Die Vatermänner, die ihren Weg kreuzten, waren ihren Ansprüchen nicht gewachsen. Sie dachte, dass sie nicht lieben könne ... bis sie Martin traf. Nie wird sie die erste Begegnung mit ihm vergessen. Sein Lächeln und seine Worte: »Sie sind die eine, die ich will.« Alicia wurde seine Sekretärin. Seine Geliebte. Seine Sekretärin.

»Du bist die Einzige, die mich nie enttäuscht hat«: Martins letzter Satz, bevor er das Büro verließ. Er stand schon an der Tür, einen Koffer in der Hand, und er trug den schwarzen Schal mit den kleinen roten Herzen, den sie ihm geschenkt hatte. Keine Erklärungen für seine abrupte Abreise: Er hatte ihr nur gesagt, dass er dringend nach Berlin müsse und tauchte eine halbe Stunde später wieder auf mit Koffer und Aktentasche. Die Termine? Alle absagen. Sein Satz an der Tür war ein Abschiednehmen, nur hat sie es nicht begriffen in diesem Augenblick. Es ging alles so schnell ...

Dass Martin ein Ticket ohne Wiederkehr in der Tasche hatte, weiß sie von der Kommissarin. Zwei Tickets, also wollte er die Marx mitnehmen. Davon geht Alicia aus, und ja, sie könnte sich darüber freuen, dass aus der gemeinsamen Reise nichts geworden ist. Alicia ist die einzige Frau, die Martin nie enttäuscht hat. Bis zuletzt, darüber könnte sie lachen, wenn sie nicht so traurig wäre.

Der Taxifahrer erklärt ihr die Sehenswürdigkeiten der Stadt. Eigentlich ist er Fremdenführer, und seine Geschichte und die ausschweifenden Ausführungen zu den großen, hässlichen Gebäuden, die sie passieren, fließen an ihr vorüber wie der braune, träge Fluss, der diese Stadt durchquert. Berlin ist ein monumentaler Friedhof, denkt Alicia, und dass sie jedes schlampige, verrottete Viertel Brüssels besser findet. Der schnauzende Tonfall zerrt an ihren Nerven, sie stammt aus dem Süden der Republik, wo ihr alles, auch die Sprache, weicher erschien. Französisch ist ihr inzwischen lieber als Deutsch, und sie hat davon geträumt, einmal mit Martin in Belgien zu leben. Sind alle Anleitungen zum Unglücklichsein befolgt worden? Sie beginnt leise zu weinen, und der Fahrer wird endlich still. Als er anhält und sie die Fahrtrechnung begleicht, verlangt sie eine Quittung. Aus alter Gewohnheit, sie war immer penibel mit Spesenabrechnungen. Martin hingegen verschlampte alles, er dachte und handelte immer nur in großen Würfen. Ohne sie hätte er es nie so weit gebracht, aber natürlich hat sie ihn das nie spüren lassen. Sie war seine zweite Hälfte, und eines Tages hätte er das auch erkannt. Fühlt sie deshalb, es wäre mit ihm auch ein Teil von ihr gestorben? Sie will nicht weinen vor seiner Liebhaberin. Alicia kontrolliert im Handspiegel ihr Aussehen, bevor sie auf den Klingelknopf drückt.

Das Gebäude, in dem Anna Marx lebt, erinnert Alicia an Brüsseler Verhältnisse: fortgeschrittener Verfall. Das Haus stinkt, und weil sie dem Aufzug misstraut, steigt sie die Treppen hoch. Die Frau, die ihr Martin weggenommen hat, steht an der offenen Wohnungstür. Sie trägt ebenfalls Schwarz. Sie ist rothaarig. Alles an ihr ist zu groß geraten, denkt Alicia und versteht immer noch nicht, was Martin an Anna Marx gefunden hat.

Die beiden sind einander einmal begegnet, in Lieblings Büro. Anna spürt die Feindseligkeit der anderen, und sie versucht immerhin ein Lächeln. »Kommen Sie herein, Alicia. Es ist alles wieder … normal. Es hat Sie sicher Überwindung gekostet hierherzukommen. Es tut mir so Leid … für uns alle.«

Alicia nickt nur, und Anna geht voraus in ihr Büro, das wieder bewohnbar ist, wenn man von Gespenstern absieht. Sibylle hat ihre polnische Putzfrau geschickt, die sich während der Arbeit ständig bekreuzigte. Kein Blut mehr auf dem Boden und an der Wand; den Teppich hat Anna in den Müllcontainer gestopft. Alles ist wie früher … beinahe. Um die Stelle, an der Lieblings Leiche lag, macht Anna immer noch einen großen Bogen.

Alicia hat das Zögern und den Umweg registriert. »Ist es hier geschehen?«

»Ja, er lag zwischen Schreib- und Couchtisch. Auf dem Bauch. Jemand hat ihn von hinten …«

»Ich weiß«, sagt Alicia. »Ich war bei der Kommissarin. Sie hat offenbar Ihr Alibi überprüft – und es scheint in Ordnung zu sein.«

Alicias Stimme drückt aus, dass sie dies bedauert. So feindselig, ihr Gesicht. Sie sei eine Frau, die nur unglücklich lieben könne, sagte Martin einmal. Der große, tote Frauenkenner. Anna erinnert sich daran, dass sie ihrer einzigen großen Liebe die Pest und den Tod wünschte, nachdem er sie verlassen hatte, um zu seiner Frau zurückzukehren. Sie war nur zu feige, Philipp umzubringen. Heute ist er nur noch ein Mann, an den sie mit spöttischer Wehmut denkt. »Wollen Sie hier stehen bleiben? Wir können uns auf das Sofa setzen. Möchten Sie was trinken?«

Alicia schüttelt den Kopf, doch sie lässt sich vorsichtig auf dem Ungetüm aus altem, rissigem Leder nieder. Das bleiche Gesicht unter den kurzen roten Haaren drückt nach wie vor nichts als Abneigung aus. Sie ist so dünn, denkt Anna, und dass Alicia vielleicht aufhörte, anständig zu essen, als Martin sie verließ. Als Liebhaber, nicht als Chef. Wie herzlos von ihm, sie über Jahre hinweg zu quälen, nur weil sie die perfekte Sekretärin war. Und wie dumm von Alicia, dieses Kapitel ihres Lebens nicht ein für allemal zu beenden, indem sie kündigte. Leiden Frauen gerne, wenn sie schon nicht glücklich sein können?

»Ich habe seinen Schal nicht gesehen. Er war ein Geschenk von mir, und ich würde ihn gerne wiederhaben. Martin hatte ihn umgelegt, als er aus Brüssel abreiste.«

Er trug ihn nicht, als er ankam, denkt Anna. Wahrscheinlich etwas mit Herzen drauf, und vielleicht hat er ihn am Flughafen weggeworfen. Sie bringt es nicht fertig, das auszusprechen. »Vielleicht ist der Schal im Koffer, den die Polizei mitgenommen hat. Was sagt die Kommissarin: Haben sie schon irgendeine Spur?«

Detektivin, denkt Alicia, und dass dies ein absolut lächerlicher Beruf ist. So, wie sie eingerichtet ist, kann die Marx kaum davon leben. Sie brauchte eine goldene Gans wie Martin. Einen, der ihr Schuhe kaufte und sie zum Essen ausführte. Er war so großzügig mit seinem Geld, und die Frauen nutzten das schamlos aus. Mit einer Ausnahme natürlich. Alicia hat ihn geliebt. Liebt ihn immer noch. Der quälende Singsang ihrer grauen Tage und schwarzen Nächte. Hat sie geglaubt, dass sein Tod sie befreien würde?

Die Marx wartet auf eine Antwort, und sie sieht aus, als würde sie auf Stecknadeln sitzen. Ihre Hände trommeln gegen die Knie, sie hat lange, weiße Finger mit unlackierten Nägeln, nicht sonderlich gepflegt. »Die Kommissarin hat mich nicht ins Vertrauen gezogen. Sie wollte von mir wissen, ob Martin Feinde hatte. Nun, ich habe das verneint. Er war ein so liebenswerter Mann, Sie kannten ihn doch auch.«

Nein, denkt Anna, ich kannte ihn eben nicht. Nur die glatte Oberfläche, und Menschen, die keine Feinde haben, sind unheimlich. Alicias Heldenverehrung reizt sie zum Widerspruch: »Martin wäre nicht so erfolgreich gewesen, wenn er nicht auch eine harte Seite gehabt hätte. Er wollte alle Zelte hinter sich abbrechen und auf eine Insel flüchten: Hat Wanda Kroll Ihnen das nicht erzählt? Und dafür muss er einen Grund gehabt haben. Einen gewichtigen, man gibt doch sein Leben nicht so ohne weiteres auf.«

»Er hat es nicht freiwillig aufgegeben.«

»So meine ich das nicht. Wussten Sie von David, seinem Zwillingsbruder?«

Alicia schüttelt den Kopf. Zu schnell, denkt Anna. Alicia mit den roten Haaren kennt mehr von seinen Geheimnissen als jeder andere. »Hören Sie: Ich würde gerne wissen, wer ihn umgebracht hat. Nicht wegen meines bescheuerten Berufes, sondern weil ich Martin gerne mochte. Weil er in meiner Wohnung getötet wurde und weil ich möchte, dass – wer immer es war – nicht ungestraft davonkommt. Sie kannten Martin am besten von allen. Erzählen Sie es mir oder Wanda Kroll, aber sitzen Sie nicht so schmollend herum. Das macht mich wütend. Außerdem habe ich mir den unpassendsten Moment meiner Geschichte ausgesucht, um mit dem Rauchen aufzuhören.«

Die Wohnung riecht nach Rauch. Nach seinen Zigarillos, denkt Alicia, und sie schnuppert begierig. Eigentlich ist sie Nichtraucherin, doch sie hat sich am Flughafen eine Packung gekauft. Havannas, die Martin so gerne mochte. Und jetzt scheint ihr der passende Moment, sie aus der Handtasche zu holen und eine anzuzünden. »Haben Sie einen Aschenbecher?«

Kanaille! Soll sie ihre Wohnung zur rauchfreien Zone erklären? Nein, sie will nicht in die Liga der Intoleranten. Anna steht auf, absolviert den üblichen Umweg, mehr Gewohnheit schon als Pietät, und geht in die Küche. Sie hat in einem ihrer Suchtanfälle vier Aschenbecher auf den Boden geschmissen. Einer hat überlebt, den bringt sie mit und stellt ihn auf den Tisch.

Alicia raucht nicht, sie pafft, doch dies mit gewisser Grausamkeit, während Anna mit den Fingernägeln an rissigem Leder entlanggleitet. »Wissen Sie, wie das ist, wenn man in ein schwarzes Loch fällt … und weiß, dass man nicht mehr rauskommt?«

»Man weiß es nicht«, erwidert Anna. »Aber der Wille ist da, sonst würde man nicht weiterleben wollen. Nochmals: Kannten Sie Martins Bruder David?«

Die Stelle, an der er gelegen hat, erscheint Alicia heller als der übrige Holzboden. Eine Wohnung, von der sie sich nicht vorstellen kann, dass Martin sich hier wohl gefühlt hat. Er war ein Ästhet. Und schöne grüne Augen allein können es doch wohl nicht gewesen sein. Anna Marx ist so … kraftvoll. Vielleicht war es das, was ein kleiner Junge gesucht hat? Eine Frau, die nicht zurückweicht. Die sich den Luxus erlaubt, das Weibchen hintanzustellen. Gott, wie sie sie hasst. Und wünscht, sie wäre tot und nicht Martin.

»Ich weiß nicht, was das soll, aber gut: David hat sich sporadisch gemeldet, wenn er Geld brauchte. Per Fax oder E-Mail, zweimal hat er angerufen von Gott weiß woher. Es ging immer nur um Geld, und Martin hörte nur von ihm, wenn er in Schwierigkeiten war. Ein schwarzes Schaf, das soll ja in den besten Familien vorkommen.«

»Hat Martin ihm denn Geld geschickt?«

»Was hat das mit dem Verbrechen zu tun? Ich glaube nicht, doch: einmal. Da saß David in Liberia im Gefängnis, und Martin hat die Kaution überwiesen, damit er rauskam. David wollte eine Brauerei in Monrovia aufmachen – und die Sache ist wohl schief gelaufen. Martin sagte immer, dass David ein besonderes Talent habe, Geschäfte in den Sand zu setzen. Er schätzte seinen Bruder nicht sonderlich.«

Die Untertreibung des Jahres. Anna entdeckt einen winzigen Blutspritzer auf der Couch, den hat die Putzfrau übersehen. Ihr Finger streift darüber, und sie erinnert sich, wie sich Lieblings Haut anfühlte, als sie seinen rechten Knöchel berührte. So warm noch, und sie beginnt bereits zu vergessen, wie er war, als er noch lebte.

Alicia hat ihren Zigarillo nach mehreren ungeschickten Anläufen getötet, und jetzt riecht es wie in Sibylles Kneipe. »Wussten Sie, dass David seit Wochen in Berlin war? Er muss doch in dieser Zeit Kontakt zu seinem Bruder aufgenommen haben.«

»Davon weiß ich nichts«, erwidert Alicia, die jetzt aussieht, als sei ihr ein wenig übel. Die feindselige Maske trägt sie nach wie vor. Anna kann dahinter den Schmerz sehen, aber etwas hindert sie daran, Mitleid zu empfinden. Vielleicht sind es die Schuhe: Solch hässliche Exemplare hat sie noch nie an Frauenfüßen gesehen. Seht her, sagen diese Schuhe: Ich leide bis in die Zehenspitzen. Ich bin herzlos, denkt Anna, herzlos und oberflächlich. Und ich will wieder lachen, während Alicia für lebenslanges Weinen votiert. Nein, sie mag sie nicht, und umgekehrt verhält es sich genauso. Dass Martin diesen kleinen roten Vogel schamlos ausgebeutet hat, ist eine andere Sache. Oder etwa nicht?

»Wann sind Sie in Berlin angekommen, Alicia?«

»Gestern Abend. Ich werde morgen zurückfliegen. Ich mag Berlin nicht.«

»Wer tut das schon? Und Sie haben wirklich nicht die leiseste Ahnung, wer Martin so gehasst haben könnte? Sein Bruder vielleicht?«

Jetzt weint sie und zieht aus ihrer Handtasche ein schwarzes Taschentuch. Schwarz! Anna bewundert dieses Detail, weil ihr Sinn fürs Absurde schon immer ausgeprägt war. Alicia schnäuzt sich graziös, bevor sie antwortet. »Das meinen Sie doch nicht im Ernst! Warum sollte David das tun?«

»Na, vielleicht, weil er dringend Geld brauchte. Und als Martin ihm keines geben wollte, hat er nach dem Baseballschläger gegriffen und ...«

Das hätte sie besser nicht gesagt, denn Alicia heult auf. Annas Nerven vibrieren bei diesem Geräusch. Wenn sie nicht aufhört, denkt sie, muss ich sie ohrfeigen. Sie ist hysterisch. Und sie gibt mir die Schuld. Weil einer schuld sein muss, das weiß doch jedes Kind. »Bitte nicht ... Martin war sofort tot. Er hat nicht gelitten.« Er hatte kein Talent zum Leiden, das überließ er anderen. Anna, schon wieder herzlos, beendet ihren Gedankensprung zum Charakter ihres Exliebhabers, denn Alicia steht vor ihr und trommelt mit den Fäusten gegen Annas breite Schultern. Heulend, und während Anna versucht, die Hände ihrer Angreiferin zu fassen, tritt Alicia mit einem dieser furchtbaren Schuhe gegen Annas Schienbein. Es schmerzt höllisch, und Anna reagiert, ohne nachzudenken, mit einer Ohrfeige. Sie schlägt mit halber Kraft auf Alicias linke Backe. Als diese nach hinten taumelt und beinahe über den Tisch fällt, hält sie sie fest. Nach einem Schmerzenslaut ist sie endlich still.

Sie sieht – Anna kann es kaum glauben – erleichtert aus. Als ob der Schlag sie von etwas erlöst hätte. Anna hält Alicia an den Oberarmen fest und setzt sie auf die Couch. Vorsichtshalber bleibt sie stehen.

»Das hat wehgetan.« Alicia hält ihre Wange und sieht Anna an wie ein kleines Mädchen, das wieder gut sein möchte.

»Mir auch. Können wir uns jetzt wie erwachsene Frauen betragen? Wie wär's mit einem Glas Milch?« Das passt jetzt nicht, früher hätte sie Whisky gesagt oder zumindest Kaffee, doch Alicia nickt. »Gibt es auch Kakao?«

Martin hat Kakao zum Frühstück getrunken, das Lebensmittel ist vorrätig, und Anna bringt zwei Tassen. Sie trinkt Milch, fettarm. Sie hat ja nicht nur ein Problem, sondern sitzt in der Schlangengrube der Entbehrungen: kein Sex, keine Zigaretten, kein Alkohol, kein gescheites Essen. Kein Geld und kein Trost weit und breit. Wozu ist das Leben gut, wenn es nur aus Entbehrungen besteht?

Blöde Frage, sie hat es sich so ausgesucht. Das Vorher und Jetzt, und das Nachher wird sich finden. Martins Mörder muss gefunden werden, damit sie die Gespenster aus ihrer Wohnung vertreiben kann.

Alicia trinkt Kakao in kleinen Schlucken und sieht Anna zum ersten Mal nicht feindselig an. »David war es nicht, da bin ich ganz sicher. Martin sagte, dass sein Bruder keiner Fliege was zuleide tun könne. Leute ausnutzen und betrügen, das ja, aber allem, was mit Gewalt zu tun hat, sei David aus dem Weg gegangen. Schon als Kind, er hat sich nie geprügelt.«

»Menschen ändern sich, Alicia.«

»Nein, tun sie nicht. Ich war immer so wie jetzt: unscheinbar. Meine Eltern haben mich kaum zur Kenntnis genommen, und so war es auch bei allen anderen Menschen. Nach den Anfangsbemühungen haben sie mich irgendwie vergessen. Meldeten sich nicht mehr, blieben einfach weg. Sehen Sie mich an: Ich bin klug, tüchtig, gar nicht unattraktiv. Ich habe mir die Haare feuerrot gefärbt, um aufzufallen. Und die Leute gehen an mir vorüber, als ob ich nicht existierte. Manchmal fühle ich mich unsichtbar … dann ist es mir schon passiert, dass ich es wirklich glaubte und jemanden berührte … Sehen Sie die Fliege da … auf dem grässlichen Gummibaum?«

Niemand hat ihn je schön gefunden, weshalb Anna meint, ihn lieben zu müssen. Sie schaut auf das Insekt und dann wieder auf Alicia.

»Ich fühle mich wie eine Fliege. Martin hat mir jede Woche Pralinen mitgebracht. Für ihn existierte ich wirklich. Ich glaube, dass Bruno die Diskette geklaut hat. Und wenn er das tat, kann er Martin auch umgebracht haben.«

19. Kapitel

Das kleine Café an der Rue de la Loi ist schäbig, melancholisch und verraucht. Die Art von Lokal, in dem Aschenbecher nicht geleert werden und Gäste hastig verzehren, um wieder ins Freie zu kommen. Nur die Hartgesottenen, die Trinker und Heimatlosen, verweilen hier länger und verströmen eine Aura der Trostlosigkeit. Bruno Laurenz rümpft die Nase, denn dies ist längst nicht mehr seine Welt. John Schultz hat das Café ausgesucht, um Bruno zu quälen, nein, um umgestört zu sein. Hierher verirren sich keine Journalisten, Beamte oder Abgeordnete, hier ist Niemandsland. Der Wirt, ein ehemaliger Fremdenlegionär, sammelt Blumenstillleben und hat die unverputzten Wände mit Brueghel-Kopien dekoriert.

Schultz trinkt »Duvel« aus der Flasche, preist das belgische Bier und amüsiert sich über Brunos angewidertes Gesicht. »Das hier ist das wahre Brüssel«, sagt er, nachdem er sich mit dem Handrücken Schaum vom Mund gewischt hat.

Behaarte Hände, Kojotenaugen und breiter amerikanischer Südstaatenakzent: Er ist ein Frauentyp, denkt Bruno, weil dieser Mistkerl trotz allem attraktiv ist. Der Typ Marlboro-Mann, vermutlich haben sie ihn nach diesen Kriterien ausgesucht, zum »Senior Consultant« befördert und nach Europa geschickt. An den Sprachkenntnissen kann es nicht liegen, denn John ist stolz darauf, kein Wort Französisch zu sprechen. Dass er sich mit dem Wirt in seiner Version des Englischen über Brueghel den Älteren austauschte, verwunderte Bruno. Schultz meinte hinterher achselzuckend, dass er sich für flämische Malerei interessiere, aber natürlich nur für Originale. »Schönheit kostet eine Menge Geld«, sagte er und entblößte perfekte Zahnreihen. Schönheit, dachte Bruno, werde ich mir später auch kaufen, aber keine alten Schinken, sondern junges Fleisch. Jeder nach seinem Gusto, wenn er's bezahlen kann. Martin, Gott hab ihn selig, hatte keine hohe Meinung von Schultz, vielleicht hat er ihn sogar gefürchtet. Bruno teilt diese Angst nicht. Der Amerikaner in Brüssel ist dem Intrigenspiel des alten Europa nicht gewachsen. Zu plump, zu direkt – und das Einzige, was für ihn spricht, sind die Summen, die er zu verteilen hat. Der Tabakkonzern im Rücken ist das Interessante an John Schultz – und vielleicht ein arroganter Mangel an Manieren. Wovor hat Martin sich gefürchtet?

»Tut mir Leid um Ihren Boss. Er war ein netter Kerl. Mir gefallen seine Memoiren, wirklich gute Arbeit.« Schultz lehnt sich in dem Bistrostuhl zurück und grinst mit breitem Mund und schmalen Augen. Bruno schaut auf den Aktenkoffer, der dicht neben seinem Stuhl am Boden steht. Nach allem, was er weiß, befindet sich eine Million darin, es ist doch erstaunlich, wie wenig Platz Geld einnimmt. Eine Million für die Diskette, die John so hübsch als »Memoiren« bezeichnet. Das gesammelte Werk des Martin Liebling über die Brüsseler Spitzen, ihre Hobbys, Begierden und Leidenschaften. Es gibt Bücher, für die mehr bezahlt wurde, doch erscheint Bruno dieser Betrag angemessen in Anbetracht der kleinen Leistung, die er dafür erbringen musste. Er hat die Diskette entwendet, einfach aus der Schublade genommen, als Martin einmal vergessen hatte, sie im Safe einzuschließen.

Es war eine Tat ohne besonderen Vorsatz, reiner Zufall, dass er das Ding entdeckte, und der Impuls, es einzustecken, war durchaus spontan. Keine Scham, keine Reue, Bruno zieht es vor, an Glück zu glauben. Einmal im Leben hatte er Glück, und er hat es ergriffen und mit beiden Händen festgehalten.

So schlampig, wie Martin war, fiel es ihm zunächst gar nicht auf. Erst als er die Diskette suchte, im Safe und dann überall im Büro, muss ihm der Gedanke gekommen sein, dass fremde Hände im Spiel waren. Er hat Alicia eingeweiht, davon ist Bruno überzeugt, doch zu ihm hat er kein Wort über die Diskette verloren. Der Gedanke ist bitter, dass er ihm nicht einmal einen Diebstahl zugetraut hat. Der gute alte Bruno mit seinen grauen Anzügen, den grauen Schläfen und der grauen Brille: Man sollte das Grau nicht missachten, weil es für Tarnung steht und für verdeckte Brillanz.

Unterschätzt zu werden, das scheint sich wie ein roter Faden durch Brunos Leben zu ziehen. Begann schon in der Schule, setzte sich an der Universität fort und erstreckt sich auch auf alle Bereiche seines Liebeslebens. Die Ehefrau, sie ist lieb und nett, aber gewiss nicht erste Wahl. Sie war das, was er kriegen konnte, und er hat es genommen. Wie die Diskette, die er zufällig fand, als er in Martins Schreibtisch stöberte, mehr oder weniger aus harmloser Neugierde. Als er sie einsteckte, wusste er ja nicht, dass er einen Schatz gehoben hatte. Das wurde ihm erst klar, als er abends vor seinem Computer saß und die Namen las, das Buch der Eurokraten und ihrer kleinen und großen Schwächen. Manches ist einfach nur komisch, wie die Leidenschaft eines Kommissars für exotische, artengeschützte Zierfische. Anderes brisant, wie sexuelle Präferenzen oder finanzielle Transaktionen der bestechlichen Art. Als John Schultz im Büro anrief und schon beim ersten Treffen die Diskette ansprach, hat Bruno nur kurz gezögert, um sich dann an ein Lebensmotto zu halten, das seiner Form von Bescheidenheit entspricht: Besser den Spatz in der Hand als die Taube auf dem Dach …

Eins Komma fünf Millionen Dollar: Die erste Tranche haben sie ihm auf ein Konto auf den Cayman Islands überwiesen. Den Rest hat Schultz in bar dabei. Es ist Geld aus Zigarettenschmuggel, davon geht Bruno aus. Dollars, Euros und Schweizer Franken – insgesamt eine Million. Schwarzgeld, das sie nicht mehr reinwaschen müssen, sondern in eine Diskette investierten. Er mag dieses Wort »Million«, es klingt rund und melodisch. Dr. Bruno Laurenz ist jetzt Millionär, und dafür sollte er Martin dankbar sein. Ist er aber nicht. Seinetwegen kann der Bastard in der Hölle schmoren.

»Ja, es ist ein großer Verlust«, sagt Bruno schließlich und zwingt sich, von dem Koffer weg in die Kojotenaugen zu sehen. Er senkt als Erster den Blick und rührt in seiner Kaffeetasse. Klugheit und Stärke gehen nicht unbedingt konform. Bruno ist ein Bildungsbürger, er hat promoviert und spricht fünf Sprachen fließend. Er ist John Schultz haushoch überlegen – und hat das Blickduell dennoch verloren. Das ärgert ihn, und wenn dies der Fall ist, steigt Rot in seine Wangen. Dass ein Mann errötet, haben Frauen stets komisch und niemals erotisch gefunden. Nun, vielleicht macht eine Million den Unterschied. Die Frauen, die er begehrt, müssen Geld einfach sexy finden. Bruno wünscht sich, dass Schultz ihm den Koffer überreichen und endlich gehen möge. Doch der Amerikaner bestellt noch ein Bier und mustert Bruno mit Verachtung. Der Käufer fühlt sich dem Gekauften überlegen. Das ist irrational und ärgert Bruno bis zu dem Punkt, an dem er darüber nachdenkt, aufzustehen und das Café zu verlassen. Doch der Koffer hält ihn zurück.

»Das mit dem Engländer haben Sie ganz gut hingekriegt. Wie ich höre, hat er sich mit seiner afrikanischen Schlampe nach Cornwall verzogen.

Und unser griechischer Kandidat hat eine ausgezeichnete Presse. Wir werden seine Wahl zu honorieren wissen.«

»Die Kommissare vorzuschlagen ist letztlich eine Entscheidung der Regierungen«, murmelt Bruno.

»Gewiss, aber wir, das Volk, können doch auch unsere berechtigten Interessen einbringen.«

Schultz scheint das komisch zu finden, denn er beginnt zu lachen. Bruno kichert mit, obwohl er schon bessere Witze gehört hat. Seine Frau behauptet, dass er keinen Humor hat, doch er weiß es besser. Horrorfilme bringen ihn zum Lachen. Pornos manchmal, wenn sie unfreiwillig komisch sind. Der Amerikaner hört so abrupt auf, wie er begonnen hat. Er hat seine Hand auf den Koffer gelegt, und seine Stimme ist leise und scharf geworden. »Wir bezahlen gut, Bruno, erwarten dafür aber auch eine gewisse Loyalität. Damit wir uns richtig verstehen: Wir werden Martins Memoiren so diskret nutzen, wie er es getan hat. Mit Fingerspitzengefühl, darauf bildet ihr Europäer euch doch was ein. Ein Kommissionsbeamter hat Kontakt zu mir aufgenommen. Er hat sich über Sie beschwert, Bruno.«

Bruno weiß sofort, wen Schultz meint, und er errötet, wofür er sich hasst.

»Sie waren bei ihm und haben behauptet, Beweise für gewisse Geldflüsse im Zusammenhang mit den Renovierungsarbeiten zu haben. Unser ehrenwerter Freund fand das gar nicht lustig. Stellen Sie sich vor, Bruno: Er dachte, dass Sie ihn erpressen wollen.«

Bruno legt seine Hände auf die Wangen und hält sich mit den Augen an einem Stillleben mit Blumen fest. Sonnenblumen. »Nein, das hat er ganz falsch verstanden. Ich wollte ihn nur warnen, dass solche Behauptungen im Raum stehen.«

»Diese Behauptungen stehen unter anderem auf der Diskette, Bruno. Von der Sie angeblich keine Kopie gezogen haben. Sie haben es geschworen, erinnern Sie sich?«

Mit einer Hand auf der Bibel: Bruno fand die Szene damals schon sowohl dramatisch als auch naiv. Natürlich hat er die Diskette kopiert. Ein Idiot, der das nicht getan hätte. »Ich besitze keine Kopie, John, wirklich nicht. Die Informationen waren an den Rand des Olaf-Berichts gekritzelt. Martin hat immer unsystematisch gearbeitet. Die Diskette war so ziemlich das einzige gesammelte Werk, das er zustande gebracht hat.« Er sieht Schultz beinahe flehend an: »Es gibt keine Kopie, das müssen Sie mir glauben.«

Kojotenaugen, emotionslos auf Brunos Gesicht gerichtet: »Ich glaube an Gott und die Bibel, mein Lieber. Es wäre eine Todsünde.«

Das letzte Wort stößt wie ein Schwert in weiche, ungeschützte Angst. Zum ersten Mal versteht er Martins Furcht vor dem Cowboy. Und entschließt sich zum Gegenangriff, begleitet von einem anzüglichen Lächeln: »Spielen Sie Baseball, John?«

Sein Gegenüber scheint eher amüsiert als beeindruckt. »Ein bisschen, aber mehr als Hobby. Meine Leidenschaft ist Football, Bruno. Und ich war in Chicago, als Ihr Boss in Berlin zu Tode kam. Wir waren gute Partner, er und ich, und es gab keine Differenzen zwischen uns. Denn Martin hat etwas Fundamentales begriffen: Der Wert seiner Sammlung ist sozusagen ideell. Auf einmal auf den Markt geworfen, für lächerliche Erpressungen genutzt, wäre sie vergeudet, verschleudert ... nichts mehr wert. In diesem Sinne haben wir sie erworben, Bruno. Es war sehr klug von Ihnen, sie nicht zu behalten. Ich werde, wenn ich das so sagen darf, Martins Testamentvollstrecker sein. Und alle Geheimnisse wahren, wenn es nicht unbedingt notwendig erscheint, sie einzusetzen.«

Bastard! Bruno spült seine Wut mit kaltem Kaffee hinunter, der abscheulich schmeckt. John bestellt sein drittes Bier, und als der Wirt wieder hinter der Theke verschwunden ist, fügt er leise hinzu: »Wenn überhaupt jemand einen Grund hatte, Martin umzubringen, dann sind Sie es, mein Lieber. Schließlich haben Sie ihm die Diskette gestohlen, und früher oder später wäre er dahintergekommen. Verstehen Sie mich nicht falsch: Mein Hang zu irdischer Gerechtigkeit ist zwergenhaft klein. Aber wenn es um Geschäfte geht, bin ich sehr penibel. Sie haben uns die Diskette verkauft, eine Menge Geld kassiert – und damit sind Sie raus. Keine Besuche mehr bei irgendwelchen Leuten, die auf Martins Liste stehen. Kein Wort über unseren Deal oder die Existenz dieses Dossiers. Wie viel weiß die Sekretärin?«

Er hat sehr leise gesprochen, doch Brunos Ohren glühen. »Alicia? Sie wusste nichts davon. Martin war ein Geheimniskrämer, das wissen Sie doch.« Er hat Alicia geschützt, darauf ist Bruno beinahe stolz. Nicht, dass sie es verdient hätte, doch so übel war sie nicht, dass er sie Schultz zum Fraß vorgeworfen hätte. »Ich habe die Diskette ja auch nur zufällig gefunden.«

»Ein Lottogewinn.« John Schultz hebt den Aktenkoffer hoch und legt ihn auf den Tisch. Er füllt ihn aus, und Bruno starrt darauf wie das Kaninchen auf die Schlange. Sein Mund ist trocken, er sollte etwas trinken, doch jetzt wäre der falsche Moment, nach dem Wirt zu rufen.

Schultz hält seine Hand auf dem Koffer. Er trägt einen schweren Siegelring, den Bruno protzig findet. Amerikaner haben keinen Geschmack, keine Manieren und ein Selbstbewusstsein, das nur auf Einfalt gründen kann. Klugheit ist mit Zweifel verbunden. Bruno hat immer daran gezweifelt, dass die Welt gut genug für ihn ist.

»Sie erwarten ja wohl nicht von mir, dass ich ihn hier öffne, oder? Nachzählen können Sie zu Hause, Bruno. Ein hübsches kleines Häuschen haben Sie, obwohl es doch ziemlich außerhalb liegt. Ihre Frau meint, dass Sie besser in die Stadt ziehen sollten. Sie fürchtet sich manchmal so ganz allein da draußen.«

Furcht ist ein Gefühl, das sich im Magen ausbreitet wie eine große Welle. Sie trägt Bruno in das Niemandsland seiner Ängste, der bösen Welt nicht gewachsen zu sein. Weil sie nicht grau ist, sondern schwarz. Wenn er nachts auf der Straße geht und sie zu zweit auf ihn zukommen, versucht er, die Seite zu wechseln. Es gibt zu viele Schwarze in Brüssel, und zu viele Weiße, die einen auf anderem Niveau überfallen und ausrauben. Bruno ahnt, worauf der Kojote hinaus will. Was er getan hat. Und denkt, dass man für alles zahlen muss, auch für eine Million. Zum ersten Mal wünscht er sich, dass dies alles nicht geschehen wäre: die Mitnahme der Diskette, Martins Tod, seine Begegnung mit John Schultz. Das Leben vorher war langweilig, frustrierend manchmal, aber er hatte es unter Kontrolle. Er hat sie verloren, und John Schultz lächelt auf eine Weise, die die Welle überschwappen lässt. Er könnte jetzt den Koffer an sich reißen, aus dem Café laufen, ins nächste Taxi steigen und zum Flughafen fahren. Das könnte er, doch seine Hände und Füße sind taub, wie gelähmt. Bruno kann sich nicht bewegen, nur gezwungen lächeln und die Worte formen: »Was haben Sie mit ihr gemacht?«

»Nichts, was Anstand und Sitte verletzen würde, Bruno. Was denken Sie von mir? Wir haben geplaudert – und sie hat mir das Haus gezeigt. Eine nette Frau haben Sie, vielleicht ein wenig redselig, aber manche Männer mögen das. Ich wusste gar nicht, dass Sie ein Faible für Modelleisenbahnen haben. Sehr hübsch, was Sie da im Keller gebastelt haben.«

Furcht wandelt sich in Wut, und das ist gut so. Bruno verflucht Margret, denn es muss einen Schuldigen geben. Die Idiotin, die er geheiratet hat, wusste nichts Besseres zu tun, als Schultz zum Versteck zu führen. Die Diskettenkopie im Bahnhofshäuschen: Das Schwein hat sie gefunden. Er kann es in seinem Gesicht sehen, in dem überlegenen Grinsen und in diesen grauenhaften Augen. Vermutlich fand Margret ihn sogar anziehend, sie ist eine so dumme Person. Bruno wird sie verlassen, sobald er das Geld hat. Das blöde Haus kann sie seinetwegen behalten, doch die Katze wird er mitnehmen. Das einzige Wesen, das ihn nie unterschätzt hat. Bruno räuspert sich vor seinem Kotau: »Gut, John, Sie haben mich erwischt. Ich bin tot. Kann ich nun das Geld haben?«

Seine Hand schiebt den schwarzen Aktenkoffer in Brunos Richtung, nur ein paar Millimeter. »Kann ich davon ausgehen, dass ich die einzige Kopie, die existierte, gefunden habe? Überlegen Sie gut, was Sie jetzt sagen, Bruno. Wenn Sie mich noch einmal anlügen, hätte das fatale Folgen für Sie.«

Er hat schon verstanden. Bruno legt die rechte Hand auf sein Herz: »Ich schwöre beim Leben meiner Katze. Oder bei Gott – was immer Sie wollen.«

Der Aktenkoffer rückt noch ein paar Millimeter in Brunos Richtung. Schultz scheint zu überlegen, doch dann lächelt er breiter denn je. »Hol's der Teufel, ich glaube Ihnen. Nehmen Sie den Koffer, Bruno, und verschwinden Sie von hier. Gehen Sie in Ihr Büro oder in Ihr Häuschen, spielen Sie mit der Katze, und halten Sie die Klappe. Dann wird alles gut.«

Das Gefühl der Demütigung wiegt in diesem Moment schwerer als der Aktenkoffer. Das Gewicht einer Million zieht Bruno nach unten, doch er steht gerade und mit geröteten Wangen vor seinem Peiniger. Das Gewicht macht ihn stärker, und er sagt: »Adieu, du Dreckstück. Ich werde weit genug wegfahren, um dich nie wieder zu sehen.«

Die Worte in seinem Rücken hört Bruno nicht mehr. Dass John Schultz sagt: »Das glaube ich gern.« Bruno verlässt das Café und schlägt die Tür hinter sich zu. Sie knarrt nur ein wenig, doch zumindest in diesem Moment fühlt er sich wie ein Held. In einem miesen Stück, zugegeben, doch alles wird gut, daran glaubt er jetzt. Die Sonne scheint, und in seiner Hand trägt er die Hoffnung auf eine strahlende Zukunft.

Er glaubt es noch, als er die Rue de la Loi überquert, um auf die andere Straßenseite zu gelangen. Bruno macht große Schritte, doch die Geschwindigkeit des Wagens, der auf ihn zufährt, hat er unterschätzt. Viel zu schnell fährt er, und Bruno, während er sein Tempo beschleunigt, denkt noch, dass der Fahrer bremsen wird. Dies hier ist Brüssel am hellen Tag, und Bruno geht über weiße Streifen für Fußgänger. Es gibt Verkehrsregeln, und daran hat sich Bruno immer gehalten.

Er denkt, dass er den Sprung auf den Gehweg schaffen wird, als er einen Schlag spürt, die Berührung mit etwas, das so viel mächtiger ist als sein Körper. Dann fliegt Bruno ein Stück und landet auf dem harten Boden. Es tut weh. Der Himmel ist weiß. Und er denkt, dass Sterben ein Zufall ist. Ein Irrtum, oder etwa nicht?

20. Kapitel

Ist ein Hausverbot im »Adlon« der revolutionäre Ritterschlag für die Stadtguerilla? Anna Marx wurde aus dem Hotel verbannt, nachdem sich ein Zimmermädchen über ihre zudringlichen Fragen beschwert hatte. Das Mädchen äußerte die Vermutung, eine Juwelendiebin ertappt zu haben. Der Sicherheitsdienst des Hauses hatte ohnehin schon ein Auge auf die Rothaarige geworfen, die sich in den Fluren des Hotels herumtrieb. Also wurde sie ins Büro des Managements gebeten und einem Verhör unterzogen. Den Anfangsverdacht, eine Diebin zu sein, konnte sie widerlegen. Allerdings stieß sie auch als Privatdetektivin nicht auf die Akzeptanz des Hauses. Sie hatte hierarchische Strukturen missachtet, und sie wurde auch noch ausfallend, nachdem sie über diese Tatsache belehrt wurde. Anna hatte es schon als Kind gehasst, ertappt zu werden. Diejenigen, die im Recht sind, erscheinen dem Sünder als unerträglich. Die Sünderin war sich keiner Schuld bewusst außer der, wissbegierig zu sein. Wer ist David Liebling? Was tat er, woher kam er, wohin ging er?

Zwei Herren eskortierten Anna durch den Hinterausgang ins Freie. Auf dem Weg diskutierten sie darüber, dass ebendieser Hinterausgang bei Staatsbesuchen nicht überwacht, also ein idealer Zugang für Terroristen aller Art sei. Und wenn ich nun einer wäre?, wollte Anna fragen, unterließ es aber, die Sache auf die Spitze zu treiben. Die beiden sahen nicht so aus, als ob sie einen Sinn für Sarkasmus hätten. Immerhin brachte Anna es fertig, sie in ihrem Dialog um Sicherheitsfragen mit der Frage zu unterbrechen, ob sie Richard Gore gekannt hätten. Unerschrocken im Dienste der Wahrheit, so ist Anna, selbst wenn sie auf verlorenem Posten kämpft. Aber natürlich ignorierten die Rausschmeißer ihren Versuch der leichten Konversation. Sie stellten sie vor die Tür und standen dann mit verschränkten Armen davor. Wie im Film, nur trugen sie keine schwarzen Anzüge oder Sonnenbrillen. Dennoch fand Anna die Szene komisch und begann zu lachen, während sie die Straße entlangging. Niemand beachtete sie, denn Berlin ist voller Irrer, besonders im Regierungsviertel. Eine große Rothaarige, barfuß, mit Schuhen in der Hand und glucksende Geräusche ausstoßend, ist nichts, was den gemeinen Berliner stören würde. Schnorrer sind lästig, jugendliche Randalierer oder Ausländer in bedrohlicher Zusammenrottung – aber nicht die ganz normalen Verrückten dieser Stadt. Sie werden ignoriert – oder toleriert, was besser klingt fürs Berliner Herz. Schlägt es rechts oder links, so doch immer daneben. Seit Willy Brandt weg ist, gibt es keine Liebe mehr zwischen Volk und Politikern. Unter Berlinern sowieso nicht. Irre sind alle, aber natürlich immer die anderen.

Annas Bandscheiben schmerzten, deshalb hatte sie die

Prada-Stelzen ausgezogen. Sie wich zwei jungen Männern aus, die arabische Terroristen sein könnten, vielleicht auf dem Weg ins »Adlon«, weil sie den Trick mit dem Hintereingang auch schon kannten. Sie dachte an den Orthopäden, der ihr beim letzten Besuch geraten hatte, vernünftiges Schuhwerk zu tragen, Übungen zu machen und sich mental auf die üblichen Altersbeschwerden einzustellen.

Mentales Training auf dem Weg vom »Adlon« zum Taxistand: Sie hat etwas versäumt zwischen Jugend und Alter: das Mittelalter. Anna fühlte sich zu lange jung, und jetzt ist sie alt. Was zum Teufel ist mit all der Zeit geschehen? Hat sie sie verschlafen, verraucht, versoffen? Und wenn sie die guten Jahre hinter sich hat, was soll jetzt noch groß kommen? Bandscheibenvorfälle? Demenz? Die Suche nach einem Altersheim, das nicht als Warteraum der Hölle erscheint?

»Kinder«, sagt Wanda Kroll, »sind der Jungbrunnen schlechthin. Man ist so mit ihnen beschäftigt, dass für Lebenskrisen kaum Zeit bleibt.« Sie ist mit den zwei Mädchen bei ihrer Mutter untergekrochen. Gott segne die Familie, auf die man zurückgreifen kann. Natürlich ist es keine Dauerlösung, und die alte Dame ist der neuen Situation nicht gewachsen. Das Verlangen, manchmal laut schreien zu müssen, kennt Wanda Kroll nur zu gut. Sie fühlt sich von der Dreieinigkeit modernen Frauenlebens schon lange überfordert: Mann, Kinder und Beruf. Dass sie nun eine Last über Bord geworfen hat, macht sie unglücklich. Nichts ist leichter geworden. Sie wirft sich Versagen vor und vermisst das treulose Miststück, das in der gemeinsamen Wohnung hockt, die jetzt als sturmfreie Bude dient. Sie hätte nicht ausziehen dürfen, das war ein Fehler, den sie sich nicht verzeihen kann. Dies alles erzählt Wanda Kroll der Freundin des Mordopfers, die ihr zufällig über den Weg lief, und jetzt sitzen sie im »Opernpalais«, trinken Kaffee und plaudern über schlechte Zeiten.

Anna schielt nach dem Kuchenbuffet. Neben Zigaretten und Alkohol allem irdischen Vergnügen zu entsagen erscheint ihr als maßlos. Asketen sind maßlos, Mohnkuchen hingegen sind ein Stück vom Glück. Weshalb sie einen bestellt, und die Kommissarin schließt sich an. Sie ist sehr schlank, das mag Anna prinzipiell nicht an Frauen. Neidgeborene Abneigung, und sie bemüht sich, darüber hinwegzulächeln. Wanda Kroll ist nett und scheint Probleme zu haben, Berufs- und Privatleben zu trennen. Dass Kinder »Jungbrunnen« sind, bezweifelt Anna allerdings, denn tiefe Ringe unter den Augen zeugen von vielen schlaflosen Nächten.

Es interessiert sie nicht, doch die Frage muss gestellt werden: »Wie alt sind Ihre Kinder?«

»Zwei und vier, wir wollten es schnell hinter uns bringen, um ... ach, ist ja egal, was wir wollten. Es kommt immer anders, als man denkt. Wollten Sie nie Kinder?«

Der süße Mohn schmilzt auf Annas Zunge. Sie denkt nach, findet aber keine richtige Antwort und schüttelt stumm den Kopf. Mohnkuchen ist ein gutes Rezept gegen Rückenschmerzen, sie fühlt sich fast frei davon und wird alle orthopädischen Ratschläge auf ein nächstes Mal verschieben. Sich auf das Wesentliche konzentrieren: Glück und Erfolg.

»Was macht der Fall Liebling? Sind Sie ein Stück weitergekommen?«

Ich habe jetzt andere Sorgen, denkt Wanda: Ich muss schnellstens eine Wohnung finden, einen neuen Kindergarten und einen Scheidungsanwalt, der das Miststück das Grauen lehrt. Sie sollte nicht mit einer Zeugin über den Fall reden, doch in Zeiten, in denen alles aus dem Gleichgewicht scheint, kommt es darauf auch nicht mehr an. »Wir haben keine heiße Spur, wenn Sie das meinen. In den beiden Wohnungen des Opfers wurde nichts Relevantes gefunden. Sein Papierkram ist in heilloser Unordnung. Er war ein Chaot, wussten Sie das?«

»Ja, und mir hat das gefallen. Der Bierdeckel zum Beispiel, und dass er seine Steuerunterlagen in der Badewanne aufbewahrte. Er duschte ohnehin lieber.«

»Fehlt er Ihnen sehr?«, fragt die Kommissarin und denkt an ihren Mann, das Schwein. Sie hat ihm Briefe geschrieben, die sie nie abschickte. Führt Selbstgespräche mit ihm, die zu keinen Erkenntnissen führen, und es fällt ihr schwer, sich auf Fälle zu konzentrieren. Wenn sie sich nicht zusammenreißt, werden sie sie ins Archiv versetzen oder in die Asservatenkammer.

»Ich habe ihn nicht genug geliebt«, sagt Anna. Klingt das wie eine Entschuldigung? Hartherzig, so hat Martin sie auch genannt in der letzten Nacht. Aber Anna will nicht glauben, dass er Recht hatte. In der Liebe gibt es das überhaupt nicht: Recht und Unrecht. Schuldig der Feigheit, sich nicht auf den erstbesten Mann zu stürzen, der behauptete, dass es Liebe sei, mehr will Anna nicht bekennen. »Haben Sie seinen Zwillingsbruder schon ausfindig gemacht?« Sie fragt das leichthin, doch sie giert nach einer Antwort.

»Den Haupterben? Nein, der Typ kann überall auf der Welt sein. Es fanden sich übrigens keine Kindheits- oder Jugendfotos, die die beiden zeigen. Das ist seltsam, nicht wahr? Es ist, als ob David Liebling nie existiert hätte. Die Sekretärin hat uns den Tipp mit dem Bruder gegeben. Aber sie hat ihn angeblich nie zu Gesicht bekommen.«

»Es gab keine Liebe zwischen den Brüdern«, sagt Anna und erzählt der Kommissarin, was sie über das Verhältnis der beiden weiß. Bis auf das kleine Detail, dass sie David im Fall der Julia Mauz sucht. Warum sie das verschweigt, weiß Anna nicht so genau. Es ist, als müsste sie noch einen Trumpf in der Hand behalten. »Sie suchen ihn aber doch?«

»Ja, sicher, aber viel verspreche ich mir nicht davon. Die Sekretärin war übrigens die Geliebte von Martin Liebling. Wussten Sie das?«

»Exgeliebte. Die Geschichte zwischen den beiden war für ihn seit langem vorbei.«

»Sie stellt das aber ein bisschen anders dar«, sagt Wanda Kroll und verflucht in Gedanken alle Geliebten dieser Welt. »Jedenfalls hätte Alicia Winter ein perfektes Motiv. Und Zeugen dafür, dass sie zur fraglichen Zeit im Brüsseler Büro war, hat sie nicht. Nach Berlin geflogen kann sie allenfalls unter falschem Namen sein, das haben wir gecheckt. Warum erzähle ich Ihnen das alles?«

Anna führt mit dem Zeigefinger einen Mohnkrümel zum Mund. Der letzte, den sie auf dem Teller finden konnte. Nichtrauchen macht hungrig, und wäre sie so schlank wie Wanda Kroll, sie würde Stunden in Konditoreien verbringen. »Ich weiß nicht ... weil ich schweige wie ein Grab? Und ebenso wie Sie möchte, dass der Fall aufgeklärt wird? Alicia war übrigens bei mir. Wir haben uns kurz geprügelt, dann hat sie mir erzählt, dass sie Bruno Laurenz für den Täter hält. Weil sie glaubt, dass er Martin eine Diskette gestohlen hat. Auf der Liebling offenbar Informationen über EU-Leute gespeichert hat. Er handelte mit Beziehungen und Geheimnissen, und ich meine, er hat unverschämt gut damit verdient. Aber so ganz koscher waren seine Geschäfte wohl nicht. Vielleicht hat sich einer der Betroffenen zur Wehr gesetzt? Geheimnisse können mörderisch sein.«

Wanda Kroll hat zugehört, doch gleichzeitig ihr Handy überprüft und eine SMS ihrer Mutter gelesen. Die Mutter droht mit ihrer Kündigung als Großmutter. Das ist die wahre Katastrophe. Anna Marx hat ja keine Ahnung. »Bruno Laurenz ist aus dem Rennen, sozusagen. Er ist gestern in Brüssel von einem Auto überfahren worden. Unfall mit Fahrerflucht. Was ihn als Täter keineswegs ausschließt, denn das Alibi einer Ehefrau muss ja nicht glaubhaft sein. Ich habe die belgischen Kollegen gebeten, nach der Diskette zu suchen und die Frau nochmals zu befragen. Ich würde diesen Fall so verdammt gerne abschließen. Danach nehme ich Urlaub und suche eine Wohnung. Kennen Sie einen guten Scheidungsanwalt?«

»Nein«, sagt Anna, obwohl das nicht stimmt. Eine Reihe ihrer Kundinnen sind, nachdem Annas Spionagedienste abgeschlossen waren, zu Scheidungsanwälten gegangen. Die betrogenen Frauen zogen stets Männer vor, weil sie ihnen offenbar mehr juristische Gemeinheiten zutrauten. Frauen sind seltsame Wesen von überirdischer Widersprüchlichkeit – und Anna schließt sich selbst keineswegs aus. »Sind Sie sicher, dass es ein Unfall war? Ich meine, zwei Todesfälle hintereinander … das riecht ein bisschen, oder?«

Sie hat eine mörderische Phantasie, denkt Wanda Kroll. Natürlich ist nichts auszuschließen, doch zurzeit neigt die Kommissarin dazu, an Zufälle zu glauben. Wenn sie nicht zufällig den Reinigungsbeleg in der Aktentasche ihres Mannes gesucht und er nicht zufällig eine Hotelrechnung aufbewahrt hätte, die zwei Personen auswies, das Ehepaar Kroll, und in jener Nacht hatte sie Dienst, war also nicht in diesem Zimmer, wenn also dies alles nicht geschehen wäre, würde sie jetzt nicht auf den Scherben ihrer Ehe herumtrampeln. Zufälle sind die Mörder aller Lebenspläne. Sie fühlt sich tot und muss weiterfunktionieren. Über einen Fall reden, der wahrscheinlich nichts anderes ist als eine unglückliche Verkettung von Zufällen. »Sind Sie sicher, dass es diesen ominösen Zwillingsbruder überhaupt gibt? Kein einziges Foto, Martin Liebling ist auf allen Bildern immer nur allein drauf. Vielleicht hat er diesen Bruder erfunden? Fragen Sie mich bloß nicht, warum.«

Warum sollte er? Natürlich hat Anna daran gedacht, nur nie eine plausible Erklärung gefunden. Sie würde der Kroll jetzt gerne erzählen, was sie von David Liebling weiß. Irgendetwas hält sie zurück. Schlechte Erfahrungen mit Bullen oder der idiotische Ehrgeiz, diesen Fall ganz allein zu lösen? Es wäre vermessen, denkt Anna sofort. Sie ist eine lausige Detektivin, und die Brüsseler Dimensionen des Falls übersteigen ihre Möglichkeiten bei weitem. »Die Sekretärin hat doch mit dem Bruder telefoniert. Vielleicht hat sie ihn sogar gesehen.«

»Nein, hat sie nicht. Martin Liebling hat ihr nur von ihm erzählt. Er hat ihm manchmal Geld geschickt. Ziemlich viel Geld, wie die Winter sagt. Aber was beweist das schon? Und wenn er ihn so gehasst hat, wie Sie sagen, weshalb hätte er seinen Bruder finanziell unterstützen sollen?«

»Er hat zu viel und zu leicht Geld verdient«, sagt Anna. »Geerbt hat er auch, und Martin war sehr sorglos mit seinen Finanzen. Er hat mir absurd teure Schuhe gekauft und mich mit feinem Essen gefüttert. Ich werde nie wieder so einen Mann finden wie ihn.« Sie beobachtet zwei alte Damen, die am Nebentisch sitzen und in Kuchen schwelgen. Die rosa Filzhüte zeugen von einem Stilwillen, den man bewundern könnte. So werde ich enden, denkt Anna, vielleicht hutlos, aber mit Tortenstücken auf dem Teller: eine komische Alte, die ihre Restzeit in Kaffeehäusern totschlägt.

»Warum zerbrechen Sie in einem fort Zahnstocher?«

»Weil ich mit meinen Händen nichts anzufangen weiß. Weil ich aufgehört habe zu rauchen, nachdem Martin gestorben ist.«

»Ein Gelöbnis?« Wanda Kroll lächelt schief. »Es bringt nichts, Männern Opfer zu bringen. Sie danken es einem nicht. Sehen Sie sich Alicia Winter an: Es würde mich nicht wundern, wenn sie zum Baseballschläger gegriffen hätte. Aus Wut. Liebling hat sie ausgenutzt, betrogen und verlassen. Und als sie ihn zur Rede stellen wollte, hat er mit Hohn und Spott reagiert. Er drehte sich von ihr weg, weil er ihre Vorwürfe nicht mehr hören wollte. Da ist sie in den Flur, hat den Baseballschläger ergriffen und hat ... zugeschlagen. Man entwickelt im Zorn erstaunliche Kräfte, nicht wahr?«

Anna hat die Augen geschlossen und stellt sich die Szene vor. Alicia steht hinter Martin und reißt den Schläger hoch … es muss jemand sein, dem er vertraut hat. Man kehrt Fremden nicht so ohne weiteres den Rücken zu. »Keine Fingerabdrücke?«

»Keine. Der Schlag wurde von jemandem geführt, der in etwa die gleiche Größe hatte wie Liebling. Sie wären schon fast ein bisschen zu groß für den Schlagwinkel, obwohl … es ginge noch.«

»Ich habe ein Alibi.«

»Von Ihrer besten Freundin, Frau Marx, das kommt in der Skala der Glaubwürdigkeit gleich hinter den Ehefrauen.«

Anna versucht das zu verstehen, aber der Satz kränkt sie doch. Ich könnte jetzt die Putzfrau als Zeugin ins Spiel bringen, denkt Anna, doch die ist illegal beschäftigt, und ohne Not werde ich sie nicht ans Messer liefern. »Verdächtigen Sie mich etwa immer noch?«

Die Kommissarin sieht in grüne Augen. Ich war immer zu leichtgläubig, denkt sie, und für meinen Beruf bin ich ziemlich ungeeignet. Wenn mir jemand sympathisch ist, neige ich zur Unschuldsvermutung. Die männlichen Kollegen kommen ohne Emotionen aus, sie orientieren sich nur an Fakten. »Lassen Sie es mich so sagen: Es würde mich überraschen, wenn wir im Zuge unserer Ermittlungen Anna Marx überführen würden. Obwohl Sie und das Opfer an diesem letzten Abend im Restaurant wohl ziemlich heftig gestritten haben. Das sagt der Kellner aus, der sie bediente. Übrigens: Ist das Essen im ›Margaux‹ wirklich so gut, wie alle behaupten?«

»Ja, aber sündhaft teuer. Und dass wir diesen letzten Abend beziehungsweise die letzte Nacht überwiegend stritten, habe ich Ihnen ja nicht verschwiegen. Martin war enttäuscht, böse, alles Mögliche, weil ich mich weigerte, ihm auf seine Insel zu folgen. Da fällt mir übrigens ein Name ein, den er erwähnte:

Schulz oder Schmitz oder … John mit Vornamen, da bin ich sicher. Ein Amerikaner in Brüssel, und Martin sagte: *Ich laufe nicht vor John Schulz davon.* Oder war es doch Schmitz? Ich habe nicht so genau zugehört, weil ich mit meinem Lamm beschäftigt war. Es hatte eine Panade aus Rosmarin, Thymian und Brösel, ein Spur Knoblauch war auch drin …«

Wanda Kroll, die sich seit dem Auszug aus der ehelichen Wohnung von Kuchen und Schrippen ernährt, verspürt plötzlich Appetit. Ich kehre wieder ins Leben zurück, denkt sie, und dass Anna Marx ein wunderbares Weib sein muss, wenn sie von Mord auf Lamm kommt, ohne mit der Wimper zu zucken. »John Schultz heißt er, die Sekretärin hat ihn auch erwähnt. Es ging zwischen den beiden um einen Beratervertrag – und um sehr viel Geld. Schultz ist Repräsentant eines amerikanischen Tabakkonzerns in Brüssel, und das Opfer wollte aus irgendwelchen Gründen aus dem Geschäft aussteigen. Leider hat das Opfer die Winter nie in Details eingeweiht.«

Anna wünscht sich, die Kommissarin würde nicht ständig vom »Opfer« sprechen. Er hatte einen Namen. Er hielt sich, als er sich noch unsterblich wähnte, für einen Liebling der Götter. »Martin war kein furchtsamer Typ. Ich glaube auch nicht, dass er von großen moralischen Skrupeln geplagt wurde. Ich kannte ihn wirklich nicht besonders gut, das sind alles nur Einschätzungen: Aber ich denke, dass Martin für sich eine Grenze gezogen hat zwischen dem, was er für Geld zu tun bereit war – oder eben nicht. Halten Sie es für möglich, dass er vor diesem Schultz davonlaufen wollte?«

»Möglich, wir werden der Sache nachgehen. Aber es gibt noch eine Hypothese für die Insel. Die Obduktion hat ergeben, dass das Opfer an einer Verengung der Herzkranzgefäße litt. Einen leichten Infarkt hatte er schon hinter sich. Und er wusste es, denn er hat einen Spezialisten aufgesucht vor zwei Wochen. Hat er Ihnen nichts davon erzählt?«

Anna verneint, sie hatte keine Ahnung. »Männer sprechen nicht gern über ihre Krankheiten. Das wäre natürlich auch ein Grund, weshalb er so plötzlich in ein neues Leben einsteigen wollte.« Und ich, denkt Anna, wäre irgendwann mit einer Leiche auf einer Insel gestrandet. Sehr komisch, dieser Konjunktiv, in Anbetracht all dessen, was geschehen ist. Vielleicht hatte Liebling Recht: Sie ist herzlos. Versucht, ihr Herz zu schützen vor allem, was es stürmisch bewegen könnte. Und verkommt in Selbstmitleid, manchmal, was auszuhalten ist, solange Selbstgerechtigkeit aus dem Spiel bleibt.

»Irgendwann trifft jeder seinen Affen«, sagt Wanda Kroll unvermittelt und beginnt zu lachen. Anna wüsste gern, was sie meint, doch bevor sie fragen kann, klingelt ihr Handy. Sie greift danach und hört Alicias Stimme, die stark nach Panik klingt. »Sie müssen nach Brüssel kommen. Sofort.« Denn hört Anna ein Schluchzen, gefolgt von einem Piepsen. Der Akku ist leer, das Handy außer Betrieb, und Anna flucht leise. Sie antwortet Wandas fragendem Blick: »Ich muss nach Hause, um zu telefonieren. Dieses Ding ist tot. Ich vergesse immer, es aufzuladen.«

Die Kommissarin legt einen Schein auf den Tisch und steht auf. »Ich muss auch weg, wir haben schon viel zu lange geplaudert. Sie verlassen die Stadt doch nicht in nächster Zeit?«

Nach der Frage, die keine war, dreht sie sich um und geht. Anna sieht ihr nach und bewundert ihren graziösen Gang in scheußlichen Schuhen. Sie winkt der Kellnerin, die sich einen Sport daraus macht, zahlungswillige Gäste zu ignorieren. Erst als Anna den Tisch verlässt, eilt sie ihr nach und tauscht Rechnung gegen Euros. Anna eilt zur Tür, so schnell die Schuhe tragen. Sie braucht ein Taxi. Sie muss telefonieren. Sie soll die Stadt nicht verlassen. Und wenn sie es doch tut? Wird Wanda Kroll sie am Flughafen verhaften lassen?

21. Kapitel

Die Frau ist zu groß, um in der Menge unterzugehen. Sie trägt eine schwarze Reisetasche aus vergilbtem Leder und sieht sich manchmal um, als fühlte sie sich verfolgt. Doch die Reisenden mit ihren uniformen Rollkoffern beachten die Rothaarige nicht. Sie alle haben ein Ziel, und der Weg ist beschwerlich. Fliegen ist Busfahren auf höherem Niveau, alles schiebt und drängelt, um dann doch von Sicherheitskontrollen gestoppt zu werden. Schwarze Löcher, in denen Handtaschen verschwinden und wieder auftauchen, piepsende Türen, gläserne Mauern und Plastikstühle, blecherne Ansagen, gerötete Augen: Reisen in modernen Zeiten, und Anna verflucht die Hitze und die von Hektik verbrauchte Luft. Sie hätte den Regenmantel besser zu Hause gelassen, und ihre Schuhe sind für Wanderschaft ungeeignet. Sie wird es nie lernen, alles richtig zu machen.

Hört sie Handschellen klicken? Wanda Krolls Mahnung, in der Stadt zu bleiben, ist nicht vergessen. Überall Rauchverbot, na und? Die Heroine lutscht an einem zuckerfreien Bonbon und sieht dem Sicherheitsbeamten in die Augen. Er soll nicht denken, dass sie Angst hat, verhaftet zu werden. Allenfalls davor, abzustürzen auf dem Weg von Berlin nach Brüssel. Flugangst, Höhenangst: Die Summe ihrer Ängste ergibt eine Formel, die keiner lernen möchte. Relativ jung ist die Furcht, der Gier nachzugeben. Früher hat sie vor Flügen stets gequalmt wie ein Vulkan kurz vor dem Ausbruch. Auch hier und jetzt möchte sie ein Feuer entzünden und Gift einatmen. Ihr Körper fühlt sich an wie ein leeres Gefäß. Er braucht Nahrung, Nikotin, den Alkohol des Vergessens, und nichts von alledem gibt sie ihm. Der Tag bestand aus Knäckebrot und grünem Tee, ein verabscheuungswürdiges Getränk. Anna wird immer hungrig sein: nach dem Leben, das sein könnte, wenn sie nichts auslässt. Warum nur ist Völlerei auch kein reines Vergnügen, und wo liegt die glückliche Balance zwischen beiden Lebensformen? Im Niemandsland der Hoffnungen, sie kennt die Antwort.

Anna hat Kopfschmerzen, das hatte sie früher nie. Höchstens einen Kater, und da wusste sie ja, wem sie das zu verdanken hatte. Ein Nerv oberhalb ihres rechten Auges fühlt sich an wie ein Taschenmesser. Das letzte Mal, als sie mit der Welt in Einklang war, aß sie mit Wanda Kroll Mohnkuchen.

Die in der Sonne glitzernden Flugmaschinen sind die Verheißung am Ende des Weges. Das Leben besteht aus Warten. Und wenn man nur lange genug gewartet hat, darf man sterben. Gott, ist sie übler Laune. Alicia hat so lange auf Anna eingeredet, bis diese schließlich nachgab. Das große Nein wurde zum kleinen Ja. Weil Alicia, die Anna zu Hause nochmals anrief, darauf bestand, dass sie Martin Liebling gesehen habe. Im Büro, und wer sonst außer ihr habe die Schlüssel, nachdem Bruno Laurenz tot sei?

»Seine Ehefrau«, sagte Anna, weil ihr immer das Naheliegende einfällt.

»Und sie hat sich als Martin verkleidet? Ich hab ihn genau gesehen, als ich aus dem Lift stieg. Seinen Rücken, und wie er das Büro abschloss. Ich kenne doch Martins Rücken. Als ich ihn beim Namen rief, ist er schnell weg, über die Treppe. Ich habe noch versucht, ihm nachzulaufen, aber er war zu schnell.«

»Und der Tote in meiner Wohnung?« Anna versuchte Alicia davon zu überzeugen, dass sie sich getäuscht hat. Doch Alicia beharrte auf ihrer Wahrnehmung, begann schließlich mit Anna zu streiten und legte dann auf. Rief nochmals an und beschwor Anna, nach Brüssel zu kommen. Die belgische Polizei, die könne man vergessen, und außerdem würde sie Martin nie in den Rücken fallen.

... oder ihm mit dem Baseballschläger eins überziehen, dachte Anna und schwieg. Alicias Hysterie brauchte keine zusätzliche Nahrung. Sie sagte also dreimal Nein, dann vielleicht und ... jetzt sitzt sie auf einem Plastikstuhl und starrt in die Zeitung, die voll des großen Mordens ist. Im weiten Umkreis ist sie die Einzige, die nicht ein Handy ans Ohr hält. Die Zigarettenreklame – kann sie nicht aufhören, daran zu denken? Anna strahlt schlechte Laune aus und fühlt sich von der Menge belästigt. Die Leute reden zu viel in der Öffentlichkeit seit der Erfindung des mobilen Telefons. Sie befehlen, delegieren, bitten, schmeicheln, gurren, plappern. Der gläserne Kasten ist erfüllt von ihren Stimmen, und jede ist durchdrungen von ihrer Bedeutung auf diesem Planeten. Und nun fliegt sie auch noch zu der Frau, mit der sie sich fast geprügelt hätte.

Alicia, denkt Anna, will einfach nicht glauben, dass Martin tot ist, und ignoriert die Tatsache, dass es einen gibt, der ihm gleicht wie ein Ei dem anderen. Zwillinge sind ein Witz der Natur, eine Abnormität, wie Martin einmal sagte. Es dürfe einen Menschen nicht zweimal geben, und er habe in jungen Jahren fast nie in den Spiegel gesehen. Als er vierzehn war, schickte ihn die Großmutter zum Kinderpsychologen. Und David nannte ihn fortan »mein verrückter Doppelgänger«. Es war eine lange Nacht, diese letzte mit Martin, und nur in Bruchstücken kommt die Erinnerung wieder an das, was er sagte. Sie haben beide zu viel getrunken. Anna wünscht sich, sie hätte es nicht getan und besser zugehört.

David geistert durch Annas Träume. Sie sieht ihn mit Julia Mauz, an der Bar des »Adlon«, im Spielcasino, wo er nach Mitternacht am Roulettetisch steht und auf die Dreizehn setzt. Er trägt einen dunklen Anzug, so wie Martin, doch die Krawatte fehlt. Der Hemdkragen ist offen, und er ist unrasiert. Das war Martin nie.

Anna hat das Casino gefunden, in dem David einen Teil seiner Nächte verbrachte. Es war nicht Monte Carlo, doch immerhin zockte er unter dem goldenen Dach der Spielbank am Potsdamer Platz. Drei Etagen Glück oder Unglück, und achtzig Prozent von Letzterem kassiert Vater Staat. Vierzig Euro von Anna, die nur wenige Minuten brauchte, um den Einarmigen Banditen mit Geld zu füttern, das er nicht mehr ausspuckte. Er ließ nicht mit sich reden, und so verabschiedete sie sich vom gefräßigen Monster und stand eine Weile an den Roulettetischen, auf denen für sie unvorstellbare Summen in eine kleine Kugel investiert wurden.

Die Kellnerin, die Anna bediente, erkannte den Mann auf dem Foto. Seinen Namen wusste sie nicht, doch sie erinnerte sich, dass er immer nur auf die Farbe Rot und auf diese eine Zahl gesetzt habe: Dreizehn. Sie konnte sich so gut an ihn erinnern, weil er enorme Trinkgelder gab und unwiderstehlich lächelte, selbst wenn er verlor. »Ein großer Spieler vor dem Herrn«, sagte die Kleine, die sehr hübsch war und Annas Zwanziger in ihren herausfordernden Ausschnitt steckte. Sie serviert Getränke und wartet auf den Champagnermann, doch die überwiegend männlichen Besucher denken zu ihrem Leidwesen nicht an Sex, sondern nur an Zahlen oder Karten. Sie verneinte Annas Frage, ob David je in Begleitung gekommen sei. »Spieler sind die einsamsten Menschen der Welt«, sagte sie, und dass sie eigentlich Philosophiestudentin sei und nur vorübergehend im Casino jobbe.

Die Lautsprecherstimme ruft zum Betreten des Flugkörpers auf und reißt Anna aus ihren Träumen. Handys werden ausgeschaltet, Zeitungen gefaltet, Aktentaschen geschlossen, die Bordkarten gezückt. Anna folgt den flugwilligen Schafen und findet ihren Platz am Fenster. Er ist für Zwerge geschaffen, und ihre Beine sind zu lang. Die Tasche lässt sich oben nicht verstauen, weil Handgepäck in der Überzahl ist. Ein ausgebuchter Flug von Eurokraten, und neben Anna sitzt einer, der über den Sitz zu quellen scheint und sie bedrohlich einengt. Hat sie Fliegen nicht schon immer gehasst? Sie schließt die Augen und wartet darauf, dass es vorübergeht.

Sibylle hat stets davon geträumt, im Flugzeug dem Mann ihres Lebens zu begegnen. Das ist ein Witz. Die wenige Male, die Anna geflogen ist, saß sie neben plärrenden Kindern oder fetten Männern, eine Zeugin Jehovas war auch darunter, die Anna bekehren wollte, und eine Frau, die den ganzen Flug über würgend über ihrer Plastiktüte saß und nach der Landung applaudierte, als wäre sie in einem guten Stück gewesen.

Jetzt rollen sie, und Anna denkt an Mohnkuchen, weil sie weiß, dass Starten und Landen die gefährlichsten Augenblicke des Fliegens sind. Wer weiß, vielleicht sitzt im Cockpit ein Mann, der davon träumt, mit einem großen Knall zu sterben und vor allem nicht allein. Zwei Reihen vor ihr unterhalten sich zwei Araber, die wie Flugzeugentführer aussehen. Angstschweiß und Vorurteile sind ein Paar, und der Mann neben ihr liest die »Bildzeitung«, das passt auch. Den Augenblick des Abhebens spürt sie in ihrem Bauch, und dann nichts mehr. Sie schläft ein und träumt von Zwillingen. Von Gott und dem Teufel. War es Martin, der gesagt hatte, dass die Häretiker im Mittelalter Gott und Teufel als Zwillingsbrüder betrachteten? Sol Niger, der König der Unterwelt nach gnostischer Vorstellung, und sein Zwilling, der Sonnengott Apollo. Martin, der Lichtjahre von Esoterik entfernt war, sprach in dieser Nacht viel von Mythen. Von zwei Seelen, zwei Leben, und Anna, in ihrem Traum, hört ihm zu, während seine Stimme immer leiser wird. Martin erscheint durchsichtiger, löst sich sozusagen vor ihren Augen auf. Er sagt, dass sie ihm auf seinen Berg folgen muss, und sie hat doch Höhenangst, und er beginnt irre zu lachen, bevor er sich in milchigen Nebel verwandelt oder Rauch, von dem ihre Augen tränen. Sie fühlt sich schuldig und ruft seinen Namen …

Eine Hand rüttelt an ihrem Arm. »Ist Ihnen nicht gut, junge Frau?«

Anna entzieht sich dem Griff und stößt an den Vordersitz. Ihr Nachbar zur Rechten sieht sie besorgt an. Ihre Wangen sind nass, sie zieht eine Tränenspur mit dem Zeigefinger. »Es ist nichts … ich bin nur eingeschlafen und habe schlecht geträumt.«

Der Dicke schüttelt den Kopf. »Kein Wunder bei der Bestuhlung. Flugzeuge sind für Pygmäen ausgelegt. Sie haben einen Namen gerufen. Ihr Mann?«

Geht dich nichts an, denkt Anna, doch sein besorgter Blick beschämt sie. »Ein Freund … er ist tot.«

»Mein Beileid.« Er reicht ihr ein Taschentuch. »Ich habe vor kurzem meinen Dackel verloren, und ich träume immer noch von ihm. Er hieß Wotan und war ein wunderbares Tier. Wollen Sie ein Foto sehen?«

Anna betrachtet das Bild eines kleinen Hundes, der Wotan hieß. »Ist er auch ermordet worden?«

22. Kapitel

Europa sei Dank, dass die Passkontrollen entfallen sind. Annas Landung in Brüssel war sanft, und sie ist dankbar, noch am Leben zu sein. Entfernungen von der Erde sind ihr unheimlich, sie ist zu bodenständig fürs Fliegen. Anna will unten bleiben, mit beiden Füßen auf der Erde beziehungsweise in Schuhen, die sie in erträglichen Höhen halten.

Männer mit Aktenkoffern hasten an ihr vorbei, während sie langsam geht, noch benommen von den Albträumen des Fluges. Rauchverbot überall; früher wäre auch sie gerannt, um sich draußen, in der Freiheit, eine Zigarette anzuzünden. Jetzt fühlt sie sich kurzfristig als Heroin, die den Kampf mit der Sucht aufgenommen hat. Sie fällt in Wellen über sie her, die Gier, und Anna reitet darauf wie eine Kuh vorm Ertrinken. Um sich abzulenken, späht sie den Flughafen aus. Es könnte ja sein, dass David Liebling alias Richard Gore – oder wie immer er sich nennt – an ihr vorüberläuft. Was würde sie in diesem Fall tun? Sich auf ihn stürzen, ihn festhalten, nach der Polizei rufen? Die Frage beschäftigt Anna, bis sie Alicia am Ausgang sieht.

Sie trägt Schwarz und ist an den leuchtend roten Haaren leicht zu erkennen. Von weitem, denkt Anna, sieht sie gut aus, nur der nahe Blick enthüllt die Verwüstungen all der Jahre und Enttäuschungen. Anna schätzt sie auf Mitte vierzig, und, ja, sie mag einmal eine schöne Hysterikerin gewesen sein. Vielleicht ist es leichter zu altern, wenn man zu keiner Zeit ein Subjekt der Begierde war. Wie Anna. Nein, ist es nicht. Und der Teufel hole den körperlichen Verfall, der sich in Rückenschmerzen, allmählicher Erblindung und Vergesslichkeit zu Wort meldet. Erinnere dich, Anna: Was hat Liebling in dieser Nacht noch gesagt, während du dich voll geschüttet und gehofft hast, dass alles schnell und schmerzlos vorübergehen möge?

»Helena ist in Brüssel«, sagt Alicia anstelle einer Begrüßung. Ihr Gesicht ist voller Verachtung, Empörung und ohne jede Freude, Anna Marx wieder zu sehen.

Anna stellt ihre Reisetasche ab. »Wer ist Helena?« Sie stehen inmitten des Begrüßungsstaus. Menschen umarmen und küssen sich. So wollte sie immer empfangen werden. Doch es war nie einer da.

Alicias Stimme ist mit Tragik unterlegt: »Martins Exfrau. Sie hat noch den Schlüssel zu seiner Wohnung, er hat nicht einmal das Schloss austauschen lassen, obwohl ich ihn ein paarmal mahnte. In persönlichen Dingen war er einfach nachlässig.«

Zu viele Frauen in seinem Leben, denkt Anna und strebt zum Ausgang. Sie braucht frische Luft. Alicia folgt ihr, mit dem Gepäck in der Hand, das Anna glatt vergessen hätte. »Ich bin verwirrt«, sagt sie entschuldigend und greift in die Handtasche, aber nein, sie raucht ja nicht mehr. Ihre Hand bewegt sich unruhig, sie kann sich an den neuen Zustand nicht gewöhnen. Alicia deutet in die Richtung ihres Wagens, und Anna geht neben ihr. Sie trägt die Schuhe, die Martin ihr gekauft hat, sie sind zum Sterben schön. Eine Phrase, die Anna überdenken sollte. »Woher wusste seine Frau, dass er gestorben ist?«

»Exfrau! Aus der Zeitung? Sie war gar nicht mehr auf den Fidschi-Inseln oder Bahamas, oder wo immer sie sich rumgetrieben hat. Helena logierte bei ihrer Mutter in Düsseldorf. Vermutlich ist sie wieder auf der Suche nach einem Goldfisch, und jetzt denkt sie, dass sie was vom Erbe kriegt. Aber den Zahn habe ich ihr schon gezogen. Martin hat kein Testament gemacht, sie sind geschieden, und er hat sie ausbezahlt.«

Weiß Alicia denn alles über ihn? Anna steht vor dem Kleinwagen, der aussieht wie ein missglücktes Ei auf Rädern. Seit sie fahren kann, schwärmt sie für große, schwere Autos und hat sich immerhin eines geleistet. Ein ruinöser Kauf, doch sie war glücklich mit ihm. Das zählt am Ende, und seufzend zwängt sie sich auf den Beifahrersitz. »Was will sie dann noch hier?«

»Helena hat sich in der Wohnung breit gemacht. Vermutlich will sie noch rausholen, was sie tragen kann. Ich habe bereits Martins Anwaltsbüro verständigt, und man wird sie entfernen lassen. Sie hat kein Recht mehr, dort zu wohnen.«

Das klingt sehr gehässig. Anna nimmt zur Kenntnis, dass Alicia ihr Ei souverän durch den Brüsseler Verkehr bewegt. Die engen Seitenstraßen, meist zugeparkt, sind für Autos wie dieses geschaffen. »Ich würde gern mit ihr reden. Wohin fahren wir überhaupt?«

»Ins Büro. Martin hat eine Bettcouch in seinem Büro, und

dort können Sie schlafen, wenn Sie wollen. Ein Bad gibt es auch – und eine kleine Küche. Die Hotels hier sind entweder schrecklich oder teuer, manchmal beides, und meistens ausgebucht. Ich dachte, dass Sie diese Lösung vorziehen.«

Er hat eine Bettcouch, denkt Anna, und im Weiteren an ihr Bankkonto, sodass sie ergeben zustimmt. Armut bedeutet unter anderem, keine Wahl zu haben. Obwohl sie sich nie wirklich arm gefühlt hat, eher vorübergehend insolvent. Der Zustand ist von gewisser Langlebigkeit, doch wird sie den Glauben nicht verlieren, dass bessere Zeiten folgen. Vielleicht in Form eines Schecks von Eva Mauz, Anna hat ihr am Telefon das Blaue vom Himmel versprochen. Dass sie eine heiße Spur habe und nur noch einen kleinen Vorschuss benötige. Mit dem Mauz-Scheck ist sie dann zur Bank gegangen und hat ihr Konto ausgeglichen. Wenn es auf null steht, sind die Zeiten gut. Immer hübsch bescheiden sein, wie ihre Mutter sagte. Sie lebte ihre Phrasen, denkt Anna, während ich mich darüber lustig mache und ohne Leitmotiv zur Hölle fahre.

»Was wollen Sie von Helena? Ich habe Sie hergeholt, damit Sie Martin finden.«

»Sie haben mich nicht geholt, Alicia. Ich bin freiwillig und auf eigene Kosten geflogen. Und Martin ist tot. Er starb in meiner Wohnung, erinnern Sie sich?«

Alicia bremst abrupt, weil eine alte Frau die Straße überquert. Sie geht so unbekümmert langsam, als seien Autos noch nicht erfunden. Sie lächelt, es ist ein schöner, sonniger Tag, sie trägt einen Strohhut und muss taub sein, wenn sie das empörte Hupen irritierter Autolenker nicht hört. Anna beneidet sie und weiß nicht, warum. Weil sie mit einer noch Verrückteren im Wagen sitzt? Wenn sie damals nicht geraucht hätte, wäre sie Liebling nie begegnet, weil sie ja rechtzeitig gebremst hätte. Und alles, was danach kam, wäre nicht geschehen. Eine Verkettung von Umständen, die zum Tode führen: Ist das leben?

»Aber ich habe Martin gesehen. Ich kann es beschwören.«

»Es kann nur sein Zwillingsbruder gewesen sein, verdammt. Wie oft soll ich es noch sagen!«

Alicia steigt aufs Gas. »Schreien Sie nicht so. Woher sollte David den Büroschlüssel haben?«

»Weiß ich nicht. Vielleicht hat er ihn gestohlen, nachdem er Martin ... Ja, schauen Sie mich nicht so entgeistert an: David war in Berlin, zumindest einen Tag vorher war er es noch, und vielleicht hat er ja nur das Hotel gewechselt. Möglich, dass die beiden Kontakt hielten, und David kam in meine Wohnung, als ich einkaufen war. Es gab Streit und ...«

»... einen Brudermord?« Alicia stößt eine Art Lachen aus. »Das ist ja alles nur Theorie. Vielleicht ist Martin gar nicht nach Berlin geflogen. David war diese Nacht bei Ihnen, und jemand hat ihn dort umgebracht. Sie haben doch selbst gesagt, dass Martin komisch war, anders als sonst. Und wenn er es gar nicht gewesen ist?«

Jetzt ist sie übergeschnappt, denkt Anna, während Alicia präzise in eine winzige Parklücke einfährt. Und sagt, bevor Zweifel sie berühren könnten: »So ein Unsinn. Sie ertragen den Gedanken einfach nicht, dass Martin tot ist.«

»Während es Ihnen vollkommen egal ist. Sie haben ihn nur ausgenommen – wie all die anderen Frauen auch.« Alicia steigt aus dem Wagen, sodass ihr Annas Flüche entgehen. Es ist schwierig, die Beifahrertür zu öffnen, weil Müllsäcke den Gehweg blockieren. Anna schiebt einen beiseite und verlässt das Ei mittels akrobatischer Verrenkung. Alicias blasses Gesicht ist anklagend, sie hat keine Anstalten gemacht, ihr beizustehen. Anna tritt gegen den Müllsack. Es war ein Fehler, nach Brüssel zu kommen. Nichts wird sie ernten außer Liebesschmerz, und der ist schwer zu ertragen, wenn man jemanden nicht mag.

Die Frauen gehen schweigend durch die Glastür zum Lift. Es riecht nach Desinfektionsmitteln. Die Ratten sind in der

Stadt, es liegt am Müll, und Anna hält die Luft an, bis sich die Lifttür hinter ihr geschlossen hat.

»Oben riecht man es nicht so«, sagt Alicia, während sie aufwärts fahren. Sie steigen schweigend aus, und Alicia sagt: »Dort hat er gestanden.«

»Sie haben ihn von hinten gesehen.« Anna sieht Ratten auf dem Marmorboden, doch es sind nur Schattenbilder in dem diffus beleuchteten Flur, der zu Martins Büro führt. »Zwielichtig« ist das Wort, das Anna einfällt, und es passt irgendwie zu den Lieblings, den monozygotischen Brüdern mit identischem Erbgut. Die Tendenz führt von Süden nach Norden: In Afrika gebärt jede vierte Frau Zwillinge, während Mehrgeburten in Europa relativ selten sind. Was sich ändern könnte durch die Zunahme künstlicher Befruchtungen. Anna überlegt, wie Sibylle mit Jonathan in doppelter Ausführung fertig werden würde. Sie hat versprochen, die Freundin anzurufen, und es natürlich vergessen. Selbst ihr Handy hat sie nicht eingeschaltet, und sie tut es jetzt, während Alicia das Büro aufschließt.

Es ist so elegant, wie Anna es in Erinnerung hat, doch aufgeräumter, leerer. »Die Polizei hat Akten mitgenommen und seinen Laptop«, sagt Alicia, während sie durch ihr Reich schreitet, ihre Heimat, die einzig vertraute Welt jenseits ihrer kleinen Wohnung in einer kleinen Straße in Saint-Gilles, das nicht zu den noblen Vierteln der Stadt gehört. Alicia kann sich nicht vorstellen, dies alles hier zu verlassen. Sie wird sich eine neue Arbeit suchen müssen. Weiß, dass sie es nicht kann. Es gibt nur einen Mann in ihrem Leben. Die Marx versteht das nicht. Jeder ist sein eigenes Universum, und jeder, der es berührt, ist ein Fremder.

Anna sieht sich um, als wäre sie zum ersten Mal hier. Herzförmige Gegenstände in Alicias Büro sind ein gewisser Stilbruch, doch hat Martin vermutlich großzügig darüber hinweggesehen. Er war, denkt Anna, während sie sich umsieht, ein

Mann mit vielen guten Zügen. Diejenigen, die er auf dem Abstellgleis geparkt hatte, kannte sie nicht – oder kaum. Inzwischen zweifelt sie an vielem, was sie über ihn dachte, nur daran nicht: dass er tot ist. Nicht mal im höheren Kontext glaubt Anna an die Wiederauferstehung.

Auf seinem Schreibtisch liegen Kondolenzkarten, Alicia hat sie sorgfältig drapiert, als wolle sie einen Schrein schaffen. In der Mitte steht sein Foto in einem herzförmigen Rahmen. Alicia vor ihrem Schrein sieht aus, als würde sie in Kürze in Tränen ausbrechen.

»Sein Terminkalender interessiert mich«, sagt Anna. In puncto Herzlosigkeit hat sie nichts mehr zu verlieren.

»Die Polizei hat ihn mitgenommen. Aber ich habe seine Termine im Computer. Martin hatte keine Geheimnisse vor mir.«

Doch, denkt Anna. Jeder hat Geheimnisse, sonst wäre er ungeliebt, verachtet, verloren. Wir brauchen die Fassade, um es uns dahinter gemütlich, gemein und pornographisch einzurichten. Martin hätte nicht gewollt, dass man nach seinem Tod sein Leben seziert. Doch es ist die einzige Möglichkeit, seinem Mörder näher zu kommen. Seiner Mörderin: Sie hat sich noch nicht ganz von dem Gedanken verabschiedet, dass Alicia es sein könnte.

Das Bett im Nebenraum ist frisch bezogen, auf dem Beistelltisch stehen Blumen. Alicia zeigt Anna das Badezimmer, in dem noch Martins Aftershave und seine Zahnbürste stehen. Sie holt aus ihrem Büro einen Computerausdruck mit den letzten Terminen, die Martin wahrgenommen hat. Anna studiert ihn, nachdem die Suche nach der Lesebrille erfolgreich war.

»Möchten Sie Kaffee und Kuchen?«

»Lieber Tee ohne alles. Ich ändere meine Fütterungsgewohnheiten, und mein Körper mag das nicht.«

Alicia mustert Anna. »Wollen Sie etwa abnehmen?«

Anna blickt über die Brille hinweg. »Immer – und fast immer ohne Erfolg. Ich wünschte, ich wäre so schlank wie Sie. Ich würde essen ohne Ende.«

Das Kompliment fällt auf harten Boden. »Ich hatte nie großen Appetit«, sagt Alicia und geht in die kleine Küche, die an ihr Büro anschließt. Martin hat sehr viel Kaffee getrunken, Cognac manchmal und Rotwein natürlich. Manchmal hat er ihr ein Glas angeboten, und sie hat nicht Nein gesagt. Doch Alkohol schmeckt ihr nicht, sie hat Angst vor dem Verlust der Selbstkontrolle. An die Nacht, in der Martin sie verführte (oder war es umgekehrt?), kann Alicia sich kaum noch erinnern. Den Filmriss bedauert sie unendlich, doch Martin sagte, dass der Sex unglaublich gut war. Warum hat er sie dann mit anderen betrogen?

»Wer ist C. Feigen?«, ruft Anna. Sie hat sich den einzigen bequemen Sessel in Alicias Büro ausgesucht und die Schuhe ausgezogen. Alicia antwortet aus der Küche: »Eine Autorin, die Martin für ein Buch interviewt hat, das sie schreiben will. Eine Blondine, für die hat er eine Schwäche, aber im Grunde hat er alles mitgenommen, was ihm unter die Finger kam. Seine Frau Helena war die Schlimmste von allen. Sie ist stark gealtert, es wird wohl an der Tropensonne liegen.«

Alicia hat sehr blasse, fast weiße Haut und übertrifft damit Anna, die den typischen Teint der Rothaarigen besitzt und obendrein noch ein paar Sommersprossen auf der Nase. Alicia, denkt Anna, pflegt den erbarmungslosen Blick der Frauen auf ihre Geschlechtsgenossinnen. Na ja, sie selbst ist auch nicht frei davon. Komisch, dass der Blick bei Männern versagt. Die dürfen fett und faltig und behaart sein und sind immer noch attraktiv für Frauen. Sie notiert sich die Handynummer der Autorin, für alle Fälle.

Alicia kommt mit einem Tablett zurück und schenkt Tee ein. Früher hat Anna nur dann Tee getrunken, wenn sie krank war.

Mit Rum natürlich und sehr viel Zucker. Jetzt nippt sie an dem heißen Wasser mit Geschmack und verbrennt sich die Zunge. Alicia, die Sadistin, bohrt ihre Gabel in Sahnetorte. Die einzige Antwort darauf wäre jetzt eine Zigarette. Anna beißt sich auf die Zunge. Der Kampf ist nicht fair, denn ihr Feind arbeitet mit allen Tricks. Nur eine Zigarette, flüstert die Gier, und danach hörst du wieder auf. Du bist keine Heroin, Anna, sondern nur schwaches Fleisch. Gib nach, das ist viel leichter ... und du wirst es ohnehin nicht schaffen ...

»Stimmt etwas nicht? Möchten Sie doch von der Torte?«

»Nein«, sagt Anna mit verlangendem Blick auf den Kuchenteller: »Nach dem Terminplan hatte Martin das letzte Treffen mit John Schultz. Das ist doch dieser amerikanische Tabaklobbyist. Wissen Sie, worum es ging?«

Alicia lächelt unschuldig. Sie hat am Telefon mitgehört, viele Male. Anfangs tat sie es, um seine erotischen Eskapaden zu überwachen, dann wurde es zur lieben Gewohnheit. Sie wollte alles über Martin wissen. Weil er doch ihre zweite Hälfte war. »Um die Neubesetzung der Kommission. Schultz beziehungsweise die Leute, die er vertritt, wollten im Vorfeld mitmischen. Es sollen keine Leute reinkommen, die die Auflagen für die Tabakkonzerne weiter verschärfen. Und es ging wohl auch um einen außergerichtlichen Vergleich in den Ermittlungen zum internationalen Zigarettenschmuggel. Sie wollten, dass Martin ihnen hilft, und sie haben ihm einen Beratervertrag angeboten.«

»Den er ablehnte?«

»Nein, er hat unterschrieben und auch die erste Rate kassiert. Ich habe den Scheck gesehen, er war über fünfhunderttausend Euro.«

Anna hält einen Augenblick die Luft an. »Was ist so viel wert?«

Alicias Lächeln ist ein wenig überheblich. »Sie haben wohl

keine Ahnung von seinen Geschäften. Martin Liebling war das wandelnde Wissen über Brüsseler Sünden. Es stand alles auf dieser Diskette, die verschwunden ist. Schultz wollte sie haben, aber soviel ich weiß, hat er sie nicht bekommen. Martin war ein Spieler manchmal, ich weiß nicht, was er vorhatte. Jedenfalls war Schultz ziemlich aufgebracht beim letzten Telefonat. Er klingt wie ein Mann, mit dem nicht gut Kirschen essen ist.«

Die Phrase erinnert Anna an ihre Mutter. Am Ende waren es die Ärzte, mit denen sie nicht gut Kirschen essen konnte. Doch weil sie eine Frau war, die vor Weißkitteln Respekt hatte, schluckte sie schweigend, bis zuletzt. »Trauen Sie ihm zu, dass er ...« Sie wagt nicht, mörderische Sätze zu vollenden, aus Angst, dass Alicia wieder hysterisch wird.

Doch Alicia hebt nur die schmalen Schultern. »Ich habe ihn nie gesehen, nur mit ihm telefoniert beziehungsweise reingehört. Er wollte mehr für sein Geld, das hat er wörtlich gesagt. Und am Tag bevor ... Martin wegfuhr ... haben sie sich im ›Métropole‹ getroffen. Dort wohnt Schultz. Sie können ihn ja fragen. Er spricht allerdings kein Deutsch oder Französisch, nur diesen grässlichen amerikanischen Slang.«

Anna gedenkt ihrer beklagenswerten Sprachkenntnisse; sie beherrscht außer der Muttersprache nur ein bisschen Englisch. In Bonn und Berlin ist sie damit durchgekommen, und in dieser Stadt der Sprachgenies wird sie es auch schaffen. »Und warum ein Scheck und keine Überweisung?«

Alicia, die ihre Torte mit hassenswerter Lustlosigkeit vernichtet hat, antwortet erst nach kurzem Zögern. »Nun ja, es gibt Geld, das sozusagen nicht ganz sauber ist. Ich habe den Scheck nach Luxemburg gebracht.«

Anna meint zu verstehen. »Sie haben Schwarzgeld für ihn angelegt.«

Die Blasse errötet ein wenig. »Martin vertraute mir – in allem.«

»Er muss Sie«, sagt Anna, »verdammt gut bezahlt haben.« Der Satz war grausam, sie bereut ihn, doch Alicia ist einmal gnädig und bricht nicht in Tränen aus. »Ich habe genug Geld«, sagt sie zu Anna und lenkt deren Blick auf die schwere Goldkette über der schwarzen Bluse. »Martin hat mir viele Geschenke gemacht, nicht Schuhe oder so was, sondern Schmuck vor allem.«

Ich war auch nicht seine Sklavin, denkt Anna. »Haben Sie all das der Kommissarin erzählt?«

»Natürlich nicht. In der Zeitung stand übrigens, dass Bruno einen Aktenkoffer bei sich hatte, als er überfahren wurde. In dem waren zehntausend Dollar – und darunter Zeitungspapier. Das ist doch seltsam, nicht? Wie kommt er an das Geld? Ich wette, Bruno hat die Diskette gestohlen und versuchte, sie zu verkaufen. Das hat ihm offenbar kein Glück gebracht.«

Anna betrachtet Alicia, die nicht mehr traurig, sondern gehässig aussieht. »Sie mochten Bruno nicht.«

»Nein, und dafür gab es tausend Gründe. Bruno war ein kleiner Mann mit großem Ehrgeiz. Er wollte immer so sein wie Martin.«

Ist er ja nun gewissermaßen auch, denkt Anna. Wenn Alicia Martins Namen ausspricht, verklärt sich ihr Gesicht beinahe. Sie ist krank, liebeskrank, und Anna wird den Tod nicht noch einmal erwähnen. Wo die Wahrheit unerträglich ist, wird jeder Irrtum liebevoll angenommen. »Wenn Martin wirklich hier war, Alicia, muss er doch irgendetwas gesucht oder mitgenommen haben. Ist Ihnen denn aufgefallen, dass etwas fehlt?«

»Sein Teddybär.«

23. Kapitel

Ein Scherz? Nein, Alicia meinte es bitterernst und beharrte auf diesem Teddybären. Er lag immer auf der Couch, und nun war er verschwunden. »Martin hat ihn als Kind bekommen, und er war sein Glücksbringer.« Weshalb er ihn im Büro aufbewahrt hatte und nicht zu Hause. Weil Martins Privatleben nie in Ordnung war, während die Geschäfte glänzend liefen. All das erzählte Alicia einer sehr skeptischen Detektivin, die sich andererseits nicht vorstellen konnte, dass die Geschichte gänzlich erfunden war. Annas Erklärung war, dass Alicia den Bären mit nach Hause genommen hatte und ihn nun für ihre Geschichte von Martins Wiederauferstehung benutzte. Armer kleiner Bär, der vermutlich in Alicias Bett lag und als Ersatz für einen Mann diente, der ihr Leben zerstört hatte. Denn das hatte er getan: Anna war voller Zorn auf Martin und dachte, dass er nicht besser war als David.

Die Geschichte mit dem Teddybären brachte Alicia abermals zum Weinen. Lautlos, es war, als könne sie nie mehr aufhören. Weil es im Badezimmer auch eine Apotheke gab, suchte Anna nach Beruhigendem – und sie fand Valium, die chemische Keule gegen das Aufbegehren. Es war keine Ruhmestat, sie Alicia auszuhändigen, aber immer noch besser, als selbst eine zu nehmen.

Anna wartete, bis Alicia auf der Couch eingeschlafen war, nahm den Schlüssel mit und hinterließ die Botschaft, dass sie in drei Stunden zurück sei. Obwohl sie anfangs nicht wusste, wohin, schlug sie sich schließlich zum »Métropole« durch, Brüssels berühmtesten Art-Nouveau-Hotel, in dem immerhin schon Sarah Bernhardt und Albert Einstein logiert hatten.

An der Rezeption fragt Anna nach John Schultz. Die Auskunft, dass er in seinem Zimmer sei, bewegt sie, in der prächtigen Halle zu warten. Sie hat keine Ahnung, wie Schultz aussieht, doch sie vertraut darauf, dass sie ihn erkennt. Und dann? Sie wird einfach auf ihn zugehen und ihn ansprechen. »Verzeihen Sie die Störung, aber haben Sie etwas mit Martin Lieblings Tod zu tun?«

Warten gehört nicht zu Annas Stärken. Früher hat sie geraucht und die Zigaretten gezählt. Jetzt zählt sie die Kuchen in der Vitrine des Cafés und könnte sie alle, alle essen. Man kann nicht stillsitzen und über sein Schicksal nachdenken, ohne verrückt zu werden. Sie ist kein Zen-Meister. Niemand von den Figuren um sie herum scheint das Nichtstun zu bewältigen. Sie alle essen, trinken, reden, rauchen, lesen, scharren mit den Füßen, kratzen sich am Kinn. Küssen sich. Vielleicht wäre dies das Einzige, wofür sich der ganze Hokuspokus lohnt: der Wahnsinnszustand frischer Liebe. Danach kommt die anhängliche Freundschaft, manchmal, und zuletzt der Schmerz. Die Erkenntnis, dass es die Illusion ist, in die wir uns verlieben. Anna weiß manches, doch nichts genau. Vielleicht lohnt sich der Hokuspokus auch für Mohnkuchen oder erfolgreiche Mörderjagden. Eine kleine Flamme, die sich einem Glimmstängel nähert …

Der alte Mann, der in einem Sessel sitzt und auf eine Zeitung starrt, die er nicht liest, scheint das alles schon hinter sich zu haben. Versöhnt man sich mit dem Leben, wenn es fast vorbei ist? Sein Lächeln erinnert sie an die alte Frau, die die Straße langsam überquerte und den Rest der rasenden Welt einfach ignorierte. Worauf immer er wartet, er tut es mit Geduld. Ganz still sitzt er da, unbewegt von dem Gehen und Kommen um ihn herum. Sein zerfurchtes Gesicht wirkt heiter und sehr gelassen. Nicht einmal mehr die Zeitung scheint ihn zu interessieren, und Annas neugieriges Beobachten erträgt er mit stoischer Ruhe. Ein Blick, vielleicht das Heben der Mundwinkel, dann versinkt er wieder in sich selbst.

Anna möchte hingehen und ihn fragen, wie er seinen Hund namens Ego bändigt, als eine junge Frau in der Hotelhalle auftaucht, die in der Art von Prostituierten gekleidet ist: lange Lackstiefel, Minirock und viel Modeschmuck. Sie bewegt sich mit der Zuversicht, jung und hübsch zu sein. Sie zögert nur kurz, bevor sie den alten Mann anspricht. Er sieht von seiner Zeitung auf und erhebt sich dann mit einiger Mühe. Papier gleitet zu Boden, und das Mädchen nimmt seinen Arm. Sie gehen gemeinsam zum Lift, der zu den Zimmern führt. Er hat auf sie gewartet, denkt Anna, nicht auf den Tod, und fühlt sich ein wenig betrogen. Als sie mit fünf erfuhr, dass der Weihnachtsmann ein kapitalistischer Mythos ist, brach eine Welt für sie zusammen. Jetzt ist sie einundfünfzig, und die Welt bröckelt nur noch scheibchenweise.

Sie schickt Sibylle eine telefonische Nachricht, dass es ihr gut geht. Sieht immer wieder vom Handy auf, und jetzt tritt einer aus dem Lift, der wie ein Amerikaner aussieht und ihr Mann sein könnte. Anna steht auf. Sie bewegt sich aus der anderen Richtung auf die Rezeption zu, wo sie aufeinander treffen. Sie findet, dass er aussieht wie ein Amerikaner in Brüssel. Seine Augen sind bemerkenswert, der Rest ist eher unauffällig, gepflegt, durchtrainiert. Anna, die ihren zweiten Blick stets den Schuhen schenkt, sieht Cowboystiefel aus Schlangenleder. Eine Mischung aus Krokodil und Klapperschlange, denkt sie, und fühlt die Blicke des Portiers, der sie ja kaum für eine Prostituierte halten kann. Oder doch?

Der Mann legt einen Schlüssel auf den Tresen, und der Portier lächelt routiniert und nimmt ihn an sich. Der Fremde sieht Anna sehr misstrauisch an, sie hat plötzlich Angst, ihn anzusprechen, doch die Situation erfordert Handeln: »Mr. Schultz?«

Er taxiert sie von oben nach unten, und sie fröstelt. Meine Schuhe müssten ihm gefallen, denkt Anna und widersteht dem

Impuls wegzulaufen. »Kann ich Sie einen Augenblick sprechen?« Ihr Englisch ist passabel, dennoch stottert sie ein wenig.

»Worum geht es?«

Gleich fragt der Portier, ob sich der Gast belästigt fühle. Schnell sagt sie: »Um Martin Liebling. Er war ein Freund von mir.«

Sein Gesicht ist unbewegt, doch er nimmt ihren Arm und zieht sie beinahe in Richtung des Cafés. Der Griff ist schmerzhaft, und Anna ist zu erschrocken, um Widerstand zu leisten. Am Eingang bleibt er stehen und lässt sie los. Sein Zeigefinger ist auf ihre Nase gerichtet: »Ich mag keine Überfälle, Lady. Wie heißen Sie überhaupt?«

»Anna Marx. Ich wohne in Berlin und ...«

»... jetzt sind Sie in Brüssel. Was wollen Sie von mir?«

Sie muss aufhören zu stottern. Es liegt nicht an ihrem rostigen Englisch, sondern an seiner physischen Präsenz. An den Augen natürlich auch, sie sind auf Anna gerichtet, als wolle er sie damit röntgen.

»Ich möchte wissen ... warum Martin gestorben ist.« Gott, war das blöd, sie muss sich etwas Besseres einfallen lassen, um diesen Mann zu beeindrucken. »Hat es etwas mit der Diskette zu tun? Und gibt es einen Zusammenhang zwischen Martins Tod und dem von Bruno Laurenz?«

Ein Lächeln enthüllt perfekte Zähne. Gleich frisst er mich, denkt Anna. Sie blockieren den Eingang und treten zur Seite, um einem Schwarm deutschsprachiger Gäste den Weg frei zu machen. Wieder hält er sie fest.

»Und was, Lady, hat das alles mit mir zu tun?«

»Sie waren Martins letzter Termin. Sie haben Geschäfte mit ihm gemacht. Und mit Bruno Laurenz auch. Es könnte doch sein, dass Sie etwas wissen, dass ...«

Kein Lächeln mehr, und er ist ein Mann, den sie fürchten

könnte. Wenn er ein Doppelmörder ist, denkt Anna, waren meine Fragen überaus dumm. Wenn nicht, dann auch.

»Was sind Sie? Eine Polizistin?«

Sie schüttelt den Kopf, und Schultz tut etwas, womit sie nicht gerechnet hat. Er streicht mit der Hand über ihre Wange. Sein schwerer Siegelring zieht eine schmerzhafte Spur. War das Absicht? Anna unterdrückt einen Schmerzenslaut und sieht in seine Augen. Es kann nichts passieren, sie werden vom Portier beobachtet, und hier sind einfach zu viele Leute, um …

»Geschäfte, neugierige Freundin, sind kompliziert, doch der Tod ist es nicht. Bruno Laurenz ist überfahren worden, ein bedauerlicher Unfall. Und Martin hatte zu viele Weibergeschichten. Ein Baseballschläger, wenn ich nicht irre? Kein richtiger Mann würde ein solches Mordinstrument benutzen. Es sieht nach einer Frau aus. Sie sind so stark geworden in letzter Zeit, die Frauen. Mein Beileid übrigens.«

Anna greift nach ihrer Wange, doch sie blutet nicht. Nein, sie kann sich nicht vorstellen, dass Schultz zu einem Baseballschläger gegriffen hat, das ist nicht sein Stil. Der Unfall mit Fahrerflucht schon eher. »Ergebenen Dank. Besitzen Sie übrigens ein Auto?«

»Nein. Nur Idioten fahren in dieser ewig verstopften Stadt ohne Parkplätze mit dem eigenen Wagen.« Er sieht auf seine schwere goldene Uhr: »Ich habe einen dringenden Termin, den ich Ihretwegen nicht versäumen werde. Vielleicht sehen wir uns auf der Beerdigung.«

Welche Beerdigung? Gott, das hat sie glatt vergessen. Ich muss Alicia fragen, denkt Anna, und dass sie eine unüberwindliche Abneigung gegen Friedhöfe und Beerdigungen hegt. Schultz lässt sie an der Tür stehen und schreitet zum Ausgang. Wie ein Cowboy mit Hämorrhoiden, denkt Anna, weil Niederlagen bösartig machen. Und das war eine: Sie hat alle Karten aufgedeckt und das Spiel grandios verloren. Nichts hat sie erfahren, nur, dass sie keine ebenbürtige Gegnerin für John Schultz ist. Anna geht noch einmal zur Rezeption und fragt den Portier: »Haben Sie seinem Fahrer Bescheid gesagt?«

»Selbstverständlich«, ist die Antwort, auf die sie gehofft hat.

Also doch: Er wird gefahren, was ja nicht unbedingt gegen die These spricht, dass er Bruno Laurenz auf dem Gewissen hat. Auf die Diskette ist Schultz nicht eingegangen, wahrscheinlich hat er sie schon. Und warum sollte er dann jemanden umbringen? Anna glaubt daran, dass gute Kapitalisten für maximalen Profit über Leichen gehen. Doch ohne Grund machen sie sich die Finger nicht schmutzig. Ob Martin auch Angst vor ihm hatte? Und war er das auslösende Moment für die Inselpläne?

»Wünschen Sie noch etwas, Madame?«

Das wandelnde Fragezeichen schüttelt den Kopf, obwohl es hundert Wünsche hat. Der Blick des Portiers sagt ihr, dass ihre Entfernung erwünscht ist, doch dann wendet er sein Gesicht ab und einer Blonden zu, die nach ihrem Zimmerschlüssel verlangt.

»Voilà, Madame Feigen.«

Anna denkt, dass es doch ihr Glückstag sein könnte. »C. Feigen?«, fragt sie, und die Blondine mustert sie misstrauisch. Von unten, denn sie ist kleiner als Anna. Ihren Schlüssel hält sie wie ein Schutzschild vor sich und mit der anderen Hand ihre Handtasche. »Chris Feigen, ja. Kennen wir uns?«

»Nein, aber es ist wunderbar, dass ich Sie hier treffe. Anna Marx – aus Berlin. Ich würde gern mit Ihnen sprechen – über Martin Liebling.«

»Warum?«, fragt die Blonde, die offenbar Frauen nicht mag, die sehr viel größer sind als sie.

»Können wir das bei einem Espresso besprechen? Bitte! Es dauert auch nicht lange.« Anna legt Flehen in ihre Stimme, und es wird erhört. »Also gut, aber nicht mehr als zwanzig Minuten. Woher wussten Sie, dass ich hier wohne?«

»Eine Ahnung«, murmelt Anna, während sie ins Café gehen, an dem Kuchenbuffet vorbei, in dem, sie hat es gezählt, siebzehn verschiedene Versuchungen liegen. Die Blonde geht achtlos daran vorbei, das ist nicht fair, weil sie es sich leisten könnte. Ein diszipliniertes Leben, denkt Anna, und dass sie zwar immer davon träumte, doch nie aus der Trägheit aufwachte. Obwohl: Seit drei Tagen fühlt sie sich wie eine Fremde in ihrem Körper.

Sie setzen sich an einen der kleinen Tische und bestellen Espresso und Mineralwasser. Ihr Gegenüber zieht eine Packung Zigaretten aus der Tasche. »Rauchen ist tödlich« lautet die Aufschrift, und Anna würde hier und jetzt gerne sterben.

»Stört es Sie, wenn ich ...?«

»Keineswegs«, flüstert Anna und presst ihre Nägel in die Handballen. »Ich bin Privatdetektivin – und ich war mit Martin Liebling befreundet. Wissen Sie irgendetwas, das mir bei den Nachforschungen helfen könnte?«

Die Blonde raucht gern, man sieht es. Sie sieht Anna beinahe mitleidig an. »Sie klingen verzweifelt, aber ich fürchte, viel kann ich zur Erhellung nicht beitragen. Ich war gerade mal eine Stunde in seinem Büro, und Liebling ist mir überwiegend ausgewichen. Ich wollte von ihm etwas über diesen Deal hören zwischen der EU und dem Tabakkonzern. Er hatte seine Finger im Spiel, ich weiß es, aber natürlich hat er nur Seifenblasen ausgestoßen. Bruno, sein Assistent, sagte mir, dass Liebling Probleme mit John Schultz hatte ...«

»... der zufällig auch im ›Métropole‹ wohnt.«

Sie lächelt: »Ach, das wissen Sie schon. Ich bin hinter ihm her, aber der Mann ist wie ein Krokodil, das untertaucht, sobald man es greifen will. Eines allerdings weiß ich: Schultz hat sich, nach Lieblings Verschwinden, mit Bruno Laurenz getroffen … und zwar an dem Tag des Unfalls. Bruno kam von diesem Meeting, als es geschah. Schultz kann es also nicht gewesen sein, er saß noch im Café.«

»Er hat einen Fahrer«, sagt Anna.

»Ich weiß, und der hatte an diesem Tag frei. Aber es war keine Limousine, sondern ein Sportwagen, der am Unfallort gesehen wurde. Es gab Dutzende Zeugen, und sie widersprechen sich natürlich. Von Porsche über BMW bis zu Japanern wurden so ziemlich alle Marken gesichtet. Einig waren sich die Zeugen nur in der Farbe: Schwarz. Der Wagen fuhr zu schnell, doch die Polizei geht davon aus, dass es Unfall mit Fahrerflucht war. Sie ermitteln noch, aber man weiß ja, wie das in Belgien ist … die Mühlen mahlen zermürbend langsam. Schade um Bruno, er war ein guter Informant.«

»Sie glauben also nicht, dass es ein Unfall war?« Anna sieht zu, wie die Zigarette getötet wird. Sie war noch in der Mitte ihres glühenden Lebens, die Autorin raucht gesund, sofern dieser Ausdruck zulässig ist. Und Anna ist krank vor Selbstmitleid, und der Espresso schmeckt bitter.

Die Blonde sieht hinaus zur Place de Brouckère, auf der Touristen flanieren und Taschendiebe Beute suchen. Ihr Hals wirft Falten, das gefällt Anna, weil sie an schlanken Frauen nach Makeln sucht, die das Ungleichgewicht austarieren. Der Blick, den sie Anna zuwirft, ist abweisend, vielleicht auch nur vorsichtig. »Ich weiß nicht, vielleicht ist es nur meine mörderische Phantasie. Ich sollte Thriller schreiben und nicht Sachbücher. Man recherchiert wie eine Blöde und steht am Ende doch mit halben Wahrheiten da. Brüssel ist wie ein gefrorener Schneeball, der in der Hand schmilzt – und nichts als Kälte hinterlässt. Bruno wollte ans große Geld – und gleichzeitig als Moralist dastehen, indem er mir Informationen zuschanzte. Doch vermutlich war dieser Spagat eine Nummer zu groß für ihn. Irgendwie fühle ich mich schuldig an seinem Tod.«

Wie ich bei Liebling, denkt Anna und spürt einen Anflug von Zuneigung, der verfliegt, als ihr Gegenüber schon wieder zur Zigarette greift. »Ist Schultz denn von der Polizei vernommen worden?«

Achselzucken. Sie sieht, denkt Anna, müde aus – und das macht alt. Ihre Stimme klingt heiser. »Mit Lieblings Tod kann Schultz nichts zu tun haben, zumindest nicht persönlich. Am besagten Tag war er hier, in Brüssel. Ich habe ihm nachspioniert, weil ich wissen wollte, mit welchen Leuten er sich trifft. Gott, ich würde was darum geben, diesen Kerl zu verwanzen. Danach könnte ich mich hinsetzen und das Buch der Bücher schreiben. Stattdessen mache ich mich morgen auf nach Frankreich, ins Schloss des Martin Bangemann. In der irrwitzigen Hoffnung, dass der Typ aus dem Nähkästchen der wundersamen Geldvermehrung plaudert. Was er nicht tun wird, ich weiß es … und was treibt Sie an, die Wahrheit zu jagen?«

»Altersstarrsinn.« Anna hat keine Lust, ihr von Marx und Liebling zu erzählen.

Ihr Gegenüber lacht und sieht auf die Uhr. »Von den zehntausend Dollar plus Zeitungspapier im Koffer haben Sie gelesen? Auch, dass er sich beim Zusammenprall öffnete und die Scheine auf die Straße flogen? Kein Wunder, dass sich kein Zeuge an den Unfallwagen erinnern kann. Die waren alle damit beschäftigt, das Geld aufzuklauben. Wenige sind besser als die anderen. Wussten Sie, dass Deutschland an zweiter Stelle der EU-Korruptionsliste steht? Wir werden nur noch von Italien geschlagen, und die werden den nächsten Justizkommissar stellen. Das ist irgendwie komisch … oder auch nicht.«

»Nicht«, sagt Anna, »obwohl ich gerne lachen würde.« Die große Rothaarige und die kleine Blonde sehen einander an und denken, dass sie Freundschaft schließen könnten. Frauen brauchen einander in der Abwesenheit von Männern. Sie trägt keinen Ring, das ist Anna natürlich aufgefallen. Andererseits werden sich ihre Wege trennen, und der Austausch von Visitenkarten ist keine Garantie für ein Wiedersehen. Anna wird die Karte vermutlich verlegen, das passiert ihr öfter. Sie diskutieren sie nur kurz darüber, wer die Rechnung bezahlt. Anna gewinnt – oder verliert – und winkt dem Kellner, der dieses unverständliche Französisch spricht. Die Blonde wirft ihre Zigarettenpackung in die Handtasche und steht auf: »Tut mir Leid, ich muss jetzt los. Viel Glück bei den Recherchen; Liebling war ein netter Mann, aber auch sehr unentschieden, auf welcher Seite er steht. Vielleicht hat ihn das umgebracht.«

Sie ist ein bisschen überheblich, denkt Anna, während sie ihr die Hand schüttelt. Eindeutig zu blond für eine Moralistin, und wenn sie im »Métropole« wohnt, bezieht sie ja auch eine gewisse Position. »Danke – und Ihnen auch. Ich wünsche Ihnen jedenfalls einen Bestseller ...«

Die Autorin lächelt ungläubig, geht zur Tür und kommt noch einmal zurück. »Mir ist noch etwas eingefallen. Gestern, auf der Grand Place, dachte ich doch tatsächlich, dass ich Liebling gesehen hätte. Es war jedenfalls jemand, der ihm verdammt ähnlich sah.«

»Sind Sie ihm gefolgt?«

»Nein. Warum auch? Er ist doch tot.«

24. Kapitel

Die Autorin hat gelogen. Alle Frauen lügen. Männer auch. Von wegen Todsünde, denkt Anna, die auch irdischen Gesetzen skeptisch gegenübersteht. Sie fügt sich ihnen in gewissem Rahmen, weil das Prinzip des geringsten Widerstandes ihrer Trägheit entspricht. Mitnichten wäre sie zur Heroin geschaffen und würde unter der Folter alle und alles verraten, bevor man sie auch nur anfasste. Wenn es etwas gibt, worüber sie sich keine Illusionen mehr macht, dann ist es Anna Marx.

Religionsersatz ist das nicht, auch keine Anleitung zum glücklichen Leben. Eher der schärfere Blick durch sich selbst auf andere, und wenn sie einen menschlichen Makel verabscheut, dann den der Selbstgerechtigkeit. Eine Todsünde. Dafür ist sie nicht anfällig, während Selbstzweifel akzeptabel sind. Neugierde hält Anna in Bewegung, gewissermaßen in der Spur, die nur selten von ihr selbst gezogen wird. Sie folgt ihr: träge, neugierig, mit dem zweifelhaften Charme eines Bullterriers, der nicht mehr loslassen kann, selbst wenn er es wollte.

Diesem Gedanken folgt die Wahrnehmung, dass ihr Magen knurrt. Ein abstoßendes Geräusch, und die Autorin hat gelogen, weil sie an dem Abend nach dem Interview mit Martin Liebling das vollzog, was im modernen Sprachgebrauch »One-Night-Stand« genannt wird. Eine-Nacht-Ständer? Die Auswahl an verbalen Erotika ist beklagenswert, und Anna fällt keine gute Übersetzung ein. Nicht nur die Großkopfeten haben einen Hang zur Bestechlichkeit, es geht auch ein paar Treppen tiefer. Das Zimmermädchen, das Anna über die Hotelflure verfolgte, um etwas über John Schultz in Erfahrung zu bringen, sprach mit freizügiger Abscheu vom Liebesleben der Hotelgäste. Ein sprudelnder Quell von Informationen für einen Fünfzig-Euro-Schein, das war preiswert, und das Mädchen wollte ohnehin kündigen und nach Hause zurückkehren, wo es weniger lasterhaft zugeht: in den Iran.

Zwei Jahre lang hat sie stumm geputzt, die Flaschen aus den Zimmern entfernt, die Haare aus den Bidets und die Kondome aus den Betten. Und nun hat sie genug davon: von Amerikanern, die junge Männer aller Hautfarben mit aufs Zimmer nehmen; dem Greis, der seinen Mittagsschlaf mit Prostituierten garniert; dem Liebesleben einer Blondine. Frauen schien sie Verstöße gegen die Moral heftiger anzukreiden als Männern, sie war streng erzogen worden, und niemand hatte sie auf europäische Sittenlosigkeit vorbereitet. Auf Sodom und Gomorrha: Die Iranerin war katholisch und fühlte sich als Fremde unter Fremden. Anna verstand ihre Einsamkeit, die moralische Entrüstung schon weniger.

Während Anna ziellos durch die Stadt streift, unbeeindruckt von prächtigen Jugendstilfassaden und unverputzten Leitungen, immerhin den Müllsäcke-Slalom auf Gehwegen vollziehend, denkt sie an den Zimmermädchen-Monolog, der in einer Art Englisch gehalten war, das überall auf der Welt gleich klingt: starker Akzent, einfache Wortwahl, falsche Grammatik. Keine Feinheiten, doch durchaus Klarheit in der Aussage.

Dass John Schultz die Liebe zu Männern pflegte, hat Anna überrascht. Marlboro-Männer sind auch nicht mehr das, was sie mal waren. Das findet sie eher erheiternd, während die blonde Liebling-Geschichte sie doch verletzt hat. Es ist nichts als Eitelkeit, sie weiß das. Wie hatte Schultz gesagt? Zu viele Frauen in Lieblings Leben. Martin gehörte zu denen, die nichts auslassen konnten. Immerhin hat er sie für die Insel auserwählt. Bevor er strandete. Nach seinem Tod beschäftigt sie sich so sehr mit seinem Leben, dass es ihr schwer fällt, sich ihn als Leiche vorzustellen. In der Gerichtsmedizin, aufgeschnitten.

Sie werden ihn wieder zunähen, bevor sie ihn ins Höllenfeuer des Krematoriums schicken. Ordnung muss sein, bis zuletzt.

Ein verlogenes Miststück, die Feigen. Sie hätte es Anna doch erzählen können, dass sie mit ihm geschlafen hat. Gottes Geschenk für die Frauen war er im Bett ohnehin nicht. Seine Stärke lag im Vorspiel von Rosen und Champagner. Womit sich kleine Blondinen beeindrucken lassen. Große Rothaarige auch, so viel ist Anna bereit zuzugeben. Sie hat ihn nicht geliebt – oder allenfalls einen Augenblick lang –, und es besteht kein Grund zur Aufregung. Aber dass ein Mann, der sich immerhin in ihrer Wohnung umbringen ließ, sie auch noch belogen und betrogen hat, kränkt sie dann doch.

Gab es in ihrem Leben überhaupt einen Mann, der ausschließlich Anna liebte? Sie denkt nach und stolpert beinahe über einen Kinderwagen, von einer entrüsteten Mutter geschoben, die französisch schimpft. Manchmal ist es schön, nichts zu verstehen. Frustrierend, in einer fremden Stadt hinter einem Mann herzuspionieren, den sie auch nicht versteht.

Nein, es gab keinen Romeo für Anna, ab den Zwanzigern gerechnet. Die sorglose Zeit mit Pille und ohne Aids, die sie als Studium bezeichnete. Das nie einen Abschluss fand, weil sie faul war, damals schon. Also wurde sie Journalistin, in Bonn, und es waren glücklich vergeudete Jahre, zumindest im verklärenden Rückblick. Männer, die gingen und kamen. Kein Schmerz war groß, und sie schien ja noch so viel Zeit zu haben, eine Familie zu gründen. Es fand sich nur leider kein Gründungsvater, und mit den Jahren kamen die Liebhaber als Ehemänner des Weges, als Ringverstecker, und Anna dachte, dass sie den Frauen ja nichts wegnehme, nur ein bisschen Sex, den sie vielleicht ohnehin nicht mehr schätzten. Annas Blick war damals nicht so klar. Heute weiß sie es besser und weicht den beringten Männern aus. Die sich ja ohnehin auf die Zwanzig- bis Dreißigjährigen stürzen, was der Verzichtserklärung einiges an Größe nimmt.

Der Gedanke, dass Liebling ihr letzter Mann gewesen sein könnte, ist ebenso wenig tröstlich wie die Tatsache, dass ein Doppelgänger existiert. Liebling zwei, der Schatten, den sie fangen möchte, fangen muss, wenn sie wieder zu Geld kommen will. David wird auftauchen, weil er an das Erbe will. Und falls Martin, wie Alicia sagt, kein Testament hinterlassen hat, ist er der nächste Verwandte. Das hätte Liebling nicht gefallen, denkt Anna mit gewisser Genugtuung. Wie viele Frauen mögen in Brüssel noch unterwegs sein, die mit ihm geschlafen haben? Die Schwarzhaarige mit dem Foxterrier, die gelangweilt an ihrer Zigarette zieht, während ihr Hund am Hydranten schnüffelt? Sie muss in der Nähe seiner Wohnung sein, sie erkennt das Café wieder, in dem sie einmal waren. Das war an dem Tag, an dem er Anna Schuhe kaufte, so schrecklich teuer, dass sie sie kaum zu tragen wagt. Eine Skulptur, um Füße geformt, und den Karton hat sie ebenfalls aufbewahrt, weil auch er eine Art Kunstwerk ist.

Liebling hat Manschettenknöpfe gesammelt, in allen Farben und Steinen, die er allerdings achtlos in der Wohnung verteilte. Er hing nicht an geldwerten Dingen, er hatte ja genug davon.

Anna bleibt vor einem Schaufenster stehen, in dem Pralinen funkeln. Brüssel ist voll von diesen kleinen Geschäften mit großem Verführungspotenzial. Pierre Marcolini, angeblich der beste Chocolatier der Stadt. Alles hier macht dick, und sie fühlt sich dünn wie nie zuvor. Nicht betreten! Sie wendet sich ab und atmet tief durch. Seit sie nicht mehr raucht, was ihr als kleine Ewigkeit erscheint, atmet sie anders. Bewusster, so als ob Sauerstoff an Bedeutung gewonnen hätte. Sie sieht sich in der Straße um, und obwohl ihr Orientierungssinn stark unterentwickelt ist, erkennt sie einiges wieder. Wenn sie geradeaus weitergeht, kommt sie zur Place du Grand Sablon, wo Martins Wohnung liegt. Sie sollte sich nach einem Taxi umsehen und ins Büro zurückfahren. Anna versucht, Alicia dort zu erreichen, doch niemand antwortet außer der Konservenstimme. Sie sagt in drei Sprachen, dass Martin Lieblings Büro zurzeit nicht besetzt sei.

Der Besitzer ist mit unbekanntem Ziel verreist, denkt Anna. Jede Sekunde stirbt ein Mensch, 56 Millionen sind es weltweit pro Jahr. Der Himmel und besonders die Hölle wären hoffnungslos überbevölkert, wenn die Kirche Recht hätte. Es gibt keinen Trost, nur das Leben. Es führt sie zu dem Haus, in dem Martin wohnte.

Dass sie an seiner Wohnungstür schellt, ist mutig. Eigentlich will sie Helena gar nicht kennen lernen, es gab zu viele Frauen in seinem Leben. Die Stimme, die durch die Sprechanlage »Hallo« sagt, klingt schläfrig und abweisend. Ich habe sie aufgeweckt, denkt Anna und nennt ihren Namen und ihr Anliegen. Sie lügt natürlich. Martins Anwaltskanzlei würde nicht eine Detektivin beauftragen, seine Angelegenheiten zu regeln.

»Was genau liegt an?«, fragt Helena Liebling, nachdem sie Anna misstrauisch gemustert und schließlich eingelassen hat. Sie trägt Jeans und ein weißes Hemd, das ihr viel zu weit ist. Aus Martins Beständen, wie Anna vermutet, und auch, dass sie sich hastig angekleidet hat. Sie ist ungeschminkt. Braun gebrannt, was gut zu den weißblonden Haaren passt, die ganz kurz geschnitten sind. Türkisfarbene Augen, ein wenig verquollen vom langen Schlaf, doch sie ist schön, denkt Anna. Vielleicht schon fast am Verblühen, aber immer noch eine Erscheinung, die auffällt. Helena Liebling ist groß und schlank, auf gleicher Höhe wie Anna, obwohl sie barfuß geht.

»Sind Sie gekommen, um mich aus der Wohnung zu werfen?« Ihre Hand weist auf die weiße Couch, sie trägt einen Ehering.

Anna setzt sich. Es gibt Möbelstücke, auf denen man nie richtig sitzen kann, und diese Couch gehört dazu. Man versinkt oder verharrt am Rand in kerzengerader Stellung, mit den Beinen auf dem Boden. Sie entscheidet sich für Letzteres. »O nein, deshalb bin ich nicht gekommen.«

Das scheint die richtige Aussage, denn die schöne Helena lächelt und fragt Anna, ob sie auch einen Kaffee wolle.

»Ja, gern.« Und nun wieder dieser Reflex, nach der Tasche zu greifen, um sich eine Zigarette anzuzünden. Annas Hand bleibt in der Luft. Sie betrachtet sie und nimmt zur Kenntnis, dass sie zittert. Warum kann sie einem Laster nicht einfach abschwören und stark sein? Anna Marx, auf einer weißen Couch, sieht schwarz. Trägt Schwarz wie eine Witwe, und die andere, die diese Bezeichnung ebenso wenig in Anspruch nehmen kann, verschwindet in die Küche.

Sie hat den Gang eines jungen Mädchens, eine Beobachtung, die Anna zu sachlicher Kritik reizt. Die Stimme ist unangenehm und der Tonfall herrisch. Helena ist offenbar ebenso wenig Ordnungsfanatikerin wie ihr Exmann, denn das Wohnzimmer ist gesäumt von Kleidungsstücken, Golfzeitschriften, leeren Flaschen. Sie trinkt Chablis, und wenn sie es allein getan hat, nicht wenig davon. Auf dem Tisch liegt ein goldfarbenes Notizbuch, das Annas Neugierde reizt. Es wäre falsch, danach zu greifen, zumal, wenn sie dabei erwischt würde. Sie blickt aus dem hohen Glasfenster auf die Kathedrale, brabantische Gotik, die im Sommer von Touristenströmen heimgesucht wird. Gott sieht alles. Wie hält er das nur aus?

»Milch und Zucker?«

Diese Stimme könnte Glas zerschneiden. »Ohne alles!«, ruft Anna zurück.

Helena kommt mit einem Tablett, schenkt Kaffee ein und mustert Anna mit dem Blick der überlegenen Schönheit. »Ich habe eine schlimme Nacht hinter mir, normalerweise stehe ich früher auf. Schrecklich, was mit Martin passiert ist. Das hat er nicht verdient.«

Dich auch nicht, denkt Anna. Der Kaffee ist heiß und viel zu stark, und er schmeckt nicht ohne Zigarette. Sie ist dankbar, dass ihr Gegenüber nicht raucht, obwohl sie sogar den Geruch vermisst. »Niemand tut das. Haben Sie es aus der Zeitung erfahren?«

Helenas Augen sind groß und von nur wenigen Falten gesäumt. Sie sieht modelliert aus, nicht jung, nicht alt, nicht wirklich lebendig. Ihre Lippen erinnern Anna an ein hübsches Froschmaul, doch wenn sie leiser spricht, wird ihre Stimme angenehmer: »Nein, Alicia hat mich angerufen beziehungsweise meine Mutter verständigt, bei der ich gerade zu Besuch war. Ich bin natürlich sofort hierhergekommen. Weiß man schon, wann das Begräbnis ist?«

Eine von beiden lügt, und Anna tut es auch: »Die Leiche ist heute freigegeben worden, und Ihr Exmann hat eine Feuerbestattung verfügt.« Er hat zu Anna darüber gesprochen, dieser Teil ist wahr. Was, wenn sich Helena bei den Anwälten über Anna Marx erkundigt? Ach was, es wird schon gut gehen. »Über Termine weiß ich nichts, vielleicht Anfang nächster Woche ...«

Helena schlägt die Beine übereinander, sie scheint keine Schwierigkeiten mit der Couch zu haben. »Ich muss nämlich nach New York. Ein Freund von mir eröffnet eine Galerie, und er will mich unbedingt dabeihaben. Ich kenne ja alle wichtigen Leute.«

Ob sie mit Kunst zu tun habe, fragt Anna, und ihr Gegenüber lächelt akademisch. »Ich habe Kunstgeschichte studiert, Frau Marx, allerdings nie ... wie soll ich sagen ... gearbeitet, nur hier und da Freunden ausgeholfen. Geregelte Arbeit ist einfach nichts für mich, dazu bin ich zu ... spontan. Man hat ja gar keine Zeit für schöne Dinge, wenn man in der Tretmühle ist. Martin hat das natürlich ganz anders gesehen, er war ein Workaholic. Darüber hat er mich sträflich vernachlässigt und ... doch es war eine große Liebe, das können Sie mir glauben.«

Die Handbewegung deutet an, dass die Ehe über den Jordan ging. Anna zweifelt an Helenas letztem Satz. Helena hat ihn verlassen. Sie braucht Bewunderung, Anbetung, vollkommene Aufmerksamkeit – und das hat er wohl nicht durchgehalten. Sie inszeniert sich pausenlos, denkt Anna, und dass dies auf die Dauer verdammt anstrengend sein muss.

»Gibt es ein Testament? Ich bin zurzeit ziemlich pleite, ehrlich gesagt.«

Das Geständnis überrascht Anna. Sie ist ständig pleite, doch sie spricht nicht darüber. Sie stellt die Kaffeetasse vorsichtig auf den Glastisch. »Nein, bisher hat sich keines gefunden. David Liebling wäre in diesem Fall der Erbe seines Bruders. Wir suchen ihn, haben Sie eine Ahnung, wo er sich aufhalten könnte?«

Bildet sie sich das ein, oder zeigt das Kunstwerk Risse? Von einem Augenblick zum nächsten erscheint ihr Helena plötzlich alt. Müde, verbittert, vom Sockel ewiger Schönheit gestoßen und im Begriff, Staub zu werden.

»Im Spielcasino? Sie brauchen doch nur alle Spielhöllen dieser Welt abzusuchen, um David zu finden. Oder in den Betten aller Frauen unter sechzig. Mein Schwager wird ganz sicher auftauchen, wenn er Geld riecht. Er hat eine Nase dafür – und Hände, die damit beschäftigt sind, es pausenlos auszugeben. Dieser Mann hat in seinem Leben nicht einmal ernsthaft versucht, Geld durch Arbeit zu verdienen.«

Annas spöttisches Herz liegt auf der Zunge: »Ist das nicht in Ihrem Sinne? Oder habe ich Sie da etwas falsch verstanden?«

Das Helena-Lachen klingt wie klirrendes Eis. »Aber er ist doch ein Mann, meine Liebe, da gelten andere Vorgaben. Männer sind dazu da, Frauen ein schönes Leben zu ermöglichen, welchen anderen Zweck hätte ihre erbärmliche Existenz denn sonst? Und wenn sie nicht von Haus aus reich sind, müssen sie das Geld eben verdienen. David hat da etwas falsch verstanden. Er war ein Ausbeuter, Schmarotzer, eine nichtsnutzige Karikatur seines Bruders. Es ist ein Witz, dass er ihn beerben soll. Martin hätte das nicht gewollt. Ich bin sicher, dass es ein Testament gibt.«

»Wir müssten es nur finden«, murmelt Anna und betrachtet ihre zitternden Hände. Entzugserscheinungen. Eines Tages wird sie tot sein und mit ihrem letzten klaren Gedanken alles bereuen, was sie falsch gemacht hat. Bis dahin atmet sie ergeben weiter. »Hier ist er nicht aufgetaucht?«

Helena wirft den Kopf zurück, ein Geste gekonnter Arroganz. »Nicht, solange ich hier bin, das würde er nicht wagen. Und was das Testament betrifft: Ich habe die Wohnung auf den Kopf gestellt, bisher ohne Erfolg. Hat die Polizei denn in der Berliner Wohnung nichts gefunden?«

Anna schüttelt den Kopf.

»Dann ist es im Büro, und Alicia hat es zur Seite geschafft. Sie hasst mich, weil sie meint, dass ich für ihren Liebling nicht gut genug war. Wussten Sie, dass sie mit der Schere auf Martin losgegangen ist, als er ihr von unseren Heiratsplänen erzählte? Die Frau ist nicht zurechnungsfähig. Vielleicht hat sie ihn umgebracht. Wäre ja nicht die Erste, die vor Liebe verrückt geworden ist.«

Was dir nicht passieren könnte, denkt Anna. Denn im Heer der gleichgültigen Seelen stehst du an vorderster Front. »Wann haben Sie David zum letzten Mal gesehen?«

Und da ist er wieder, dieser Riss. Als ob der Name etwas auslöste, das sie nicht unter Kontrolle hat. Das Lächeln von Sharon Stone, vermutlich einstudiert, erstarrt zur Maske. »Ich weiß nicht ... bei meiner Hochzeit? Nein, beim Begräbnis der Großmutter, und einmal in Paris, als Martin ihn aus irgendeinem Schlamassel holte. Er hat immer alles für David getan, aber mehr, um ihn mit seiner Güte zu demütigen. Er hasste ihn, glaube ich, während David überhaupt nichts fühlte. Ein Herz aus Stein, von zartem Schmelz umgeben. Außer wenn er am Spieltisch stand – oder vielleicht beim Sex, ein paar Sekunden lang.«

Und das weißt du genau: Anna interpretiert diesen letzten Satz als Geständnis. Helena und David hatten also Sex. Und einer, der so war wie sie, berührte ihre Seele. Es gibt ja doch Gerechtigkeit auf Erden, nur ist sie leider absurd. »Hat Martin Liebling gewusst, dass Sie etwas mit seinem Bruder hatten?«

Falsche Frage. Helenas Hand mit rot lackierten Fingernägeln weist in Richtung Tür: »Raus!«

Anna bleibt sitzen. »Das ist nicht mehr Ihre Wohnung. Eigentlich haben Sie gar kein Recht, hier zu sein.«

»Und Sie haben kein Recht, mir solche Fragen zu stellen. Mein Mann ist tot, auf grauenhafte Art ermordet worden. Verschwinden Sie, bevor ich die Polizei rufe!«

Anna denkt, dass sie schlechte Karten hätte mit französisch sprechenden Polizisten. Sie würden der schönen Helena jedes Wort glauben und die Rothaarige abführen. Zu viele Frauen in Martins Leben … und jetzt, im Augenblick der Stille, hört sie ein Geräusch, das aus der Richtung des Schlafzimmers kommt. Die alten Holzdienen knarren, wenn der Teppich verrutscht ist. Daran kann sie sich gut erinnern. Und jetzt ächzen sie, als ob einer darauf geht. Jetzt innehält vor Schreck … oder eine … nein, sie ist ganz sicher, dass David im Schlafzimmer ist. Und was soll sie jetzt tun?

Helena ist aufgestanden und hält das Telefon in der Hand. »Ich rufe die Polizei«, wiederholt sie und beginnt auf die Tasten zu drücken. Sie blufft, denkt Anna, doch dann hört sie das Freizeichen. Angriff oder Rückzug? Im Zweifelsfall entscheide man sich für das Richtige, hat Karl Kraus gesagt. »Raus!«, kreischt die Witwe. Anna steht auf. Ihr Rücken schmerzt, doch das versucht sie jetzt zu vergessen. Das Richtige ist meist das, was schwerer fällt. Sie sollte jetzt gehen, und sie bewegt sich in Richtung Tür.

Helena Liebling nennt ihren Namen und verlangt nach einem Vorgesetzten, soweit Anna das versteht. Perfektes Französisch, und sie sieht dabei Anna mit diesen unglaublich türkisen Augen an. Es ist die Arroganz, die Anna reizt, und bisweilen ist sie von verwegener Dummheit. »Ich würde gerne

Martins Bruder kennen lernen: Warum kommt er nicht raus?«

Der Vorgesetzte ist offenbar noch nicht am Telefon. Helena hält es wie eine Waffe in ihrer Hand, doch sie wartet noch. Sieht Anna an und sagt: »Sie sind eine Idiotin und verstehen gar nichts. So gehen Sie doch endlich.«

Aus Gründen, die sie nicht erklären kann, folgt Anna diesem Satz. Sie geht. Ihre Karte mit der Telefonnummer hat sie auf dem Tisch zurückgelassen. Anna Marx – Privatdetektivin. Sie steht im Treppenhaus und fühlt sich wie eine Idiotin. Jetzt muss sie nur noch die Erklärung dafür finden.

25. Kapitel

Den Weg zurück ins Büro findet sie mit einem Taxi. Anna war fünf Stunden unterwegs und hat ein schlechtes Gewissen, Alicia so lang allein gelassen zu haben. Dass sie immer noch schläft, als sie aufsperrt, empfindet sie zunächst als Segen. Doch die Frau auf dem Sofa liegt zu still, zu bewegungslos. Wie eine Tote, denkt Anna, als sie näher kommt. Leise Panikwellen formieren sich zu einer Woge der Angst, die den Impuls auslöst, dass sie weglaufen sollte. Gänsehaut kriecht auf Annas Arme, obwohl es warm ist im Zimmer. Auf dem Tisch steht eine Wasserflasche, sonst nichts. Alles ist aufgeräumt, ordentlich, doch kein Mensch kann so lange und tief schlafen, nicht nach einer Valiumtablette.

»Alicia.« Anna rüttelt sie sanft an der Schulter und beugt sich über sie. Dunkler Haaransatz beginnt das Rot zu unterwandern. Unter geschlossenen Augen ziehen sich Tränenspuren über beide Wangen. Klein und zerbrechlich liegt sie da, wie ein trauriges Kind, das Schlaf dem Wachen vorzieht.

»Alicia, verdammt!« Anna rüttelt stärker, sie schreit jetzt, doch die Schlafende reagiert nicht. Sie atmet, denkt Anna, flach und unregelmäßig, doch sie atmet. Sie ist nicht tot. Noch nicht. Oh, verdammt, sie braucht Hilfe. Die Feuerwehr, den Notarzt, Polizei ... und keine Ahnung hat sie, welche Nummer sie wählen müsste. Sucht das Telefonbuch, das sich in einem der Schränke versteckt. Sie findet es nicht und weiß nichts Besseres zu tun, als aus dem Büro zu laufen und im Flur nach Hilfe zu schreien. Irgendjemand in diesem Marmormausoleum muss sie doch hören ...

Anna versucht es in Deutsch und Englisch, auf Brüsseler Sprachkenntnisse vertrauend ... und tatsächlich öffnet sich eine Tür, und ein junger Mann fragt, in Anbetracht der Umstände sehr ruhig und höflich, womit er helfen könne ...

Der Notarztwagen braucht fünf Minuten. Anna hat auf die Uhr gesehen und die Sekunden gezählt, während der junge Mann Alicia beatmete. Ein Erste-Hilfe-Kurs: Auch das zählt zu den vielen Versäumnissen in ihrem Leben. Betet sie? Zumindest hat sie, am Fenster stehend, die Hände gefaltet und sieht zu, wie drei Männer aus dem Wagen ins Haus gehen. Ewigkeiten, die ein Lift brauchen kann; sie öffnet ihnen die Tür. Nein, sie hat keine Ahnung, was passiert ist. Eine Valium, das könne doch nicht so verheerend wirken. Sie redet noch, als ihr keiner mehr zuhört, weil sie sich um die Frau auf dem Sofa kümmern.

»Sieht aus wie eine Überdosis«, sagt der junge Mann zu Anna. »Aber es ist nichts auf dem Tisch, das uns weiterhelfen könnte.«

»Sie war sehr ordentlich«, murmelt Anna und erschrickt über ihre Worte. Die Sanitäter, Ärzte, was auch immer, legen Alicia auf eine Bahre. »Ist sie tot?«, fragt Anna, und sie beachten sie gar nicht. »Wie viel Valium?«, fragt einer, und Anna läuft ins Badezimmer und kommt mit der leeren Packung zurück. »Ich habe ihr doch nur eine einzige gegeben«, betet sie den Satz ihrer Unschuld, während sie ihr die Sicht aufs Geschehen versperren.

»Sie wird künstlich beatmet«, sagt der junge Mann. »Sind Sie mit ihr verwandt? Sie sollten mit ins Krankenhaus fahren.«

Warum bleibt er so ruhig und scheint genau zu wissen, was das Richtige ist? Anna lächelt ihn dankbar an, nimmt ihre und Alicias Handtasche und folgt den Männern mit der Bahre. Sie vergisst, abzuschließen, und ruft dem jungen Mann vom Lift aus zu, dass er einfach zuziehen solle. »Sie waren großartig«, sagt sie noch, bevor die Lifttür sie trennt.

Haben Männer mehr Talent zur Katastrophenbewältigung? Vermutlich ja, weil sie immer wieder Frauen heiraten. »Wird sie durchkommen?«, fragt Anna den Mann mit der Brille, der wie ein Arzt aussieht, wie ein müdes, überarbeitetes Wrack mit schwarzer Haut und gräulich schimmernden Bartstoppeln.

»Gut möglich«, antwortet er und lächelt gleichgültig. Er macht nur seinen Job und zweifelt manchmal daran, ob es sinnvoll ist, Selbstmörder zurückzuholen. Es sind immer nur die Angehörigen, die wehklagen. Diejenigen, die da liegen, sehen sehr friedlich aus, als ob sie froh wären, es geschafft zu haben. So weiß, die Haut der Schlafenden, und sie fühlte sich an wie Schnee. Der Tod ist kalt, so hat er es immer empfunden, während das Leben heiß und verschwitzt ist. Es ist eine Anstrengung, aus der nur der große Schlaf erlösen kann.

Die Rothaarige sieht aus, als ob sie auch gleich zusammenklappen würde. Er nimmt ihren Arm, als sie den Lift verlassen, und setzt sie auf den Beifahrersitz, während er hinten einsteigt. Er tut seine Pflicht, dafür wird er bezahlt. Blaulicht und Sirenen, das ist seine Musik. Selbstmörder-Disco und der Rap der Todesängste: Er wollte Musiker werden, doch seine Eltern waren dagegen.

Ich hätte nicht so lange wegbleiben dürfen, denkt Anna,

während sie mit blinkenden Lichtern durch die Stadt rasen. Brüssel fliegt an ihr vorüber wie ein böser Traum, und die Sirene raubt ihr den Verstand. »Sie sind Verwandte?«, fragt der Kamikazefahrer und, als Anna den Kopf schüttelt: »Was machen Sie dann hier?«

»Wir sind Freundinnen«, flüstert sie, und in diesem Augenblick glaubt sie daran. Sie ist eine schlechte Freundin, und wenn Alicia stirbt, wird sie sich schuldig fühlen. Anna hat ihr das Valium gegeben, und sie hat die Packung auf dem Tisch liegen lassen, weil sie es eilig hatte, wegzukommen. Wie viele Pillen waren in der Packung? Sie weiß es nicht mehr, aber sie war fast voll. Im Badezimmerschrank lagen auch Schlaftabletten, der Giftschrank war voll von allem, was zum Tode befördern könnte. Alicia in ihrer Ordnungsliebe muss noch aufgeräumt haben, bevor sie sich zum Sterben hinlegte. Und wenn sie es gar nicht selbst tat? David Liebling, der ins Büro kam, es gab einen Streit, was auch immer, und er zwang sie, die schon schläfrig war, die Pillen zu nehmen, alles, was da war, und ...

Aber nein, das ist unmöglich. Er kann nicht an zwei Orten gleichzeitig gewesen sein, im Büro und in der Wohnung. Alicia war eine Kandidatin für hysterische Akte, und dass sie keine Abschiedszeilen hinterlassen hat, beweist noch nichts. An wen hätte sie ihre letzten Worte richten sollen? An Anna Marx? Martins Foto lag auf dem Boden neben der Couch, sie muss es aus seinem Arbeitszimmer vom Schreibtisch genommen haben. Er lächelt sardonisch auf diesem Bild, als ob er sich über etwas amüsiere, an dem andere nicht teilhaben. Warum hat Alicia dieses Foto gewählt, um seinen Schrein zu schmücken? Anna schließt die Augen, weil ihr übel wird von der wilden Fahrt und Gedanken, die sich im Kreis drehen und zu keiner vernünftigen Erklärung führen.

Sie wird vom Gurt gehalten, als der Fahrer abrupt bremst. Sie stehen vor dem Krankenhaus, es ist ein riesiger, hässlicher

Bau, der Anna Furcht einflößt wie alle Hospitäler dieser Welt. Sie schieben Alicia durch das Glasportal, und Anna folgt dem Tross in die Notaufnahme. Ihre Füße schmerzen, ihr Magen fühlt sich hohl an, und erschöpft setzt sie sich in einen der Plastikstühle im Wartebereich, unfähig, auch nur einen Schritt weiterzugehen. Sie würde umkippen.

»Alles in Ordnung?«, fragt der Arzt, bevor er verschwindet. Annas Antwort hat er nicht abgewartet, ist ja auch egal, denkt sie, weil dies ein Ort zum Sterben ist, und wenn sie jetzt eine Zigarette hätte, sie würde sie anzünden, sofort und ohne Bedenken. Gibt es Zigarettenautomaten in belgischen Krankenhäusern? Sie müsste sich zur Cafeteria durchschlagen, vielleicht auch einmal etwas essen, nein, sie kann sich nicht bewegen, und weil der Stuhl so unbequem ist, setzt sie sich daneben, auf den Boden. Zieht die Schuhe aus und betrachtet ihre Zehen. Nicht daran denken, dass sie Alicia vielleicht zu spät gefunden hat. Die Zehen: Sie sind hässlich, mit roten Druckstellen von den schönen Folterwerkzeugen. Zu viel Hornhaut, sie achtet zu wenig auf ihren Körper, und die Beine rasiert sie sich nur, wenn ein erotisches Ereignis bevorsteht. Zum letzten Mal, als Liebling in Berlin war.

Sie stand im Badezimmer, während er im Büro telefonierte. Mit wem hat er gesprochen? Sie hat ihn nicht gefragt, warum auch? Und dann hat sie es vergessen, sie muss, sobald sie zu Hause ist, eine Liste der Telefonate anfordern. Schlampige Detektivinnen sterben des Hungers in belgischen Krankenhäusern – und recht geschieht ihnen.

Bitte, lieber Gott, wenn es dich gibt, mach, dass Alicia durchkommt. Annas Krisengebete sind von zweifelhafter Qualität, sie weiß es und glaubt nicht an Erhörung. Aber weiß man's, vielleicht versteht er alles, sogar Frauen wie sie. Annas Handy klingelt, sie kramt in ihrer Handtasche und erwischt die grüne Taste, bevor das Piepen erstirbt. ER ist es nicht.

»Wie geht es dir?«, fragt Sibylle aus einem fernen Land, und Anna antwortet: »Geht so«, was keine weiteren Erklärungen nach sich ziehen muss. Sibylle hätte auch kein Ohr dafür, denn sie muss Anna unbedingt erzählen, dass sie den Mann ihres Lebens gefunden hat. Er heißt Archibald.

»Kein Mensch heißt so«, sagt Anna.

Sibylle überhört den bissigen Ton. »Doch, und Archie ist das Beste, was in diesem Universum frei herumläuft. Eine Offenbarung im Bett. Und er wickelt Jonathan und gibt ihm die Flasche. Einen phantastischeren Vater kannst du dir nicht vorstellen. Ach, Anna, ich bin so glücklich.«

Anna schweigt. Es ist der falsche Moment, um glücklich zu sein, und sie kann sich an Archibald nicht erwärmen. Jetzt nicht. »Das freut mich für dich. Und wo hast du dieses Wunder getroffen?«

»Na, in der Kneipe natürlich. Er kam rein – und es war Liebe auf den ersten Blick. Es stört mich absolut nicht, dass er eine Glatze hat. Es sieht so sexy aus. Findet Freddy auch, aber dieser Mann ist absolut hetero.«

Sibylle lacht, ein bisschen verblödet, wie Anna findet. Eine Schwester geht vorbei und sieht Anna strafend an. Hat sie wieder ein Verbotsschild übersehen? Doch der steife Kragen sagt nichts und geht weiter, und Sibylle schäumt am anderen Ende der Leitung über vor Glück. Es ist ekelhaft.

»Du musst ihn unbedingt kennen lernen. Wann kommst du zurück?«

»Bald«, erwidert Anna. Wenn Alicia überlebt und Anna weiß, warum sie eine Idiotin ist.

»Also, das wollte ich dir nur sagen. An unseren Italienplänen ändert das natürlich nichts. Wir ziehen einfach zu viert dahin …«

Anna hört das Plärren eines Babys und fragt sich, wo das glatzköpfige Wunder ist, das es bemuttert. Doch Sibylle sagt, dass sie auflegen müsse, offenbar ist Archie abwesend. Anna presst ihren Zeigefinger auf die rote Taste. Wir ziehen einfach zu viert nach Italien, das ist wunderbar, sie wollte schon immer viertes Rad am Wagen sein. So ist das mit Frauenplänen: Lass einen Mann des Weges kommen, und er vernichtet mit leichter Hand jeden Pakt des Lebens.

Sie sieht einen Arzt den Raum verlassen, in den Alicia verschwunden ist. Anna steht auf und läuft barfuß auf ihn zu. »Alicia Winter ... wie geht es ihr?«

»Sind Sie eine Verwandte?«

Es ist unkomplizierter zu nicken, und er antwortet, dass Frau Winter stabil, aber noch nicht über den Berg sei, bevor er weitereilt und eine ratlose Rothaarige zurücklässt. Weil sie ihn nicht mehr fragen konnte, ob sie zu Alicia dürfe, geht Anna nach kurzem Zögern einfach durch die Tür, deren Aufschrift vermutlich besagt, dass Unbefugten der Zutritt verboten sei. Kann sie Französisch?

Eine Krankenschwester blockiert ihren Weg, bevor sie zu Alicia gelangen könnte. Dieselbe, die ihr Handy missbilligend betrachtet hatte. »Raus!«, schreit sie und schubst Anna beinahe durch die Schwingtür. Kümmert es sie, dass Anna stolpert und beinahe gefallen wäre? Dies ist ein Ort zum Sterben, und ergeben setzt sich die Marx wieder auf den Boden. Sie ist müde, und wenn sie sich auf die große Handtasche legt, hat sie eine Art Kissen, nicht sehr bequem, aber ausreichend für die Notlage, die Sehnsucht nach Schlaf und Vergessen. Wohin sollte sie gehen als Idiotin mit Schuldgefühlen?

In der Horizontalen erscheint die Welt anders, viel einfacher. Neonröhren oben und unten der kühle Plastikboden. Dazwischen ist nichts, und wenn sie die Augen schließt, könnte sie sich beinahe sicher fühlen. Schließlich ist sie in einem Krankenhaus, und wenn sie sie finden, unterernährt, an Nikotinentzug kollabierend, werden sie etwas für sie tun. Sie in ein Bett legen und zudecken zum Beispiel, und dann möchte Anna hundert Jahre schlafen. Nicht mehr an Martin denken oder an David, an Alicia, Helena, Julia und Eva Mauz, an blonde Autorinnen oder schwule Marlboro-Männer. Sie alle, die den Lügenwalzer tanzen, jeder nach einem anderen Rhythmus, sie hören nur ihre Musik, und Anna, die sich unter die Tanzenden mischt, wird herumgestoßen wie ein Luftballon, der an Höhe verliert, nichts mehr überblicken kann und weiß, er wird zertreten, wenn er das harte Parkett berührt. Sie alle reden ununterbrochen, während sie sich grotesk bewegen, doch Anna kann nichts hören, die Musik ist zu laut, schrill und dissonant, als ob das Orchester gegeneinander spielen würde. Sie ist ein Luftballon, sie möchte schweben, doch sie verliert an Luft, und je mehr sie sich dem Grund nähert, desto erschreckender werden die Fratzen. Martin grinst sie an, oder ist es David? Helena reißt sich Masken vom Gesicht, eine nach der anderen, doch sie sind alle gleich, und jedes ihrer Gesichter ist von einer dünnen Eisschicht bedeckt. Julia trägt ihren Strick um den Hals wie einen Schmuck, und John Schultz hängt am Hals der Autorin und saugt ihr das Blut aus … Der Kapellmeister zieht eine Trillerpfeife aus seiner Smokingtasche und steckt sie in seinen Mund. Der Lärm ist unerträglich. Sie ist ein Luftballon, der zu Boden sinkt …

Anna schlägt die Augen auf und sieht auf ein Handy, ihr Handy, und es piept in aufdringlicher Lautstärke. Die Hand, die es hält, ist braun, nur die Handflächen sind weiß.

»Telefon für Sie. Ihrer Freundin geht es so weit ganz gut. Aber Sie sollten nach Hause gehen und vorher irgendeine Taste drücken, um das Ding zum Schweigen zu bringen. Bevor die Oberschwester Sie hinauswirft …«

Sie lächelt dankbar, zu mehr ist sie nicht fähig, und hält das Ding an ihr Ohr, nachdem sie die Signaltöne unterbrochen hat. Aus dem Albtraum noch nicht gänzlich erwacht, hört sie die Stimme von Eva Mauz. Sie klingt anklagend und sagt: »Ich habe zweimal auf den Anrufbeantworter gesprochen. Gehen Sie denn nie ans Telefon?«

Anna setzt sich auf und lehnt ihren schmerzenden Rücken an die Wand. Der Arzt ist weitergeeilt, sie sieht nur noch einen wehenden Kittel. Durst ist ein überwältigendes Gefühl, ihre Zunge fühlt sich pelzig an, sie kann kaum sprechen. »Es ist im Moment etwas schwierig ... ich rufe Sie gleich zurück.«

»Nein«, bellt Eva Mauz, »Sie bleiben jetzt dran, wenn ich Sie schon mal habe. Wo sind Sie überhaupt?«

»In Brüssel. In einem Krankenhaus.« Anna krächzt, sie wird verdursten, und warum schaltet sie nicht einfach aus?

»Sind Sie überfallen worden?« Eine Antwort scheint Eva Mauz nicht zu erwarten, denn sie spricht ohne Pause weiter. »Hören Sie, ich will die Sache beenden. Julia soll in Frieden ruhen ... und das Geld, das sollten wir vergessen.«

Das klingt nicht gut, denkt Anna, die in die Wirklichkeit zurückkehrt. Wer immer das Handy erfunden hat, man sollte ihn erschlagen. Wie kann sie auf dem Boden eines Krankenhauses klare Gedanken fassen? »Hören Sie, ich rufe Sie zurück.«

»Nein, das werden Sie nicht tun.« Die Stimme, nach Gutsherrenart, klingt schrill in Annas Ohren. Zu viele Geräusche in den letzten Stunden, und ihr Albtraum war von besonderer Qualität. »Frau Mauz: Es geht mir nicht gut. Und ich bin in Brüssel, um Julias Mann zu finden. Ich bin ganz nahe dran, glauben Sie mir.«

»Papperlapapp. Das haben Sie bei Josef Gangwein auch gesagt. Und dann war's plötzlich ein anderer. Ein Gespenst, nach dem Sie jagen. Sie haben mehr Phantasie als praktische Fähigkeiten, scheint mir ...«

Anna hält das Handy vom Ohr entfernt. Die Stimme redet weiter. Schwestern und Pfleger, die vorbeigehen, sehen sie missbilligend an, unternehmen aber nichts. Sie sehen müde aus, denkt Anna. Wir sind alle müde, doch wir machen weiter. Augen zu und durch … und wenn es Treibsand ist und wir uns absolut nicht von der Stelle bewegen?

»Hören Sie mir überhaupt zu?!«

»Doch«, sagt Anna, »voller Konzentration. Aber Sie können mich nicht so einfach mittendrin feuern, weil Sie mal eben die Lust verloren haben. Ich habe Ihnen von Anfang an gesagt, dass die Suche länger dauern kann.«

»Darauf will ich aber nicht mehr warten. Ich werdc hciraten und will diese Sache vom Tisch haben«, sagt Eva Mauz nach kurzer Stille und mit vollkommen anderer Stimme.

Anna tastet mit der Handtasche nach einer viereckigen Packung, die nicht aufzufinden ist. »Glückwunsch. Aber was hat das mit mir zu tun?«

»Josef hat mich überzeugt, dass Rachsucht nicht … poetisch ist.«

Josef? Poesie? Anna betrachtet ihren großen Zeh, der sehr beweglich ist. Er versteht nichts. »Welcher Josef … doch nicht etwa Gangwein, der Dichter?«

Stille. »Doch, ebender. Wir werden heiraten und einen kleinen Verlag aufmachen, um die Dichtkunst etwas … unter die Leute zu bringen. Ich habe Josef aufgesucht, verstehen Sie, weil ich mich überzeugen wollte, dass er nichts mit Julia zu tun hatte. Sie sind sich ja nie in irgendetwas ganz sicher. Deshalb wollte ich mir selbst ein Bild machen, und, na ja, wie es eben geschehen kann mit großen Gefühlen … ich bin sehr glücklich. Und ich will, dass Julia in Frieden ruht.«

Das tut sie doch sowieso, denkt Anna. Ein Selbstmordversuch und zwei Liebesgeschichten innerhalb weniger Stunden überfordern ihre Sinne. Die Idiotin sitzt am Boden und wackelt mit den Zehen. Es ist so beruhigend.

»Ja. Das ist schön. Aber wir müssen über Geld reden, Frau Mauz. Ich beschäftige mich seit Wochen mit nichts anderem.«

»Weil Sie nichts anderes zu tun haben. Ich habe übrigens Josef gegenüber mit offenen Karten gespielt. Er weiß, dass Sie Detektivin sind und in meinem Auftrag unterwegs waren. Er fand das sogar amüsant, und dass Sie eine reiche Erbin sind, hat er Ihnen ohnehin nie abgenommen.«

Dafür hat er jetzt eine. Anna unterdrückt diesen Satz. Sie sieht an der Anzeige, dass ihr Handy bald sterben wird. »Frau Mauz, ich bin spätestens übermorgen in Berlin, und dann müssen wir uns unterhalten. Von Auge zu Auge, denn ich hasse es zu telefonieren.«

»So viel Hass«, erwidert Eva Mauz. »Dabei kann uns nur die Liebe retten.«

Und mit dem letzten Satz erlischt das Licht. Das kleine Telefon ist leer gesprochen.

26. Kapitel

Alicia lebt, das ist die gute Nachricht. Die schlechte nimmt sich dagegen bescheiden aus, doch sie bewegt Anna dazu, Brüssel auf schnellstem Weg zu verlassen. Woran sie noch glaubte, als sie den Flug buchte, doch die Maschine hat Verspätung, und ihr Los sind die harten Plastikstühle und das Warten.

Fjodor meldete Sibylle einen Wasserschaden in seiner Wohnung und wollte nicht ausschließen, dass es bereits durch Annas Decke tropfte. Was, wie die Putzfrau bestätigte, der Fall war. »Du bist doch versichert?«, fragte Sibylle, als sie anrief, diesmal nicht in eigener Sache. Anna, die ihr Handy im Büro aufgeladen hatte, saß vor einem der Cafés an der Place du Grand Sablon und hatte die Tür von Lieblings Wohnhaus im Visier. Sie aß *Gaufres*, Waffeln aus Eierkuchenteig mit Schokoladensauce, die auf einfache Weise trösteten. Dazu trank sie

Kaffee, um sich wach zu halten. Nein, sie war nicht versichert. Weil sie es zeit ihres Lebens abgelehnt hatte, das Kleingedruckte zu lesen. Nun, das hatte sie jetzt davon. »Es tropft nur ein bisschen«, beruhigte Sibylle und erwähnte ein paar Wasserflecken an der Decke. Der formidable Archie kenne einen Kunstmaler, der das für einen Spottpreis richten könne. Anna war nicht dankbar, auch wenn sie das Angebot annahm und versprach, mit der nächsten Maschine zu kommen.

Sie aß die Waffeln in Ruhe zu Ende. Hoffte, dass David und Helena aus dem Haus kommen würden, solange sie da war. Ein glücklicher Zufall war das, was sie brauchte nach diesem Tag, doch Wunder geschehen nicht in Serie. Maßlos war Anna, schließlich war zumindest ein Gebet erhört worden. Nicht, dass Alicia sich für ihre Rettung dankbar zeigte. Sie wandte den Kopf ab, als Anna an ihrem Bett stand, als ob sie sich dafür schämte, mit dem Leben nicht fertig geworden zu sein.

Es war eine dieser Situationen, in denen Sekunden Endlosschleifen ziehen. In denen auch Anna nicht einfiel, was sie sagen sollte. Unvorstellbar zäh, das Schweigen, und sie meinte zu hören, wie die Flüssigkeit aus dem Tropf in Alicias Vene sickerte. Sie blieb nur kurz und drückte Alicias Hand, bevor sie ging. »Das Leben ist schön«, wollte sie sagen, doch ihr Mund weigerte sich, die Lüge auszusprechen.

Sie buchte telefonisch den Abendflug, packte ihre Tasche im Büro und hinterließ die Schlüssel bei dem jungen Mann, der ihr schon einmal geholfen hatte. Er versprach, sich um alles zu kümmern und Alicia im Krankenhaus zu besuchen. Anna fragte nach seinem Namen und vergaß ihn dann wieder auf dem Weg. Egal, wie immer er hieß, er war ein netter Mensch mit der seltenen Gabe, da zu sein, wenn man ihn brauchte. Ob er Martin Liebling in den letzten Tagen gesehen habe, fragte Anna ihn zum Abschied, und er sah sie an, als ob sie den Verstand verloren habe. Martin sei doch tot. In drei Sätzen klärte ihn Anna über den Zwillingsbruder und Alicias Beobachtung auf, und er schüttelte den Kopf. Doch er würde ein Auge auf den Doppelgänger haben, ganz offensichtlich fand er die Geschichte spannend, eine willkommene Abwechslung vom Addieren von Zahlen, die sein täglich Brot waren. Er war Steuerberater, obwohl er von einer Karriere als Arzt geträumt hatte.

Der Taxifahrer fluchte in Suaheli, weil Brüssels Straßen ein Verkehrsinferno waren. Vielleicht, dachte Anna auf dem Rücksitz, verliebt sich der Lebensretter in Alicia, so etwas geschieht in Filmen häufig. Ein Altersunterschied von etwa fünfzehn Jahren, was macht das schon? Frauen lieben in Männern ihre Väter oder Söhne, und umgekehrt verhält es sich wohl ebenso, was der Grund dafür sein mochte, dass Erotik alle Spielregeln außer Kraft setzt.

Anna vertrieb sich die Zeit des Wartens mit Waffeln sowie dem belanglosen Blickkontakt mit einem mittelalten Hundebesitzer, der zwei Tische weiter saß und vier Portionen Apfeltarte mit seinem Begleiter teilte. Die beiden sahen sich ähnlich in der Art von Boxern, und Anna konnte ja nicht die ganze Zeit auf die Haustür starren. Als sie gingen, weil es nicht im Buch des Schicksals stand, dass sie zusammenfinden sollten, und als nach zwei Stunden weder David noch Helena Liebling auftauchten, nahm Anna ein Taxi zum Flughafen. Natürlich hätte sie mit dem Bus fahren können, doch verschwendete Zeit und verschwendetes Geld schienen zueinander zu passen. Außerdem war sie zu müde, um sich nach Fahrplänen zu erkundigen.

Hier sitzt sie nun und wartet schon wieder. Auf ein Flugzeug, das Verspätung hat, und auf den Augenblick in ferner Ewigkeit, in dem ihr Körper nicht mehr nach Nikotin schreit. Auf die Rückkehr in eine Wohnung, die im Regen steht. Ob Fjodor versichert ist? Es wäre ein Wunder, denkt Anna, und dass er zu feige war, es ihr selbst zu sagen. Sibylle in ihrem Glückstaumel hatte bereits ihre Putzfrau in die Wohnung geschickt. Anna glaubt, dass die Freundin von schlechtem Gewissen geplagt wird. Weil es ihr so gut geht und sie die Götter gnädig stimmen möchte. Sie fragt sich, ob sie eifersüchtig ist? Vielleicht, in jedem Fall wird alles anders werden, weil frisch verliebte Frauen als Freundinnen nicht mehr viel taugen.

Anna hat Martin nicht geliebt, das ist der Unterschied, den sie in Anspruch nimmt. Es war ein ungeklärtes Verhältnis, so wie die Umstände seines Todes es immer noch sind. Sie hat eine Menge Geld ausgegeben und nichts Konkretes gefunden. Ihr Verdacht, dass es Brudermord war, ist eben nur eine Annahme, und David bleibt ein Phantom. Sie würde ihn zu gerne kennen lernen. Warum fliegt sie überhaupt weg aus Brüssel? Wegen ein paar Wassertropfen? Sie könnte die Buchung stornieren, zurück ins Büro fahren oder vor dem Haus lauern …

»Anna Marx?«

Sie blickt auf und sieht blond. Die Autorin steht vor ihr und lächelt, als sei ihr eine freudige Überraschung gelungen. »So ein Zufall, dass wir uns hier treffen. Ich fliege nach Paris – und Sie?«

»Nach Berlin, aber mein Flieger hat Verspätung.«

Chris Feigen setzt sich auf den freien Platz neben Anna und legt die Füße auf ihren Rollkoffer. Sie sind von Schuhen umhüllt, die Anna gefallen: hochhackig, rot, beinahe untragbar, aber das ist ja der Witz daran. »Ich habe noch viel Zeit, weil ich immer viel zu früh am Flughafen bin. Übertrieben preußische Gesinnung, zumindest was Pünktlichkeit betrifft. Haben Sie Ihren Fall gelöst?«

»Nicht ganz«, erwidert Anna vorsichtig. »Mir fehlt die Kleinigkeit von Beweisen für gewagte Theorien.« Sie weiß nicht, ob sie die Begegnung freut. In jedem Fall entscheidet sie sich, nun doch zu fliegen. Sibylle erwähnte auch, dass die Kommissarin mit ihr reden wollte. Die Freundin habe ihr natürlich nicht gesagt, dass Anna in Brüssel sei, und erweckte den

Eindruck, als habe sie der Folter widerstanden. Sibylle glaubt, dass sie nichts mehr falsch macht, bloß weil einer sie liebt. Anna graut vor dem Treffen mit Archie. Seine Eltern müssen ihn gehasst haben.

»Mir geht es ähnlich.« Die Autorin sieht Anna von der Seite an und beneidet sie um rote, dicke Haare, weil sie nie eine Blondine sein wollte. Es hat sich so ergeben, woran sie Männern die Schuld gibt. »Vieles, was ich weiß, kann ich nicht schreiben, weil die Leute zwar inoffiziell viel erzählen, sich aber feige davonmachen, wenn's zum Offenbarungseid kommt. Die zwei, drei Quertreiber in Brüssel haben ihre Geschichten längst an Zeitungen verkauft oder in schlechten Büchern verewigt. Gegen diesen Österreicher ermittelt die Betrugsbehörde, den kann man vergessen. Und Bruno ist tot. Also brauche ich wieder den wirklich guten Informanten. Die Idioten oder Helden sterben aus.«

Anna lächelt mitleidig und bietet ihr ein Bonbon an, weil man ja nicht rauchen darf, wo sie sitzen. Die Autorin bedankt sich übertrieben herzlich. Sie will etwas von mir, denkt Anna, weil sich unsere Recherchen überschneiden. Sie ist der Typ, der Leute nach dem Prinzip der Nützlichkeit behandelt. Martin hat sie auch ausgebeutet, und den armen Bruno sowieso. Drehen wir den Spieß doch einmal um: »Was haben Sie über John Schultz herausgefunden?«

Sie sieht Anna an, als ob sie genau wüsste, welche Überlegungen dieser Frage vorausgingen. Doch die Marx ist eine Art Frau, die ihr in guten Tagen ans Herz wächst. Also antwortet sie auf Annas Frage: »Er ist schwul und bevorzugt blonde, junge Männer mit Tätowierungen. Arierkomplex mit masochistischem Einschlag. Die Wohnung, die Schultz gemietet hat, benutzt er nur zu Treffen mit Leuten, mit denen er nicht gesehen werden will. Sein geheimes Leben, das andere führt er ganz zwanglos im ›Métropole‹. Das Hotel sieht sein Sexualleben mit gewisser Abneigung, doch er ist ein viel zu guter Gast, als dass sie ihn rauswerfen würden.«

Sie hat das Zimmermädchen auch gefunden, denkt Anna, und vermutlich üppiger geschmiert, denn sie weiß mehr. Vielleicht ist sie auch die bessere Spürnase, verdient ja wohl auch mehr mit ihren Büchern als Anna, die Schmalspurexistenz im Schattengewerbe. »Iranisches Zimmermädchen?«

Sie stutzt und lächelt dann, ein wenig gequält. »Wir sollten uns zusammentun – wer weiß, vielleicht wären wir ein erfolgreiches Team.«

Du hättest das Sagen, und ich wäre dein Depp. Anna lächelt zurück, mit gebleckten Zähnen: »Ich bin mehr der Typ des einsamen Jägers.« Der durch den Wald hetzt und das Wild verscheucht. Vielleicht sollte sie doch für jemanden arbeiten, der erfolgsorientierter ist. Oder Bücher schreiben: Als Journalistin hat sie ja zumindest das Handwerk gelernt.

»Dann hätten wir ja etwas gemeinsam, und Schultz ist auch von dieser Sorte, nur gemeiner. Er hat viel Geld zu verteilen, und er zahlt überwiegend bar. Mit anderen Worten: Er wäscht Geld. Einmal pro Woche fliegt er nach Zürich, sicher deshalb, weil dort die Drahtzieher des Zigarettenschmuggels sitzen. Dafür, dass er erst seit sechs Monaten in Brüssel ist, hat er ein bestechendes Netzwerk aufgebaut. Einen militanten Nichtraucher in der Kommission hat er bereits abgeschossen, und der von der Tabakindustrie favorisierte Grieche hat die allerbesten Chancen. Es wird kein europäisches Werbeverbot für Zigaretten geben, dafür würde ich meine Hand ins Feuer legen.«

Die Hand ist klein und schmal mit kurzen, unlackierten Nägeln. Sie ist unruhig, Anna kennt das, und in anderen Zeiten wäre sie jetzt mit der Blonden ins nächste Rauchereck geflüchtet. »Es gibt doch diese ›Olaf-Betrugsbehörde‹ – hat die Schultz nicht im Auge?«

»Doch, das hat sie. Aber er ist ein schlauer Fuchs, und ›Olaf‹

ist ein schwerfälliger Apparat. Alles muss tausendmal überprüft und berichtet werden, bevor sie ihr Material an die Staatsanwaltschaften übergeben. Der Deal ist übrigens eingefädelt. Es wird kein Verfahren gegen den US-Konzern wegen Zigarettenschmuggels und Geldwäsche geben. Meinen Quellen zufolge zahlen die Amis fünfundzwanzig Millionen in die europäische Kasse. Geld wäscht vieles rein, nicht wahr? Da hatte Schultz kräftig seine Finger im Spiel. Man könnte ihn fast bewundern.«

Nein, nur verachten oder fürchten: »Hat er Bruno Laurenz umgebracht – oder besser, umbringen lassen?«

Die braunen Augen sind amüsiert auf Anna gerichtet, die das trägt, was sie ihr naives Unschuldsgesicht nennt. »Liegt das nicht in Ihrem Geschäftsbereich? Mich interessiert bloß Pekuniäres. Na ja, Sex vielleicht auch. Gott, ich hasse diese Warterei auf Flughäfen. Früher durfte man zumindest überall rauchen, wenn man schon warten musste. Ich habe, bevor ich herfuhr, mit meinem belgischen Gerichtsreporter gesprochen, wir tauschen uns manchmal aus: Die Polizei hat den Fahrer des schwarzen Porsche gefunden. War aber eher Zufall als Fahndungserfolg: Ein Konkurrent hat ihn verpfiffen. Ein stadtbekannter Zuhälter namens Dewert, und er behauptet, dass er unter Drogen stand und deshalb zu schnell fuhr – und den armen Bruno glatt übersehen hat. Die Drogen hat man ihm in seinen Drink gemischt. Sagt er. Womit der Fall aufgeklärt ist, sozusagen. Kriege ich jetzt ein Informationshonorar?«

Anna ignoriert das spöttische Lächeln und denkt, dass sie den Amerikaner als Täter vorgezogen hätte. »Ich kann Sie zu einem Kaffee einladen, wenn Sie noch Zeit haben – oder einem Getränk Ihrer Wahl.« Und du kannst rauchen, und ich werde dir dabei zusehen und zumindest riechen, was ich nicht mehr schmecken kann.

Die Blonde mit den Initialen CF auf ihrem Koffer steht auf

und deutet auf eine Raucherzone mit Getränkeausschank. »Gern, ich habe noch gut zwanzig Minuten bis zum Einchecken. Tut mir Leid, dass wir Schultz nicht festnageln können, aber ich fürchte, er ist uns immer einen Schritt voraus. Sind Sie enttäuscht?«

»Ein bisschen«, sagt Anna. Sie bestellt Kaffee und ihr Gast ein Glas Wein, doch erst, nachdem die Zigarette entzündet ist. Anna gibt sich noch drei Tage. Wenn sie dann immer noch leidet, wird sie die asketische Episode ihres Lebens noch einmal überdenken. Verwegene Theorien bringen Ablenkung: »Dieser Dewert könnte doch lügen – und von Schultz eine Menge Geld für einen Auftragsmord kassiert haben.«

»Und dafür ins Gefängnis gehen? Obwohl, so hoch wird die Strafe nicht ausfallen. Fahrlässige Tötung und Fahrerflucht, verminderte Schuldfähigkeit ... ja, möglich ist es schon. Aber kaum zu beweisen, nicht wahr? Und wenn ich mich recht erinnere, sind Sie doch hinter Martins Mörder her ... wer bezahlt Sie eigentlich dafür?«

»Niemand«, sagt Anna. »Ich schulde es ihm gewissermaßen.«

Ihr Blick ärgert Anna. In ihm liegt die Skepsis aller Frauen gegenüber edlen Motiven jenseits der Verblödung, die Liebe auslöst. Soll sie ihr sagen, dass er ihr Geld geliehen hat? Er war so großzügig – mit seinem Geld und seinem Sex. Und weil sie die Blonde doch ein wenig überheblich findet, spricht sie es aus: »Warum haben Sie mich angelogen? Sie haben ja doch mit ihm geschlafen.«

Die andere hält sich an der Zigarette fest. Bei der Lüge bleiben, eine andere erfinden oder die Wahrheit sagen: Sie hat die Wahl, und offensichtlich überlegt sie, was das Beste für sie wäre. »Iranisches Zimmermädchen?«

Anna nickt spöttisch.

»Na gut. Gelogen habe ich nicht, aber ja, er war in meinem

Zimmer, das hat sie schon richtig gesehen. Wir hatten uns unten an der Bar verabredet, aber als er kam, war er irgendwie nervös. Er wollte nicht, dass wir John Schultz in die Arme laufen. Er hatte tatsächlich ein bisschen Angst vor ihm. Also habe ich vorgeschlagen, dass wir die Flasche Wein in meinem Zimmer trinken. Wir haben auch noch Essen bestellt. Und wir haben über Geschäfte geredet – seine Geschäfte. Er wollte mich übrigens auch über Schultz aushorchen – und über Bruno. Er misstraute seinem Assistenten – zu Recht, wie man weiß. Wir haben dann noch eine Flasche Wein bestellt ... er war ein guter Trinker und witziger Gesprächspartner. Ich mag solche Männer – und ich will hier nicht behaupten, dass ich späteren Sex ausgeschlossen hätte. Mein Gott, ich bin alt genug, mit Männern ins Bett zu gehen, die mir gefallen. Und abgeneigt schien er auch nicht ... aber – Hand aufs Herz – es ist nichts passiert. Außer dass er im Bad ausrutschte und sich den Knöchel stauchte. Er hat ein bisschen gestöhnt, und vielleicht hat unser Zimmermädchen dies als Lustschreie interpretiert. Männer sind ja so wehleidig, jedenfalls war es ganz und gar vorbei mit der Romantik. Ich habe ihm einen Eisbeutel aus dem Inhalt des Sektkühlers gemacht, weil der Knöchel ziemlich anschwoll. Und dann ist er irgendwann hinausgehumpelt, und ich habe ihn noch bis zum Lift gebracht. Zwei Wangenküsse, das war's. Ich habe also nicht gelogen.«

Anna lächelt zurück. Wenn sie die Geschichte erfunden hat, ist sie wirklich gut. Aber warum sollte sie? Und ja, jetzt erinnert sie sich, dass Liebling ein klein wenig humpelte, als er bei ihr ankam. Setzte seinen rechten Fuß ganz vorsichtig auf, es sah komisch aus. Er wiegelte ab, als sie ihn darauf ansprach. Ein kleiner Ausrutscher – ja, so könnte man es nennen. Offenbar hatte er keine Lust, ihr diese herzige Episode zu erzählen. Als ob es noch eine Rolle gespielt hätte. »Tut mir Leid«, sagt Anna, »und es hätte mich auch nichts angegangen, wenn der

Abend anders verlaufen wäre. Unter uns gesagt: Sie haben nicht viel versäumt.«

Das war pietätlos, doch jetzt teilen sie dieses schmutzige Lachen, bis die Autorin auf die Uhr sieht: »Ich muss jetzt los … drücken Sie mir die Daumen, dass ich in Frankreich erfolgreicher bin. Ich werde Ihnen das Buch schicken – sofern es jemals fertig wird.«

Sie geht in diesen schönen roten Schuhen, den Koffer hinter sich herziehend. Sehr blond, doch hat Anna zum zweiten Mal das Gefühl, dass sie sich ähnlich sind, irgendwie. Sie schaut ihr nach, bis sie in der Menge der Passagiere verschwunden ist. Gott, ist sie müde, sie könnte auf der Stelle einschlafen. Es ist Zeit, nach Hause zu kommen, an den einzigen Ort, an dem sie sich wirklich sicher fühlt. Weshalb sie jetzt aufsteht und zum Schalter geht.

Die Maschine ist gelandet, das ist die gute Nachricht. Es wird nicht mehr lange dauern, versichert das Bodenpersonal. Das sagen sie immer, doch Anna setzt sich ergeben auf einen Stuhl vor dem Schalter. Sie hat keine Kraft mehr zu sinnlosen Protesten. Umgeben von murrenden Fluggästen, schließt sie die Augen. Sie hat etwas übersehen, etwas vergessen, und es ist wichtig, dass sie sich erinnert. *Entweder bist du ein Teil des Problems oder ein Teil der Lösung. Oder du bist nur ein Teil der Landschaft.* Wer hat das gesagt? Ein gewisser Sam in einem Film, der ihr nicht gefallen hat. Nur seinen Namen und diesen Satz weiß sie noch. Er bedeutet etwas …

27. Kapitel

Die Putzfrau hat Eimer im Büro verteilt, um Wasser aufzufangen, das von der Decke tropft. Warum alles Unglück in diesem

Raum geschehen muss? Vielleicht will ihr jemand sagen, dass sie ihren Beruf aufgeben sollte. Freischaffende Journalistin, das klingt besser, wird sie aber auch nicht ernähren. Die Taxifahrten in Brüssel haben viel Geld gekostet, und sie wäre besser zu Fuß gegangen oder zu Hause geblieben. Die Idiotinnenfrage ist noch ungeklärt. Im Flugzeug hat sie nicht darüber nachgedacht, sondern geschlafen. Zu müde, um der Flugangst nachzugeben, und von keinem Sitznachbarn behelligt. Die Stewardess weckte sie erst kurz vor der Landung, als ob es einen Unterschied machte, ob die Sitze um Millimeter verstellt sind. Anna ist nicht abgestürzt, obwohl sie so oft davon träumt. Sie steht jetzt nur im Regen, sozusagen, und überlegt, wie es weitergehen soll.

Zigarettenpause! Anna lacht über diesen Einfall und geht in die Küche zum Kühlschrank. Er ist neu und schön, doch so leer wie ihr Magen. Saure Milch, verschimmeltes Brot, hundertjährige Eier: Sie schließt angewidert die Tür und öffnet den Küchenschrank, in dem sie eine Dose Chilibohnen findet. Im »Mondscheintarif« ist heute Ruhetag; seit sie Mutter ist, hat Sibylle die Siebentagearbeitswoche abgeschafft und arbeitet mehr als je zuvor. Wenn es Archibald nicht gäbe, würde Anna sie besuchen, doch sie ist nicht in der Verfassung, dem Neuen gegenüberzutreten. Also löffelt sie Bohnen aus der Dose, nach den Waffeln ist es ihre zweite Mahlzeit in zwei Tagen, und sie fühlt sich immer noch als Hungerkünstlerin. Anna hat Visionen einer dünnen Ausgabe ihrer selbst – und könnte sich darin verlieben. Weil doch ihre Seele immer schlank war, sie hat sie nur selten beachtet.

Die umsichtige Putzfrau hat das Telefon mit einer Plastiktüte abgedeckt. Anna entfernt sie und hört den Anrufbeantworter ab. Sibylles Stimme und die von Eva Mauz sagen ihr längst Überholtes, wer will schlechte Nachrichten schon zweimal empfangen? Die Kommissarin bittet um Rückruf, nein, sie fordert ihn. Fjodor erzählt mit bebender Stimme, dass ein Wasserrohr explodiert sei und er keine Ahnung habe, was zu tun sei. Etwa die Feuerwehr anrufen? »Die Flut kommt«, sind seine letzten Worte, dann legte er auf. Zwei Anrufe ohne Ansage, Leute, die Anrufbeantworter nicht besprechen, sind irritierend, wie Telefongespenster, und stets beschäftigt sie die Frage, wer es war und warum er oder sie anrief.

Auf dem Tisch liegen Rechnungen, die Putzfrau hat den Briefkasten geleert. Sibylle besitzt von allem Zweitschlüssel, und Anna müsste ihr dankbar sein, dass sie sich um die Wohnung gekümmert hat. Morgen, denkt sie, werde ich mit meinem letzten Geld einen Blumenstrauß kaufen und Archie besichtigen. Ich werde nett zu ihm sein und Sibylle darin bestätigen, dass sie das Richtige tut. Ich werde Wanda Kroll anrufen und zu guter Letzt Eva Mauz, der sie einen Scheck entreißen muss, zumindest ein Ausfallhonorar, das der einen nicht wehtut und die andere tröstet. Bleiben Einkäufe, der schwere Gang zur Bank und der Versuch, Alicia telefonisch zu erreichen – alles morgen. Heute wird sie ins Bett gehen und Erich Fried lesen. Gedichte sind traumwandelnde Worte und wunderbare Schlafmittel.

Anna durchstöbert die Post und öffnet einen Anwaltsbrief. Martins Anwälte teilen ihr mit, dass die Beisetzung in der kommenden Woche stattfindet. Keine Kränze, sondern eine Spende an Amnesty, und im Anschluss an die Trauerfeier gibt es einen kleinen Umtrunk.

Es werden viele Leute kommen, die ihn geliebt und gehasst haben, denkt Anna, und dass sie Martin ohnehin keinen Kranz spendiert hätte. Feuerbestattung: Er wird schon vorab in der Hölle schmoren. Die Wahl zwischen Verbrennen und Vermodern hat Anna noch nie treffen können. Beides erscheint wenig erstrebenswert. Ob David auftaucht? Früher oder später muss er es tun, wenn er an das Erbe will. Daran klammert sie sich, weil sie es jetzt als Fehler empfindet, Brüssel verlassen zu haben. Sie hätte ihn aufgespürt, wenn sie nur lang genug das Haus beobachtet hätte. Etwas mehr Druck von ihrer Seite, und Helena wäre vielleicht eingebrochen. Anna und der Konjunktiv, das ist die ewige Geschichte ihrer Zweifel, die kurzfristige Vision der Unfehlbarkeit. Manchmal kriecht ihr Ego auf Krücken durch die Gosse, doch es gibt sie, die Zeiten, in denen sie ganz oben ist. Mohnkuchen, Waffeln, Château Talbot, Eric Claptons Gitarrensoli, Sex, die Zigarette danach …

Das Pochen an ihrer Wohnungstür ist unüberhörbar und klingt bedrohlich. Sie wird zum Wrack, wenn sie nicht bald nach oben kommt. Anna geht zur Tür und öffnet sie. Keine Angst vor Einbrechern, sie hat nicht einmal durch den Spion geschaut. Fjodor steht vor ihr, wen hat sie erwartet? Er hat einen Laib Brot und Käse in den Händen, die er Anna entgegenstreckt.

»Deine Klingel ist kaputt, und du hast sicher Hunger«, sagt er und betritt unaufgefordert die Wohnung. »Sieht doch gut aus bei dir. Meine Kemenate ist abgesoffen, und es wird Wochen dauern, bis alles eintrocknet. Zurzeit schlafe ich in der Küche der Kneipe, Sibylle hat mir ein mobiles Bett geliehen. Die Feuchtigkeit, verstehst du: Sie würde meine Stimme ruinieren.«

Er lebt für seine Stimme, die ihn wiederum nicht ernährt. Anna beißt ein Stück vom Käse ab: alter Gouda, und sie könnte den verrückten Russen dafür küssen. Die schlanke Seele schweigt beharrlich. »Ich nehme an, du hast keine Haftpflichtversicherung?«

Fjodor setzt sich zu Anna auf die Couch. »Was ist das?«

»Ach, nichts«, sagt Anna. Dass Fjodor aus seinem Jackett eine Flasche Rotwein zieht, ist besser als jede Versicherung. »Der Sommer steht bevor, es wird schon wieder trocknen«, sagt sie mit Blick zur Decke.

»Genau, und darauf trinken wir.« Fjodor öffnet die Flasche mit dem Korkenzieher, den er immer bei sich trägt. Notbesteck, dazu zählen noch ein Schweizer Messer und eine Kapsel, von der er behauptet, dass sie Zyankali beinhalte. Ein Relikt aus revolutionären Tagen in der gefährlichen Heimat, wie Fjodor sagt. Niemand glaubt ihm, auch Anna nicht, doch seiner Aufforderung, die Kapsel zu schlucken, um die Wahrheit zu erfahren, ist noch keiner nachgekommen.

Sie trinken den Bordeaux aus der Flasche, wie sich das gehört in gefährlichen Zeiten. Die Decke könnte einbrechen, denkt Anna, wenn sie mit Wasser voll gesogen ist. Ach, egal, der Wein und der Käse sind wundervoll, und bis morgen wird sie schon noch halten. Sie kommen nach einigen tiefen Schlucken auf Fjodors aktuelles Lieblingsspiel: Todesursachen berühmter Musiker. Einer nennt den Namen und der andere die Form des Ablebens. Fjodor fragt stets nach Komponisten, die Anna inzwischen kennt. Mozart? Schwindsucht. Schumann? In den Rhein gestürzt. Beethoven? Leberzirrhose. Sie kontert mit Popstars: Brian Jones? Im Pool ertrunken. Chet Baker? Fenstersturz. Sonny Bono? Mit Skiern gegen den Baum. Es steht neun zu sieben für Anna, und die Flasche ist beinahe leer. Das ist das Schlimmste am Trinken: leere Flaschen.

»Ich würde ja noch eine holen, aber ich bin nicht gut auf den Füßen«, sagt Fjodor und enthüllt mit dramatischer Geste einen geschwollenen, bläulich verfärbten Knöchel. »Als die Flut kam, bin ich im Wasser ausgerutscht und wie ein Schiff durch die Wohnung gesegelt. Der Hafen war der Klavierfuß, gegen den ich mit meinem krachte. Der Medizinmann sagt, es kann Tage und Wochen dauern, bis die Verletzung geheilt ist. Was ist? Ich werde dieses Teil nicht verlieren, so schlimm ist es nicht.«

Anna starrt auf den Fuß. *Du bist Teil des Problems …*

Sie weiß jetzt, warum sie eine Idiotin ist. Endlich. »Ich habe seine Knöchel berührt«, sagt Anna leise. »Die Hose war hochgerutscht, und es erschien mir die unverfänglichste Stelle, ihn anzufassen. Ich wollte wissen, ob er tot ist.«

»Am Knöchel? Sprich nicht in Rätseln zu mir!«

»Er war nicht angeschwollen, verstehst du? Ich dachte noch, wie ein so schwerer Mann so zarte Knöchel haben kann. Sein rechter Knöchel ... es kann gar nicht Martin gewesen sein, der da lag. Sondern David, sein Bruder. Verstehst du mich?«

Fjodor betrachtet seinen Fuß, der in Anna immense Erkenntnisse ausgelöst hat. Körperteile unterhalb seiner Stimmbänder hat er nie ernst genommen. Mit Ausnahme seines Penis natürlich. Anna sieht aus, als ob sie Fieber hätte. »Haben die sich so ähnlich gesehen?«

»Wie ein Ei dem anderen. Und wenn David der Tote war, dann war Martin der Mörder oder Totschläger oder was weiß ich ...«

»Wie Kain und Abel.« Fjodor legt seine weiche, weiße Hand auf Annas zitternde Finger. »Hab ich nicht gleich gesagt, dass der Mann gefährlich ist? Und ich verstehe was davon, schließlich ist mein Onkel ein Mafioso. Du musst die Polizei anrufen, Anna.«

Steht sie unter Schock? Anna hört Fjodors Stimme wie aus der Ferne. Was redet er von Mafia und Polizei? Martin ist ein Mörder, und er hat sie benutzt für seinen gewaltigen Abgang. Was zur nächsten Frage führt, ob alles geplant war, das ganze Inselgerede, sein Zorn über ihre Weigerung ... oder hat er improvisiert, als David auftauchte? Vielleicht hat er ihn ja in Annas Wohnung bestellt? Er wusste, dass sie nicht gleich zurück sein würde, weil sie ihm sagte, dass sie noch bei Sibylle vorbeischauen würde. Das Motiv? Er hat ihn gehasst, vielleicht hat David ihm gedroht ... oder er brauchte einfach nur eine Leiche, um effektiv zu verschwinden. Alicia hatte Recht, und Helena nannte Anna eine Idiotin, weil nicht David, sondern

Martin im Schlafzimmer war. Hat Helena ihn überrascht, oder war alles zwischen den beiden abgesprochen? Und warum trieb er sich noch in Brüssel herum? Sie hat eine Antwort gefunden, die tausend Fragen aufwirft. Und was soll sie jetzt tun?

Fjodor steht vor ihr und hat das Telefon in der Hand. »Polizei anrufen«, sagt er, und Anna antwortet: »Ich brauche jetzt eine Zigarette.«

»Pfui Teufel. Du fängst gerade an, gut zu riechen. Sei tapfer, Anna. Rauch enthält Benzol und Blausäure. Rauchen kann zu Durchblutungsstörungen führen und verursacht Impotenz ...«

»Halt die Klappe, Fjodor. Du hast nie geraucht und bist impotent. Auch Nichtraucher müssen sterben.« So wie David, der nach Auskunft des Hotelpersonals Nichtraucher war. In der Wohnung, beim Gespräch mit Helena, hat es nach Martins Zigarren gerochen. Alles Rauch, Anna hat lange gebraucht, um hindurchzusehen. »Jetzt hole ich mir Zigaretten, und dann rufe ich die Kommissarin an.«

»Weißt du, wie spät es ist?«

»Es ist nie zu spät«, murmelt Anna, schon auf dem Sprung zur Tür. »Fjodor, ich danke dir für alles. Du hast etwas gut bei mir ...«

»Hundert Euro!«, ruft er ihr nach, doch Anna hört es nicht mehr. Sie geht auf die Straße, auf der Suche nach einem Zigarettenautomaten. Der »Mondscheintarif« ist dunkel, nur oben, in Sibylles Wohnung scheint noch Licht. Vermutlich stillt Archie das plärrende Kind, denkt Anna. Sie wird in aller Freundschaft versuchen, ihn zu mögen. Wenn die Kneipe offen hätte, müsste sie jetzt nicht durch die Straße wandern. Mitternacht, die Zeit für streunende Katzen und einsame Seelen, die keine Ruhe finden. Aufstrebende Jungverbrecher, die nach Opfern suchen, die sie ausrauben oder einfach nur erschlagen könnten. Süchtige alte Damen, die ihren Joint brauchen. Wie konnte Martin sie nur so täuschen? Jenseits moralischer

Entrüstung, die sie kaum empfindet, schmerzt der Betrug. Die Missachtung der schönen Stunden, die sie ja durchaus hatten. War es ihm egal, ihr einen Toten zu hinterlassen? Martin, der Mörder: Das dringt noch nicht ganz zu ihr durch. Es ist zu verrückt. Vielleicht beginnt sie zu verstehen, wenn sie endlich an ihr Gift kommt …

Der Automat an der Ecke schluckt Euromünzen und spuckt nichts aus. Der Klassiker, denkt Anna, und schlägt mit der Faust gegen das Glas. Es tut weh, auch das, und sie drückt die Retourtaste, doch der widerliche Kasten behält Geld und Zigaretten. Es waren ihre letzten Münzen. Im Störungsfall möge man sich an den Hersteller wenden, steht klein gedruckt in der Ecke. Sie hat ihr Handy nicht mit, und wenn, würde ihr das in diesem Augenblick auch nichts nützen. Der Händler würde sowieso nicht abnehmen.

Zigarettenpackungen grinsen sie im Schein der Straßenlampen höhnisch an. Rauchen ist tödlich. Sie könnte jetzt einen Herzinfarkt bekommen – vor lauter Zorn. Martin hatte ein schwaches Herz, wie die Obduktion ergab. Nein, David hatte ein schwaches Herz. Beide, und angeblich fühlen eineiige Zwillinge den Schmerz des anderen. Ob Martin etwas spürte, nachdem er zugeschlagen hatte? Brechende Knochen, und dann hat er alles sorgfältig abgewischt und hat sich davongemacht und Anna den Schlamassel hinterlassen …

Sie hämmert gegen den Automaten, als wären ihre Fäuste aus Stahl. So vertieft ist Anna in ihren Boxkampf, dass sie den Streifenwagen zuerst nicht wahrnimmt, der neben dem Gehweg geparkt hat. Ein Polizist steigt aus dem Wagen und legt seine Hand auf Annas Schulter. »Na, was machen wir denn da?«

Anna hält inne und dreht sich wütend um. »Wonach sieht es denn aus?«

»Versuchter Diebstahl? Sachbeschädigung? Erregung öffentlichen Ärgernisses?«

Anna sieht in Polizistenaugen, die schläfrig und ein bisschen gelangweilt aussehen. Ein dicker, gemütlicher Bulle, so einem hat sie schon mal in den Unterleib geschossen, weil er sie umbringen wollte. »Bemerken Sie einen Riss im Glas? Oder Zigaretten in meiner Hand? Diese Maschine hat mich um mein Geld betrogen, Sie Idiot.«

»Beamtenbeleidigung.« Er verstärkt den Druck seiner Hand, und Anna versucht sich aus seinem Griff zu befreien.

»Widerstand gegen die Staatsgewalt.«

»Lassen Sie mich los, Sie Komiker.«

Die Bezeichnung scheint ihn wirklich zu treffen. Der Bulle winkt seinem Kollegen, der im Auto geblieben war. »Hilf mir mal, die Dame zur Räson zu bringen. Können Sie sich ausweisen?«

Das alles ist ein Witz, über den ich morgen lache, denkt Anna. »Nein, ich wollte ja nur schnell zum Automaten, weil ich keine Zigaretten mehr hatte.«

Der zweite Bulle sieht nicht so gelangweilt aus. Er ist jünger und dynamischer, und seine Hand liegt auf dem Halfter seiner Waffe. Rauchen könnte ja doch tödlich sein, denkt Anna. Sie hebt die Hände hoch: »Bitte: Keine Waffe, keine Zigaretten, kein Ausweis. Wollen Sie mich jetzt verhaften?«

»Wir nehmen Sie mal mit zur Feststellung der Personalien«, sagt der Jüngere. Er schiebt Anna in den Wagen, ziemlich unsanft, wie sie meint. Doch ihr Widerstand ist gebrochen, eigentlich findet sie dies alles so komisch, dass sie nur noch weinen könnte.

»Haben Sie getrunken?«, fragt der Beifahrer.

»Nur ein bisschen«, sagt Anna von hinten. »Ist ja nicht verboten für Fußgänger, die Automaten mit Münzen füttern und nichts dafür kriegen. Haben Sie zufällig eine Zigarette für mich?«

Der Mann mit den schläfrigen Augen dreht sich zu Anna

um. In seiner Hand ist eine Packung »American Spirit«. »Hier, nehmen Sie. Ich will sowieso aufhören.«

Annas Hände, ungefesselt, greifen gierig nach der Packung »Tun Sie es nicht. Nichtrauchen ist tödlich …«

28. Kapitel

»Sie haben Glück, dass ich zufällig Nachtdienst hatte.«

Wanda Kroll hat Anna aus den Klauen der Staatsgewalt befreit und in ihr Büro gebracht. Es sieht aus wie ein Treibhaus mit den vielen Pflanzen, die Fenster und Schreibtisch zu überwuchern scheinen. Die Kommissarin hat einen Hang zu Fleisch fressenden Pflanzen, die sich im Sommer der Fliegen annehmen. Ein Gewächs, das ihren Ehemann verschlingen könnte, ist zu ihrem großen Kummer nicht darunter.

Wanda erlaubt Anna zu rauchen und bringt Kaffee in großen Tassen. Sie nimmt selbst eine Zigarette, denn seit ihrer Trennung neigt sie zum ungesunden Leben. Die Wohnung, die sie fand, ist bezahlbar, doch kein Vergleich zu ihrem früheren Zuhause. Die Babysitter verschlingen ein kleines Vermögen und sind von unterschiedlicher Qualität. Sie nerven manchmal ebenso wie die Kinder, die nichts verstehen, jedoch alles beklagen. Die Marx soll sich nicht so anstellen: Schließlich muss sie sich nur um sich selbst kümmern, was Wanda Kroll als ein Übermaß an Lebensqualität erscheint.

Sie hört der Rothaarigen aufmerksam zu und unterbricht sie nicht. Anna erzählt chronologisch, diese Geschichte braucht die Pointe, die sie sich bis zum Schluss aufhebt. Der zarte Knöchel …

»Wow«, sagt die Kommissarin, als Anna zu Ende erzählt hat: »Darauf hätten Sie eigentlich schon früher kommen können.«

Hätte sie, jawohl, dieser törichte Konjunktiv, und Anna bläst Rauch in die grüne Hölle, in der Wanda wie Tarzans Jane hockt.

»Das erklärt auch, warum die Konten so leer geräumt waren. Ich dachte, es läge daran, dass er schon alles für sein Inselleben transferiert hat … wir müssen die Leiche wiederhaben, jetzt beginnt ja alles von vorne.« Die Kommissarin greift seufzend zum Telefon und gibt Anweisungen, die sterblichen Überreste von David Liebling alias Martin vom Krematorium zurück in die Gerichtsmedizin zu schaffen. Sie legt die Hand auf den Hörer: »Und Sie sagen, dass er in Brüssel ist.«

»Er war in Brüssel, in seiner Wohnung, und Helena muss eine Art Komplizin sein. Sie sollten nach beiden suchen lassen.« Anna ist schon wieder so müde, dass sie auf dem Stuhl einschlafen könnte. Es ist drei Uhr morgens, das ist nicht ihre Zeit, und die Luft in diesem Raum ist von tropischer Schwüle. Hier foltert sie ihre Verdächtigen, denkt Anna, und verfüttert die Überreste an ihre Pflanzen. Wie schade, dass Martin nicht hier ist …

»Sagen Sie mir nicht, was ich zu tun habe.« Wanda entschärft den Satz mit einem Lächeln, bevor sie am Telefon Anweisungen gibt, nach Martin und Helena Liebling zu fahnden.

»Sie wollte nach New York zu einer Vernissage«, fügt Anna hinzu. Und denkt, dass sie Martin nicht kriegen werden. Vermutlich hat er einen der falschen Pässe, mit denen David reiste. Wie war noch der Name? »Richard Gore«, sagt Anna. »Vielleicht ist er unter diesem Pseudonym unterwegs.«

Die Detektivin nervt auch. Wanda Kroll hatte sich auf eine geruhsame Nachtschicht gefreut, nur sie und die Pflanzen und all die schönen Gedanken, wie sie ihrem Mann das Leben zur Scheidungshölle machen könnte. Und nun ist Aktionismus gefragt, und am Morgen, wenn sie ins Bett fallen möchte, muss sie die Kinder in die Tagesstätte bringen, den Babysitter nach

Hause fahren und ihre Mutter anrufen, die Geburtstag hat und sich darüber beschweren wird, dass die einzige Tochter ihn nicht ausreichend würdigt. Das Leben ist eine Anstrengung, die einer besseren Sache würdig wäre, hat die Marx einmal gesagt. Stammt sicher nicht von ihr, doch den Satz könnte Wanda sich auf die Stirn tätowieren lassen.

»Wir werden ihn fassen.« Ihre Stimme klingt brüchig.

Anna nickt, obwohl sie nicht daran glaubt. Obwohl es ihr fast gleichgültig ist, so seltsam sie das auch findet. Der Wahrheit ist Genüge getan, und die Gerechtigkeit kann warten. Wenn sie darin besteht, dass Martin in seiner kleinen, privaten Hölle schmort – und davon geht sie aus –, dann soll ihr das reichen. Gefängnisse erschienen ihr nie als Ort der Sühne, sie sind Bewahrungsanstalten, mittels derer sich die Gesellschaft vor ihren Tätern schützt. Und die Schlimmsten laufen ohnehin frei herum. Das muss sie Wanda Kroll aber nicht erzählen, die Frau hat einen Job, den sie ernst nehmen muss, um nicht verrückt zu werden.

»Wir wissen fast alles, nur nicht, warum er es getan hat«, sagt die Kommissarin. Warum tun sie das? Belügen, betrügen, demütigen, quälen, töten …? Wanda wollte Philosophie studieren, wenn sie es nur getan hätte. Dann könnte sie sich jetzt mit Theorien beschäftigen, statt in der Praxis menschlicher Gemeinheiten zu wühlen.

»Vermutlich werden wir es nie erfahren«, sagt Anna. Sie steht auf und lässt die Zigarettenpackung auf dem Tisch liegen. »Ich muss jetzt nach Hause. Sie wissen ja, wo Sie mich erreichen.«

Sie könnte die Marx daran hindern, doch Wanda entscheidet sich für die Güte. Die Detektivin sieht aus, als ob sie gleich zusammenbrechen würde. Sie hat abgenommen. Gut möglich, dass die Erinnerung an einen Mörder an ihrem Fleisch zehrt. Es sind Männer, die das Beste in Frauen umbringen. »Aber keine Ausflüge mehr – nach Brüssel oder sonst wohin. Und falls er sich melden sollte, rufen Sie mich sofort an – hier oder zu Hause.«

»Warum sollte er?«, sagt Anna. Eine Fliege kreist über einer Fleisch fressenden Pflanze, verwegen – oder einfach nur dumm. Die beiden Frauen warten, bis das Unvermeidliche geschieht. Dann lächeln sie sich an.

29. Kapitel

Liebe Anna!

Die Zeitungen auf dieser Insel sind uralt, aber das tut nichts zur Sache, weil Zeit hier keine Rolle spielt. Die Sonne geht auf, und sie geht unter. Dazwischen liegen Tage und Nächte, die immer gleich sind. Die ewige Ruhe scheint hier eingezogen, und habe ich mich nicht immer davor gefürchtet?

Aus der Zeitung habe ich erfahren, dass ich mit internationalem Haftbefehl gesucht werde: Martin Liebling, der Mörder seines Bruders. Du bist also der Wahrheit auf die Spur gekommen. So enttäuschend, die Wahrheit, nicht wahr? Zumal wenn sie von einem geschwollenen Knöchel zehrt. Die Frage, ob es dir auffallen würde, hat mich eine Weile beschäftigt, aber was geschehen ist, ist geschehen. Wäre dir Martin Liebling als Toter lieber gewesen? Vermutlich ja, weil du eine Moralistin von zweifelhafter Moral bist.

Doch das sind Fragen, auf die ich keine Antwort erhoffe, weil ich nicht die Absicht habe, mich der irdischen Gerechtigkeit auszuliefern. Du würdest mich an Geburtstagen im Gefängnis besuchen, und ich würde über die kulinarischen Aspekte meiner Unterkunft Klage führen. Wie langweilig, und überdies wäre ich bis ans Ende meiner Tage der Liebe von Alicia ausgeliefert, die sicher jede Woche kommen würde. Helena wird sich mithilfe ihres teuren Anwalts aus der Af-

färe ziehen – und wenn nicht, hat sie es auch verdient. Schließlich hat sie mich nur deshalb nicht verraten, weil ich ihr viel Geld geboten habe. In gewisser Weise ist sie ein perfektes Wesen, weil sie ausschließlich sich selbst liebt und Männer nur der Spiegel sind, in dem sie sich bewundert.

Du, liebe Anna, könntest von ihr lernen, denn deine Zweifel an allem – und insbesondere an deiner Person – unterwandern die prinzipielle Lebenslust, die ich immer so anziehend fand. Du hast dir den falschen Beruf ausgesucht – trotz deiner entsetzlichen Neugierde. Denn dein Sinn für Gerechtigkeit ist, erlaube mir diese vermessene Anmerkung, in gewaltiger Schräglage. Die zehntausend Dollar, die ich diesem Brief beifüge, betrachte bitte als Schmerzensgeld. Oder Versuchung? Sofern sie nicht auf dem weiten Weg zu dir verloren gehen … das wäre Schicksal. Alles ist Schicksal, selbst auferlegtes vielleicht, aber weiß man immer, was man tut, solange es noch abwendbar wäre?

Womit ich zu der Erklärung komme, die du verdienst nach allem, was du mit meiner Leiche erleiden musstest – oder seiner. Ja, ich gestehe es: Ich habe David mit dem Baseballschläger eins draufgehauen. Vielleicht wollte ich ihn sogar umbringen, vielleicht aber auch nicht. Als er dann dalag und ich wusste, dass er tot war, spürte ich dennoch Erleichterung. Hat er mich nicht zeit meines Lebens verfolgt – und ist immer dann aufgetaucht, wenn ich meinte, diesen Schatten endgültig hinter mir gelassen zu haben? Denn das war er: mein böser Schatten. Ich habe David nie freiwillig geholfen, ich habe nur seinen Erpressungen nachgegeben, immer wieder. Weil ich einmal, als junger Mann, eine Dummheit beging, für die er damals ein schriftliches Geständnis forderte, das ich Idiot ihm auch noch gab. Spielt keine Rolle, was es war, ich habe es vollständig verdrängt – nur David hat mich Jahr für Jahr daran erinnert. Er hat meine Kindheit ruiniert, mich ein kleines Vermögen gekostet, mich gedemütigt, erpresst – und sich bei alledem auch noch über mich lustig gemacht. Welchen Grund sollte ich haben, ihn nicht zu hassen?

Ich wollte mit dir wirklich auf diese Insel. Ich musste, denn John Schultz saß mir im Nacken, weil ich ihm die Diskette nicht liefern konnte, für die er so viel Geld auf die Caymans transferiert hatte. Dass Bruno sie gestohlen hatte, war sehr dumm von ihm. Hat Schultz ihn umbringen lassen? Noch so eine Frage, auf die ich keine Antwort finden werde.

David tauchte wirklich zur Unzeit auf, erst in Brüssel und dann in Berlin. Er war so vollkommen pleite, dass er sich die Mühe gemacht hatte, meine schwierigen Lebensumstände zu recherchieren. Er wusste, dass ich auf dem Absprung war – und dieses eine Mal ging er wirklich zu weit. Weißt du, wie viel er von mir forderte, als er in deiner Wohnung auftauchte? Fünf Millionen! Er wusste, dass es das letzte Mal war, dass er mich aussaugen konnte. Es war einfach zu viel, mehr, als ich hatte. Mein Bruder hielt es für angemessen, mich endgültig zu ruinieren. Er wollte Schultz anrufen, wenn ich seinen Forderungen nicht nachkäme.

Alles wirklich Böse dreht sich ums Geld, nicht wahr? Aber vielleicht habe ich auch aus reinem Hass nach dem Baseballschläger gegriffen. Weil David der einzige Mensch auf der Welt war, gegen den ich mich nie zur Wehr setzen konnte. Mein Folterknecht – und sind Opfer nicht glücklich, einmal Täter sein zu können? Oder, um die Bibel zu bemühen: Kain hatte Recht. Abel muss ein wirkliches Arschloch gewesen sein, verzeih die Vulgärsprache, obwohl du ja manchmal auch recht deftig sein kannst. Das mochte ich übrigens auch an dir.

Ich bereue nicht, Anna. Diese Tat bereue ich nicht, ich möchte nur, dass du sie verstehst. Weil ich dich einmal geliebt habe und mir vorstellen könnte, dass dein starkes Herz über gängigen Begriffen von Schuld und Sühne steht. Sie werden mich nicht kriegen, das glaube ich jedenfalls. Weißt du, wie viele Inseln es auf der Welt gibt? Unendlich viele. Diese hier ist das hübscheste Gefängnis, das ich mir vorstellen kann. Beachte die australische Marke nicht, sie ist irreführend. Aber andererseits glaube ich gar nicht, dass du mit diesem Brief zur Polizei laufen wirst. Nicht dein Stil. Manchmal vermisse ich dich, vor allem in den langen, kalten Nächten. Ich wünschte, du wärst hier. Andererseits: Wenn zwischen dir und mir Kontinente und Jahre liegen, wirst du mir nicht mehr so fehlen. Ich muss mein schwaches Herz schonen. Kennst du Dylan Thomas' letzte Worte? »Ich hatte achtzehn volle Whiskys; ich denke, das ist der Rekord.«

Seine letzten Zeilen sind sehr krakelig geschrieben. Anna legt den Brief zur Seite, neben die Dollarnoten, die von einem Band gehalten werden und hübsch aussehen. Sie greift zur Zigarette, dann schenkt sie sich einen Whisky ein.

»Prost, Martin« – das ist kein Verstehen oder Verzeihen. Letzte Worte.